나쁜 여자 Cool 한 여자

나쁜 여자 Cool한 여자

초판 1쇄 발행일 · 2003년 12월 20일

지은이 · 최도경
펴낸이 · 이정원

펴낸곳 · 도서출판 들녘
등록일자 · 1987년 12월 12일 / 등록번호 · 10-156
주소 · 서울시 마포구 합정동 366-2 삼주빌딩 3층
전화 · 마케팅(02)323-7849 편집(02)323-7366 팩시밀리(02)338-9640
홈페이지 · www.ddd21.co.kr

ⓒ 최도경 2003
ISBN 89-7527-408-X (03810)

나쁜여자 *Cool*한 여자

최도경 지음

들녘

이 책을 여는 분들에게…

대개 책의 머리글이라 함은 정확히 말하면 꼬리글이다. 책 한 권을 다 끝내며 말미에 그 책에 대한 언급을 하는 글이기 때문이다. 따라서 지금 쓰고 있는 이 글은 내게는 책의 내용이 다 끝난 후 봉합의 의미가 되고 책장을 여는 분들에겐 소개 글이 되는 셈이다.

내가 분명 왼손을 들었건만 맞은편에서 보는 이에겐 오른쪽 손이 들려진 것처럼, 왼쪽 눈으로 윙크했건만 보는 이는 오른쪽 눈으로 보이는 현상. 이 모두 너와 나, 보여주는 이와 보는 자와의 입장이 다르다는 아이러니가 내포되어 있다.

따라서 이 글은, 이 책에서 전하고 싶은 얘기들이 읽는 이가 전혀 다르게 받아들일 수도 있다는 전제에서 좀더 책을 친절히 설명하는 소개 글로 하고 싶다.

대중문화를 대표하는 영화에 요즘 이상한 신드롬이 나타나고 있다.
대체 여주인공들은 예전에 스크린을 휘젓던 착하고 참한 여자는 간데

없고 그 자리에 나쁜 여자들이 기세등등하게, 한껏 오버한 듯 쌍칼 들고 설쳐대는 조폭녀, 술 먹고 갖은 추태 다 부리는 맛간 엽기녀부터 앙큼하고 힘좋은 악녀 컨셉을 극대화한 나쁜 여자들이 잘 나가는 여주인공으로 버티고 있다.

이들은 과거에는 착하고 예쁜 여주인공을 더욱더 돋보이게 하는 양념용 조연 '나쁜' 캐릭터로서 그들 나쁜 여자들의 극성으로 주인공인 지고 지순한 착한 여자를 더욱 효과적으로 그 '착함'이 돋보이게 했었다.

그런데 언제부터 착한 여자들은 어디로 가고 이렇듯 나쁜 여자들이 활개를 치게 되었는지……. 그건 사람들의 취향이 변해 나쁜 여자를 좋아하기 때문일까? 나쁜 여자가 행복하기 때문일까?

그건 잘 모르겠다. 그러나 분명한 사실 한 가지.

사람들은 착한 여자가 되기 위해 눈물을 삼키며 '여자이기 때문'을 되뇌는 힘없고 온순한 여자가 이제 부담스럽다.

오직 착한 여자의 사명을 띠고 이 땅에 태어난 듯한 여자들의 아픈 희생과 겉으로 보이는 백조 같은 우아미를 위해 물속에선 끊임없이 허부적거려야 하는 인고를 감내하는 것이 이제 지긋지긋하다.

우아하고 착하기 위해서, 여자의 위선적인 품위를 포장하기 위해 갈고 닦아야 하는 덕목은 수천, 수만 가지. 일생을 다해 도 닦듯 착한 여자의 덕목을 갈고 닦아도 그 결과치는 허무, 회의, 땅이 꺼지는 후회로 이어진다.

이는 모두 착한 여자가 간 길이 그녀 자신이 아무것도 할 수 없게 만드는 길이었기 때문이다.

이 땅엔 그들이 추앙하는 착한 여자의 규율과, 참한 여자의 기준에 맞춰서 살다가 간…… 젊어선 한 손에 쏘옥 들어오는 예쁜 인형이나 귀여운 애완동물이 되고, 나이 들면 보호대상자로의 힘없는 늙은 어머니가 되어 자신의 인생에 아무런 결정력도 주체적이지 못한 타성적인 존재로 살아가는 많은 착한 여자들이 있다.

이미 정서적으로 여자들도 세뇌당한 남성적 시각과 가치관의 전통적인 '바람직한 여성상'은 그래서 허구와 모순의 집합체다.

그러나 여권신장으로 여성의 권리가 커졌다지만, 여자는 아직도 혼란스럽다. 여자 개인의 가치와 그녀를 둘러싼 외부와의 가치에서 갈등하게 되기 때문이다.

과거 희생과 봉사로 점철되어진 엄마들을 존경하지만 그런 엄마의 역사를 되풀이하고 싶지 않아 서성이는 여자들에게 다가서는 또 하나의 혼란이 있으니, 최신 기종의 무기인 금전만능의 총자루를 쥔 영리한 상업자본주의다. 이것은 자못 여자의 숨통을 열어주는 척 여자에게 위험하고 자유로운 방종을 권한다.

개인의 가치관과 사회의 가치관이 엉킨 실타래가 되어 혼재하는 가운데 막막한 현실을 맞는 여자들은 착한 여자의 옷, 선녀의 옷을 집어던지고 미녀삼총사의 오토바이를 집어타고 조폭 마누라의 쌍칼을 주어들곤 성질대로 한판 뜨고 싶어진다.

착한 여자의 박제된 미덕에 치를 떨며 차라리 살아 있는 나쁜 여자가 되어 날아오르고 싶은 여자들의 바람은, 그래서 나쁜 여자의 명찰을 달고 "그래, 나 나쁘다! 내게 그 어떤 미덕도 바라지 마!"를 외치고 싶은 건 아닐까.

그러나 반대편에 서기 위한 억지의 반대처럼 자괴적인 게 있을까.

종은 누구를 위해서도 울리지 않는다.
내가 듣고 싶은 그 종은 내가 쳐야 울리는 것이다.
이럴 때에 여자로 살아온 나는 나보다 여자로 더 살아갈 이들에게 좀 더 지혜롭게 나쁜 여자가 되기를 권한다.

그대는 반문한다.

지혜로운 나쁜 여자라니……, 이처럼 손에 잡히지 않는 어려운 말이 있나!

나는 수동적이고 착하다 못해 미련한 그래서 후회의 눈물을 떨구는 여자의 삶의 해결책이 지혜로운 나쁜 여자로 사는 것이라고 생각하지만 애석하게도 내가 쓴 이 책은 그 길을 제시하지 못한다.

이 책은 좀더 지혜롭게 나쁜 여자가 되어 승리하고 성공적인 삶을 갈취하자는 성공학 책이 아니기 때문이다.

오히려 이 책에 나오는 지혜로운 나쁜 여자들은 조금뿐이고, 내가 살아오며 넘어지고 실수하고 잔머리 굴려 망신당하고, 겁없이 맨땅에 헤딩하다 아팠던 일의 경험담이 더 많다.

내가 이 책을 통해서 하고 싶은 말은 최고와 최상의 지침을 주고 싶은 것이 아니라 여자에게 다가오는 삶, 여자로 사는 삶 속에서 분명 우리가 가져야 할 가치관에 대해 다시 생각해보는 물음표를 던지는 것이다.

그 생각의 자료로서 나는 기꺼이 나의 경험과 내가 생각한 것들을 이 책에 쏟아냈다.

이 책에 실린 글들은 www.daum.net의 인터넷 칼럼난에 연재되고 있는 여성칼럼 「나쁜여자가 되자」에서 발췌한 것으로 일명 「나쁜… 칼럼」의 독자들이 내게 메일로 숱하게 고민을 하소연해온 주제를 주로 심층적으로 다루었다.

나를 친근하게 여겨 귀한 자신의 고민을 풀어 내게 생각의 실마리를 던져주신 그분들께 감사한다.

2003년 12월 8일 첫눈 오는 날

나쁜 여자 최도경

차 례

4

사랑은 뜨겁게, 결혼은 cool하게

5

Main Game - 결혼 그 이후

6

나쁜 여자, cool한 여자

I

나쁜
여자가
뜬다

내가 이태리에서 만난 용감하고 아름다운 여자 M 이야기.

중학교 때 가족과 함께 미국 이민을 간 M은 공부를 유난히 잘해서 가족은 의대나 법대에 진학할 것을 권했다.

물론 의사나 변호사는 미국에서도 꽤 안정적인 수입을 벌어들이는 전문직업이다. 명석한 그녀는 수재들이 득실하다는 명문 법대에 진학, 우수한 성적으로 졸업한다.

미국에서 변호사를 개업한 M.

성실한 그녀는 수입도 만만찮은데다가 똑똑하고 미모까지 겸비했으니, 잘 나간다는 주위의 뭇 남자들은 침을 질질 흘리며 그녀를 추앙했고, 그녀는 꽤 이른 나이에 자신의 힘으로 보통 사람은 꿈도 못 꾸는 고수입에 최고급 취미생활과 문화생활까지 즐기는, 이른바 상류사회를 만끽하고 있었다.

성공한 이민 2세라는 꼬리표가 그녀에겐 따라다녔고 그녀도 가족도 모두 만족스러웠다.

M은 그녀처럼 잘 나가는 느끼한 변호사 남자친구도 사귀고 있었다. 그러나 그녀 M의 가슴에는 언제나 스산한 바람이 불고 있었는데, M에겐 고교 시절 우연히 미술시간에 맛보았던 조각의 매력이 가슴 깊이 묻혀 있었다.

자신을 표현하는…… 창의적인 무언가에 매료되었던 M은 어느 날, 사무실에 홀로 앉아 그녀의 인생에 대해 심각하게 생각한다. 지금 앉은 그 자리는 그녀가 공부를 유난히 잘했기 때문이기도 하나, 자신의 절실한 의지가 아닌 부모님이 권하시는 유망한(?) 길을 따라 별 생각없이 고개를 끄덕이며 온 길이었다.

지금에서야 자신 내면의 목소리에 귀기울이게 된 그녀는 자신에게 질문을 던졌다.

'그런데 난 내가 원하는 삶을 사는 걸까. 아냐, 지금 이대로 살아간다면…… 어쩌면 이다음 난 후회할지도 몰라.

M은 그녀 앞에 안전하게 놓인 삶에 반항을 하기 위해 홀연히 여행을 떠난다. 기나긴 유럽 배낭여행을 하며 그녀의 과거와 현실 앞에 놓인 미래에 대해 심각하게 생각한다.

어느 날, 이태리를 지나던 중 피렌체에서 우연히 남자 J를 만난다.

토종 미국 남자 J.

그는 그녀와 동갑으로 직업은 회계사. 그 역시 그녀와 비슷한 고민과 함께 오래 전부터 그림에 미쳐 있었다. J는 남들이 부러워하는 고수입의 직장을 팽개치고, 땀흘리는 배낭여행으로 자신과의 대화를 하던 중이었다.

만나자마자 의기투합된 그들은 자신들이 살아온, 그리고 살아가고 싶은 인생에 대해 밤이 늦도록 이야기한다.

"J. 난 사실은 무서워요. 내가 아무리 원하는 삶이라도 지금 가진 내것을 포기하기가……. 내가 이제껏 노력해서 얻은 지금의 나도 소중하거든요. 그리고 날 사랑하는 가족들의 실망도 두려워요."

"하지만…… 한 번뿐인 인생. 그 인생을 뜨겁게 살지 않는 것은 무의미하지 않을까요? 내 인생의 주인은 바로 나 자신이니까요."

자신이 원하는 일에 대해 덜덜 떠는 그녀 M을 부추기지만, 사실은 자신도 원하는 삶 앞에서 덜덜 떨었던 그 남자 J는 오히려 그녀에게 용기를 얻는다.

그 결과, 둘 다 자신의 직업을 정리하고 다시 이태리로 돌아와 그들은 지금 피렌체의 미술학교에 나란히 다닌다. 물론 M은 조각을, J는 그리도 좋아하던 그림을 그린다.

서로 비슷한 정서의 그들은 사랑에 빠지고 그리고 결혼식도 올렸다. 수많은 하객들의 선물과 화려한 결혼식 대신, 그들이 만나 밤을 지새우던 피렌체의 조그만 교회에서 부모님과 형제들만 초대한, 조촐하지만 특별한 이태리식 결혼을 한다.

그들은 지금, 전과는 비교도 안 될 만큼 가난하다. 둘 다 최소한의 비용으로 알뜰살뜰 살아간다. 그러나 그들의 눈은 언제나 행복으로 빛나고 더없이 사랑하는 왕닭살에 바퀴벌레 한 쌍이다.

타성에 젖어 남들이 부러워하고 바라는 인생을 과감히 접고 자신이 원하는 일을 다시 선택할 수 있는 용기는 아름답다. 지금쯤 어떤 이는 그림을 그리다가 자신이 원하는 길이 그게 아니었음을, 바로 변호사가 되어야 할 자신을 발견할지도 모른다.

M과 J, 그들이 그랬던 것처럼…….

인간은 결국 자신의 존재를 확인하기 위해 산다. 애써 쌓아올린 사회적 지위나 고수익의 내 직장이 남들에게 멋져 보인다는 사실이 자신의 인생을 꽉 채울 만큼 존재감을 확인시켜줄 수 없다면 조금은 배가 고플지라도, 안 가본 길이라 위험할지라도 나의 존재감을 만끽할 수 있는 그

배고프고 위험한 일을 해보는 것은 어떨까.

배가 가장 안전할 때는 부두에 단단히 매여 있을 때지만, 배는 부두에 있기 위해서가 아니라 바다를 항해하기 위해 만들어졌다. 부두에 묶여 있는 배는 안전하겠지만 배의 기능을 다하지 못한다. 안전한 부두를 떠나 항해 도중 거친 파도를 만나 산산이 부서진다 해도 배는 부두가 아닌 바다를 항해할 때 아름답다.

나쁜 여자는 자신에게 의미없는 일이나 남들이 부러워하는 상대적인 만족감으로 그 안에 갇혀 지루하게 삶을 살아내지 않는다. 나는 과연 내가 원하는 삶을 살고 있을까?

만약 그렇지 않다면, 그대의 나날들이 각질로 뒤덮인 살갗처럼 뻣뻣하다면, 죽은 게발가락처럼 축축 늘어진다면, 그대의 열정으로 빛나야 할 눈동자가 물간 동태눈처럼 풀려 있다면 안전한 부두를 떠나 바다로 나가봄은 어떤가.

한 번쯤 그녀 M과 동갑내기 신랑 J를 떠올리며 내게 주어진 나른한 인생에 반항해봄직하지 않은가.

푼수 여왕

왕푼수로 유명한 그녀는 시집가서 얼마 되지 않아 신랑과 대판 싸우고 우리집으로 자러 왔었다. 싸운 이유인즉슨 그녀의 장보기 습관이었다. 그녀는 시장을 가면 시장 볼 돈으로 거의 다 군것질거리를 사고 남는 돈 얼마로 시장을 봐오는 것이다.

"애써서 시장 봐다가 저녁상을 차렸는데 말이야. 글쎄…… 으으으흑! 우리 신랑이 밥도 안 먹고 나를 막 야단치는 거야. 으흐흐흑!"

"대체 어떻게 했기에?"

울먹거리며 하는 그녀의 얘기론, 만 원을 들고 나가서 구천 원어치의 땅콩과 천 원어치의 콩나물을 사와서 콩나물국을 끓여놓고 친정 어머니가 담가온 김치를 턱 내놓고 식탁을 차리고는 그녀 자신은 열나게 땅콩만 집어먹다나? 그걸 보다가 참지 못한 남편의 항의로 대판 싸웠다고 한다.

그 얘기를 들은 나. 울먹거리는 그녀보다 그녀의 신랑이 안쓰러워졌다. 거기다가 모든 것이 정상인 그녀가 혓바닥은 정상이 아닌 모양으로,

왜 그리 이상한 맛을 내는 음식을 하는지 이해가 안 간다.

난 지금도 그녀의 집들이 때 먹었던 당근과 단무지가 둥둥 떠다니고 설탕이 듬뿍 들어간, 화채인지 냉채인지 모를 그 아리송한 음식, 이름하여 단무지 냉국의 특이한 맛을 생각하면 닭살이 돋는다.

그녀의 푼수를 넘어선 엽기 음식 솜씨와 그녀 자신을 위한 군것질거리로 일관된 장보기 외에도 남편의 생일과 시부모님의 제사마저 언제나 깜빡해서 미안하단 말을 입에 달고 사는 그녀는 자타가 공인하는 형편없는 주부로 불렸다.

우리 동네에서 셋방살이하던 그녀가 이사를 갔다.

남편이 서울 어느 변두리 대학에 전임강사가 된 것이다. 공부만 했지 가난뱅이인 그들은 그 동네 사람들이 다 싫어하는, 그래서 집값이 싸고 허름한 아파트로 이사를 갔다. 그 아파트는 우범지역으로 불량 청소년들이 많은 그런 곳이었다. 유난히 푼수인 그 친구가 그리로 이사하는 것을 주위 사람들은 다들 걱정했다.

한참이 지난 후, 그녀가 사는 집에 방문할 기회가 생겼다. 그동안 아이도 낳은 그 친구는 아직도 그 무시무시한 아파트에 살고 있다고 했다. 더군다나 이젠 이사갈 수가 없다고 했다.

이유인즉슨, 그 아파트로 이사간 후 우리의 왕푼수, 그녀는 엄청난 쇼크를 받았다고 했다.

"글쎄, 아빠 없이 두 모자가 사는 집에 엄마는 파출부를 나가고, 학교 갔다온 애가 아파트 난간에서 혼자 까불다가 떨어져 죽었지, 뭐니. 그제사 찬찬히 돌아보니 이 동네는 워낙 없이 사는 집들이라 엄마 아빠가 다 일을 나가고 애들만 남겨진 집이 수두룩한 거야. 애들은 잘 어울려 놀다가도 싸우고, 그러다가 머리통 큰 놈이 작은 애를 때리기도 코 묻은 돈 빼앗고 괴롭히기도 하고, 패싸움이 벌어지기도 하는데…… 별별 사건들이 어찌나 많은지 한시도 조용할 날이 없는 거야."

"너 위험해서 어떻게 여기서 살아가니? 니 아들은 어쩌구."

난 정말로 그 철딱서니 없는 푼수 친구가 걱정되었다.

"히히히, 괜찮아……. 위험하긴 뭐가 위험해?"

그녀는 우선 자신의 옆집에 사는 아이부터 챙겼다고 한다. 옆집은 아빠가 공사장에 일 나가고 엄마는 공장에 다니는 집. 큰애는 중학생인데 동네에서 제일 잘 나가는 깡패이고, 둘째 아이는 형보다는 못 나가지만 만만치 않은 불량 초등생.

두 애들이 학교에서 오면 그녀가 그애들을 맞아 밥을 챙겨 먹이고 숙제를 도와주는 방과후의 엄마가 되었다. 처음엔 슬슬 피하던 애들도 그녀의 순수한 마음을 알고 따라주었고, 우선 바닥 긁는 애들의 학교성적을 올리면 애들을 바로잡을 것 같은 마음에 시험 때면 밤을 세워가며 함께 시험공부를 했다고 한다.

또옥똑~. 어느 날, 웬 낯선 얼굴이 문을 두드렸다. 새벽에 나가서 밤 늦게 돌아와 아직도 얼굴도 채 모르는 그 두 아이들의 엄마가 오렌지 주스 한 상자를 들고 서 있었다.

"새댁, 우리 애들을 돌봐줘서 너무너무 고마워요!"

"아줌마! 나 시험 잘봤다고 선생님한테 칭찬받았어요!"

피곤하지만 행복한 미소를 머금은 엄마 옆에서 씨익 웃으며 서 있는 그 녀석은 성적표를 쑤욱 그녀 앞에 내밀면서 수줍게 웃었다.

중3짜리 녀석이 중1 영어 단어도 몰라서 중1 교과서를 구해 가르쳤던 보람이 나타났고 그녀는 녀석보다 더 좋아서 한밤중에 팔짝팔짝 뛰었다고 한다.

그 일 이후 애들 가르치는 보람을 느낀 그녀는 그집 애들말고도 여러 애들을 방과후에 열심히 돌봤다. 애들에게 비싼 과외나 학원교습은 엄두도 못 내는, 겨우 살기에 바쁜 그애들의 부모는 그녀가 고마워서 게으른 주인 덕에 언제나 뽀얀 먼지를 뒤집어쓴 그녀의 자동차를 말끔히 반짝이게 닦아놓곤 하는데, 대체 누가 하는지를 모른다고 한다.

그녀의 아들은 다섯 살배기 개구쟁이.

엄마가 일일이 챙겨주지 않아도 동네 다정한 형들과 누나가 놀이터에 데리고 가 놀아주고 넘어져 울면 일으켜 달래고, 그 아파트에 사는 애들은 모두 다섯 살짜리 아들을 친형제처럼 돌봐준다.

그녀 남편은 더 이상 그녀의 형편없는 다림질 때문에 투덜거리지 않아도 된다. 공장 나가는 옆집 엄마가 저녁이면 그녀의 집에 와서 유난히 다림질 못 하는 그녀 대신 신랑의 와이셔츠 광나게 다려준다.

그녀의 희한하고 특이한 음식 솜씨 또한 문제가 아니다. 음식 잘하는 이웃집 엄마의 요리 출장으로 거의 없는 반찬이 없다. 왕푼수인 그녀는 이미 그 아파트에서 왕관 없는 여왕으로 군림하며 사는 것 같다.

애들을 두고 일 나가는 절박한 엄마들의 심정은 가시를 삼킨 듯 언제나 쓰리고 아프다. 그러니 방과후 엄마가 없는 애들을 일일이 사랑으로 챙겨주는 그녀가 얼마나 고마웠을까?

나는 떨리는 목소리로 말했다.

"나…… 너…… 조조조…… 존경해도 되되되…… 되니?"

그녀가 시장도 못 본다고, 다림질도 못한다고, 음식도 못하고 살림도 못한다고 속으로 조금 우월감을 가졌었던 나는 여지없이 감동으로 무너져 내렸다.

살림 잘하고 단정하며 웃어른들께 공손하고 자신의 가족과 친지의 생일, 집안의 대소사, 기념일을 꼼꼼히 챙겨 인사를 드리는 착한 여자는 아름답다. 그래서 여자는 이렇게 착한 여자가 좋은 여자라고 장려와 교육을 받는다.

그러나 그렇게 착하고 아름다운 여자가 자신의 집안과 가족을 챙기느라 이웃의 고통과 안쓰러움에 관심이 갈 여지가 없다면 과연 좋은 여자일까?

차라리 착한 여자 식의 인사치레나 웃어른 공경, 살 떨리는 제 자식의 보살핌엔 좀 소홀해서 나쁜 여자 소리를 들어도 가까운 이웃의 어려움을 보살피고 남의 자식도 토닥이는 가슴 넓은 나쁜 여자가 더 좋은 여자다.

여자가 결혼을 하면 온통 관심과 시각이 나의 집안으로만 쏠리게 되는 것은 피할 수 없다. 남편, 아이들, 시댁의 대소사……. 잘 해내려는 생각만으로도 치여죽을 일이다. 내 아이 잘 기르는 것만으로도 코가 석 자인데 남의 아이까지 챙기는 일은 상상도 못할 일이다.

그러면서 우리는 내 아이들에게 말한다.

"친구를 잘 사귀어야 해. 불량한 애들과는 놀지 말아라."

사랑스런 푼수 그녀가 하는 말.

"대개 불량한 애들은 불량한 환경에서 나오게 되는 것 같아. 불량한 애들을 피할 게 아니라 불량한 환경을 좋은 환경으로 만들어야지. 불량한 애라고 멀리하기만 하면 내 아이가 안전할 거라고 생각하니? 내 아이가 천사이듯 모든 애들은 다 천사야. 애들은 사랑해주면 모두 천사가 되거든……."

그녀의 말이 천상에서 울려퍼지듯 나의 귀에 메아리쳤다.

살림 잘하고 남편 내조 잘하고 자신의 애들을 잘 키우는 여자가 가장 좋은 여자일까? 아니다. 그냥 보통의 소심하고 냉정하고 지지리 별볼일 없는 여자다. 살림은 못해도 다림질도 못하고 시부모 제삿날, 남편 생일은 좀 까먹는 나쁜 여자지만 온통 남편과 자기 애들만을 돌보기에 급급하기보다는 관심과 사랑이 필요한 이웃을 돌보는 그런 여자가 좋은 여자, 잘난 여자다.

그래서 난 내 친구 왕푼수, 살림 빵점인 여왕님, 그녀가 더없이 사랑스럽다.

비켜, 내 길은 내가 간다

그녀 고딩 때, 그 집에선 한바탕 난리가 났다.

인문계 고등학교에 다니던 K가 2학년 여름방학부터 문득 취업반에 가겠다고 나선 거다.

그녀의 부모형제들은 화려한 일류대학 출신들. 엄마는 대학에 진학하라고 K를 달래다가 혼내기를 거듭하더니 급기야 힘이 빠져 자리 보존하고 드러누웠다.

나쁜 여자 K는 신나는 고딩 시절을 학교와 학원을 전전하며 지루한 공부하느라 피곤에 절어 보내느니 이것저것 하고 싶은 것 다하고, 졸업 후 부모에게 아양떨어 용돈 타 쓰느니 빨리 취직해서 자립하고 싶었다고 한다.

학구적이고 경제적으로 남부러울 것 없이 떵떵거리며 자알 사는 그녀의 집안에선 공부보다는 놀기 좋아하고 경제적 독립선언에 연연해하는 그녀 K가 문제아였다.

대학에, 대학원에 심지어 원하면 박사까지 다 하도록 해주고 도중에 결혼해서 애 낳으면 애까지 다 길러주겠다는 그녀 엄마의 애원에도 그녀는 무식하고 단호하게 취업반을 희망했다.

취업반 선택과 함께 여름방학 보충수업 대신 나 홀로 배낭여행(정확히 말하면 가출)을 떠나버린 그녀 K의 엄마는 거품 물고 쓰러지신 반면, 그녀의 아버지는 K의 주장을 통쾌하게 받아들이셨다.

그래서 K는 아버지의 막강한 비호 아래 대학입시 공부에 시달리지 않고, 잘 먹고 잘 자고 잘 놀고 하고 싶은 것 맘대로 하며 탱자탱자 놀았다.

고등학교를 졸업하고 그녀는 희망대로 어느 중소기업에 취직했다. 반년 정도 직장생활을 하다 보니 암만 해도 대학을 졸업한 직원들과 자신과는 대우에서부터 장래성에 있어서 문제가 있음을 알게 되었다.

대학입시 때문에 고생하는 건 맘에 안 들지만…… 아무래도 대학은 좀 갔다 와야겠다는 생각이 들었다.

일년쯤 회사에 다니던 그녀는 어느 날, 회사를 그만두었다. 그리곤 대학입시 준비에 매달렸고 다음해에 간호대에 들어갔다. 전혀 백의의 천사에 해당 안 되는 그녀의 캐릭터. 역시 그녀는 간호사도 맘에 안 들었다.

왜 다 같이 돈 들여 힘들여 공부하고 의사는 의사 선생님이 되고 간호사는 간호사가 되어 영원히 의사의 뒤치다꺼리를 하게 되는가가 영 기분이 언짢았다.

애초에 친절하고 유능한 간호사 언니가 되기 위함이 아닌 일단 '가고 보자~ 대학'이 목적이었던 탓에 이 즈음에서의 그녀의 갈등은 당연하다.

그나마, 대학 졸업 후 간호사 생활을 하면서 좀더 장래성을 보장받고 싶었던 그녀 K는 독일로 유학을 갔다.

독일에서 공부를 하다가 영 공부가 심심하고 지겨웠던 그녀는 부모님 몰래 학교를 때려쳤다. 공부 대신 뭔가 할 일을 찾아 배회하던 중, 독일의 동양 식품점에 김치가 부실한 걸 발견했다. 집에서 배추를 몇 통 사다가 엄마가 해주시던 고향의 김치맛을 떠올리며 김치를 담갔다. 그리곤 그 김치를 슈퍼에 가지고 가서 일단 내놓고 팔아달라고 했다.

"엄마가 담근 맛있는 김치처럼 나도 함 담가봐?"

시험삼아 몇 통의 배추를 사다가 담가 팔기 시작한 김치는, 마침 김치가 시원찮던 독일 인근에 소문이 나기 시작했고, 그녀는 쉼없이 김치를 담가 팔다가 그녀 혼자만의 일손으로는 부족해서 탱자탱자 노는 한국 유학생 부인들을 고용했다.

엄마가 담근 김치맛을 떠올리며 어설프게 담그기 시작한 K의 김치 사업은 꽤 빠른 속도로 성장하게 되었고 김치는 날개 돋친 듯 팔려 나가서 그녀의 부엌에서 시작한 김치공장은 꽤 튼실한 김치회사가 되었다.

어느 날, 김치 부자가 된 K는 생각에 잠겼다.

'내가 이곳에서 김치 장사를 하고 살면서 영원히 행복할 수 있을까?'

답은 '아니었다.'

그래서 그녀는 잘되가고 있는 김치공장을 팔고 한국에 다시 돌아온다.

김치공장 판돈으로 고향에 제법 널찍한 땅을 샀다. 그리곤 그 땅에 병원을 짓고 싶었다. 그러나 그녀는 간호사. 병원을 짓고 병원장이 되기엔 부족했다. 그래서 의사 남자친구를 사귀었다.

내과의사인 그녀의 남친. 도무지 아무리 사귀어도 결혼하자는 청혼의 의사를 안 보였다. 병원을 짓고 싶고…… 결혼도 하고 싶던 K. 성격도 원만하고 정도 든 남친과 결혼을 단행키로 한 그녀 K는 청혼을 기다리다가 늙어죽느니 자신이 청혼을 하기로 했다.

"우리 결혼하자……."

"미안해, K. 아직 난 준비가 안 됐어."

"뭔놈의 준비……. 그냥 하면 되지."

"마음의 준비가 안 됐어. 조금 더 생각해보고……."

생각해보겠다던 남친은 일 주일이 가고 한 달이 지나고, 또 한 달이 지나도 청혼은커녕 오히려 연락이 뜸해지더니 아예 연락이 끊어졌다.

때는 한겨울.

일요일 아침, 망설이다가 K는 그에게 전화를 했다.

"요즘 뭐 해? 결혼 생각해보겠다더니…… 왜 연락도 없는 거야?"

"응. 아직…… 생각 중이야. 결혼은 워낙 중요한 일이라서……."

"오늘 만나자!"

"안 돼. 나 여기 먼 데야. 지금 낚시 중이거든."

남친은 교외 저수지에서 얼음낚시 중이었다.

K는 당장 전화를 끊고 그가 지금 있다는 교외 저수지로 갔다. 몹시 추운 날, 꽁꽁 얼어붙은 저수지 한가운데 드문드문 사람들과 함께 남친이 보였다.

갑자기 나타난 K의 출현에 남친은 놀랍기도 반갑기도 해서 어쩔 줄 몰라했다.

"언제까지 기다려야 결론이 나는 거야?"

"뭐…… 결혼말야?"

"그래. 결혼할 거야, 말 거야?"

"좀더 생각할 시간을 줘."

"그래? 그렇담 생각할 시간은 충분히 줬으니, 이젠 생각할 기회를 주지."

그리곤 K는 집에서 가져간 망치를 들고 남친 주변의 얼음에 망치질을 하기 시작했다.

쾅쾅! 쾅~!

"야, K! 너 미쳤어? 여기 수심이 얼마나 깊은 덴데! 얼음 깨짐 어떡할라구~."

"그니까 얼음 깨지기 전까지 생각해봐. 죽을래, 결혼할래?"

"야, 정신차려! 이래서 답이 나올 얘기가 아니잖아. 좀 진지하게 생각해줘."

그의 말이 끝나자마자 K는 다시 망치로 힘껏 얼음을 내리쳤다. 쾅쾅~!

"그니까 빨랑 진지하게 생각해! 까짓것 어차피 죽을 목숨, 여기서 우리 같이 죽자!"

쾅쾅~!

"제발 이러지 마~!"

하지만 남친의 애걸에도 아랑곳 않는 그녀.

"결혼할래, 죽을래?"

쾅쾅~!

이윽고 안절부절못하던 남친.

"K야! 사랑해. 결혼해줘!"

얼음을 내려치려고 망치를 높이 치켜든 K의 손을 잡고 남친은 청혼을 날렸다. 그리곤 금이 가기 시작하는 저수지 한복판에서 걸음아 나 살려라~ 도망을 나왔다.

결혼에 대해 확신이 안 서서 망설였던 그녀의 남친은 그 망치소리를 들으며 이 여자와 기어이 결혼해야겠단 생각이 들었단다.

그래서 K는 결혼과 함께 자신이 독일에서 김치공장 해서 번 돈으로 땅 사둔 고향에 남편과 합작으로 건물을 짓고 병원을 운영한다.

터프한 나쁜 여자 K의 이야기는 미련한 착한 여자의 삶이 암울하고 현명한 나쁜 여자가 행복한 이유에 대해 조그맣게 속삭이는 듯하다.

착한 여자는 부모님의 권유나 남의 권유에 자신의 뜻을 접고, 혹은 별 생각도 없이 무조건 그 길을 따라나선다. 순종이 곧 효도라고 생각하기 때문이다. 그러곤 자신의 의도와 일치하지 않은 그 선택의 불행한 결과는 자신의 순종적인 효도의 어쩔 수 없는 결과라고 생각한다. 그리고 죄가 있다면 효도한 일밖에 없고 남의 성의 깃든 조언을 들은 것밖에 없다며 울먹인다.

그러나 나쁜 여자는 자신이 설득되어지지 않는 어떠한 권유도 받아들이지 않으며, 어떠한 순간에도 자신 앞에 놓인 인생의 주인은 자신임을 잊지 않는다.

여기까지만 보면, 나쁜 여자 되기는 아주 쉬워 보인다.

그 누구의 말도 안 듣는 고집불통에 억지와 생떼, 제 주장만 외쳐대며 악다구니를 써서 제 뜻대로 하면 될 것 같아 보이니……. 그러나 이러한 주체적인 판단과 결정은 실은 아무나 하는 게 아니다.

나쁜 여자가 그리 쉽게 되는 게 아니라는 말씀.

중요한 판단과 결정을 할 수 있으려면 피나는 내공이 필요하다. 내공은 끊임없는 자기 계발과 성장 의지가 있어야 하는 것으로, 착한 여자가 주는 밥 먹고 자기에게 주어진 콩알만한 일에도 힘에 겨워 헉헉댈 때에 나쁜 여자는 제 스스로 지혜와 지식을 갈고 닦는 내공의 길을 게을리 하지 않는다.

주도적으로 살려는 여자는 주도적인 힘이 있어야 하듯이, 그 힘은 곧 허허로운 객기가 아닌 빵빵한 실력인 것이다.

그러나 그토록 주인 의식이 있는 나쁜 여자가 가끔 실수나 잘못된 선택을 하기도 하는데, 이때, 미련한 착한 여자처럼 징징 짜며 소용없는 넋두리를 하거나 자신의 불행한 결과에 대해 남의 탓을 하지 않는다. 책임을 회피하지 않으며 언제나 새 길을 모색하는 긍정적인 태도는 그 실수마저도 용케 행운으로 바꿔놓는다.

이러한 나쁜 여자이니, 행여 사랑하는 남자가 결단에 임해 우유부단함을 보일 때에는 망치를 휘둘러서라도 남자의 확고한 결단을 돕는 내조를 아끼지 않는다. 그래서 뭘 아는 남자들은 너도나도 착하기만 한 미련곰탱이 착한 여자보다 까탈스럽지만 지혜로운 나쁜 여자를 더 선호한다.

물론 무능하고 여자에게 군림하기 좋아하는 허풍쟁이나 등신 같은 남자들은 내공 안 닦인 착한 여자 곁을 맴돌지만, 그건 냅두자.

적극적이고 능동적인 자세는 나쁜 여자의 기본이다.
그래서 소극적이고 수동적인 착한 여자가 감나무 밑에서 입 벌리고 감 안 떨어진다고 투정 부릴 때에 나쁜 여자는 잘 익은 감 따서 입에 넣고 오물거리고 있으니…… 나쁜 여자는 그래서 행복할 수밖에 없다.

태극표 나쁜 여자

영국에 사는 내 친구는 한국에 기자로 나와 있던 영국 남자와 결혼을 했다. 유난히 색채감각이 뛰어나고 예쁘던 그애는 한국에서 결혼, 애 둘을 낳고 남편을 따라 영국으로 훌쩍 떠났다.

간간이 편지를 주고받았었는데 물론 착하고 외로운 그애가 내게 보내는 편지가 열 배는 더 많았다.

난 그때 한창 일하느라 바빠서 겨우 편지를 써놓고도 가방에 넣고 다니다가 못 부치는 편지, 쓰다가 졸려서 엎어져 자다가 편지지에 침 흘려서 못 부친 편지 등등 해서, 우체통에 온전히 넣어져서 그애에게 간 편지는 몇 통이 안 된다.

그럼에도 꾸준히 보내오는, 납작 동글한 글씨로 내 이름이 써진 푸르스름한 편지봉투는 편지함에서 발견하는 순간 내게 얼마나 가슴 떨리게 귀한 선물이 되었는지 모른다.

파리에 들렀다가 코앞이 영국인 핑계로, 답장도 가뭄에 콩 나듯이 하는 무정한 친구, 나쁜 여자가 그애의 집을 찾아갔다.

영국의 동남부의 작은 도시 스윈든.

영국에 사는 친구에게 파리에서 떠나기 전에 전화를 했다. 뛸 듯이 반가워하는 친구에게 부담스러운 공항 마중은 극구 사절하고 내가 찾아가기로 했다.

나는 공항에서 버스를 타고 초행길의 약간의 긴장감과 함께 차창 밖 풍경에 넋을 잃으며 찾아갔다. 버스는 북적이는 런던이 아닌 한적한 시골로 들어서고 있었다. 이렇게 아름다운 시골이라면, 이렇게 멋들어진 시골집이라면 우리나라 도시 사람들 아마 모두가 짐 싸서 시골로 내려간다고 할 것 같다. 버스에서 내려서 다시 택시를 잡아타고…… 친구의 주소를 택시 운전사에게 건네주고 난 후 끝이 날 것 같지 않은 굽이굽이 낯설고 목가적인 길을 갔다.

그런데 쉽게 그애의 집을 찾을 수 있었던 것은 바로 태극기 덕분이었다. 그애의 집 앞에 큼직하게 게양된 태극기! 그애는 내가 찾기도 쉽게, 그리고 나를 환영하는 뜻으로 태극기를 집 입구에 펄럭이게 했던 거다. 외국에서 한국 대사관도 아닌 한적한 낯선 동네의 가정집 대문에서 태극기를 발견하는 반가움과 놀라움은 내가 마치 유관순 언니의 사돈의 팔촌이라도 되는 듯 가슴을 벅차게 했다.

그애가 사는 집은 오래된 돌집이었다. 그 안마당에는 굵고 오래된 나지막한 사과나무가 있는데 그 가지에 매단 그네에 애들이 타고 놀고, 정원에 뒹구는 사과로 사과파이를 만들어 먹는 자연에 묻힌 전원생활을 하고 있었다. 난 그간 파리에서 싸돌아다니느라 피곤했던 몸을 길고 깊은 잠으로 만회했다.

마치 먹고 자러 온 사람처럼 먹기만 하면 잠에 곯아떨어지는 나를 친구는 마냥 먹이고 재웠다. 휴식하는 나날이 한동안 계속되었고, 그러면서 그애가 간간이 말해주는 영국 정착 이야기를 들을 수 있었는데…….

그애는 영국에 도착하자마자 참으로 힘겨운 시간을 보냈다. 왜냐하면 한국에선 건강하고 멀쩡하던 남편이 영국에 도착하자마자 한쪽 어깨를 못 쓰게 된 거다. 어깨에 통증이 너무 심해서 남편은 밤엔 잠도 못 이루고 그러니 매사에 신경질을 내고, 직장도 못 구하고 두 애들이 있는 4인 가족의 생계는 막막했다.

다행히 사회보장제도가 튼실한 영국이니 기본적인 생계는 유지가 되었지만 한국에서 가져간 돈은 이미 다 썼고, 남편의 고장난 어깨는 날이 갈수록 더해만 가서 병원에서도 속수무책! 병들고 짜증만 느는 남편과 옥신각신 피 터지게 싸우고, 하루 종일 징징대는 아이들 뒷바라지에 겨우 입에 풀칠할 만한 생활비. 이웃도 없고 친구도 없는, 아름답지만 황량한 그곳에서 지옥 같은 생활이 계속 펼쳐졌다.

그래서 그애는 답장도 없이 무정한 내게 그토록 정성으로 편지를 보냈던 것 같다. 그러나 이토록 힘들고 험했던 자신의 얘기는 편지에 쓴 적이 없어 난 그애가 영국에 가서도 잘 먹고 잘 사는 줄 알았다. 한국에서의 그애 집은 떵떵거리며 잘 살았기 때문이다. 난 나의 무심함을 후회하며 그애의 고달팠던 이야기를 들으면서 그애가 아깝다는 생각이 들었다.

그애는 웬만한 탤런트 귀싸대기 날릴 만큼 잘생겼고 놀랍도록 색채감각과 미적 센스가 뛰어났으며 명랑하고 상냥했다. 그런데 영국 남자에게 붙잡혀 와 그 고생을 다하면서 그녀의 뛰어난 재능을 썩힌다는 게 못내 아쉽기만 한 거다.

"처음에 남편이 아파서 잠을 못 이루며 짜증만 낼 때엔 몰래 밤에 도망을 갈까도 생각했었어, 심각하게……. 하지만 난 남편이 나을 걸 확신했고 나으면 내게 미안해할 거란 생각을 했지. 아이들도, 아빠가 아픈데 엄마까지 없다면…… 어떻게 되겠니?"

싸울 땐 싸우더라도 열심히 남편을 간호하고 아이들을 돌보고……. 그런 날들이 흘러서 남편은 정말로 완쾌되었고 그녀가 생각했던 것처럼 남편은 그동안 그애가 보여준 인내와 정성을 너무나 고맙게 생각한다.

그애의 예술적 재능은, 너무도 감각적이고 튀는 아름다운 집안 연출로 나타났는데 특이한 점은 그 집의 거실이 한국식 가구와 한국식으로 꾸며져 있단 거다. 옆집에 사는 일본 여자를 의식해서 광복절에는 일찌감치 대문에 큼지막한 태극기를 게양하고 그외에도 한국의 기념일, 개천절, 삼일절, 현충일에도 태극기를 매단다. 아이들에게 엄마의 나라를 사랑하고 관심을 갖게 하고 싶어서 가져왔다는 태극기는 국가 기념일뿐만 아니라 집안의 대소사에도, 애들의 생일날 등에도 태극기를 게양하는 등 그리도 요긴하게 두루두루 쓰였다.

대한이는 그 집에서 기르는 고양이 이름이다. "대한아!" 하고 부르면 어디선가 쏜살같이 나타나는 영국 고양이는 한국 말도 잘 알아듣는다. 시부모님의 생신이나 친척의 결혼식 날, 크리스마스 때엔 온 가족을 곱게 한복으로 차려 입힌다나?

"네 조상 중에 뭔 애국지사가 있냐? 아무래도 대한독립 냄새가 너무 많이 나는 것 같아……."

난 애국심으로 꽁꽁 무장된 사람들을 보는 게 왠지 나의 빈약한 애국심과 비교되어 서먹하고 부자연스럽다.

"아니……. 그건 내가 애국자라서가 아니라 여기에서 나의 정체성을 확인하려는 거야. 아시아를 우습게 여기는 서양인들의 성향, 너도 잘 알잖니. 내가 여기서 영국 애들과 같은 음식을 먹고 같은 공간에서 같은 말을 하면서 살고 있지만 내 생김새는 동양인 그리고 한국 여자야. 내가 나임을, 그리고 내가 그들과 다른 나라에서 온 것을 자랑스러워하는 것이 내게 유리해. 마치 자신의 부모를 욕하고 헐뜯는 자식이 아무리 잘난 행동을 해도 존경받을 수 없듯이 내가 어떤 나라에서 왔으며, 그 나라에 대해 얼마나 자긍심을 갖는가 하는 것은 일종의 자기 과시이기도 하지. 아직도 한국은 여기서 보기엔 수많은 후진국이 모여 있는 아시아의 한 나라에 불과하거든."

그 친구는 작년에 애들과 함께 한국에 와서 우리집을 다녀갔다. 하루는 아이들을 데리고 노래방에 갔더니 아무런 한국 가요도 몰라서 쭈뼛거리는 애들에게 친구는 애국가를 골라주었다. 두 애들이 일어나더니 둘 다 악을 쓰며 애국가를 가사도 안 보고 4절까지 불러댄다.
"남산위에 저소나무 철갑을 두른 듯……."
2절의 요기까지밖엔 나도 기억을 못 하는 애국가를 얼핏 보기엔 서양 애같이 생긴 혼혈 아이들 두 명이 신나게 부르는 것을, 누가 봐도 순종 한국인인 우리 애 둘은 입을 쩌억 벌리며 쳐다보고 있었다. 그애는 자신의 애들을 영국에서 토종 한국인으로 키우고 있었던 거다.

친구는, 애들도 제법 큰 요즈음엔 봉사 활동을 다닌다고 한다. 영국엔 양로원도 급수가 있는 모양이다. 건강하고 자기 앞가림하는 노인들이 유유자적하는 그런 양로원이 아닌, 건강이 최대한 악화되어 이제 죽을 날만 손꼽아 기다리는 그런 양로원인데, 유난히 깔끔하고 비위도 약해서 비릿한 냄새도 못 맡는 그애가 그 노인들의 대소변을 받아내는 등 수발드는 일을 한다.
어느 날, 한 할머니의 대소변 뒷정리를 하는 도중 할머니가 그대로 실례를 했다. 먹는 것이 죽의 형태인 관계로 그것의 형태는 자연히 그와 비슷한 물이 많은 형태. 할머니의 옷을 벗기는 작업 중이던 그녀의 얼굴에 왕창 튀는 똥물.

"미안해요. 미안…… 미안…… 정말 미안해요."

정신은 말짱한 할머니는 당황해서 눈물을 글썽이며 미안하단 말만 계속했다. 순간 '이거 더 이상 못 하겠다'란 생각이 들었지만, 할머니의 어쩔 줄 모르며 무안해하는 얼굴이 딱해서 금세 웃으며 괜찮다고 똥물이 튄 얼굴을 쓰윽 닦았다고 한다.

그녀가 돌보는 또 다른 환자는 점점 기억력과 지능이 퇴화해서 나중에 결국 죽게 되는 병에 걸린 어떤 남자다. 친구는 그 환자를 산책시키며 라벤더 꽃이 가득 핀 길을 오가면서 라벤더 향내를 함께 맡았다. 그러나 얼마 후 그 남자의 상태는 이젠 자신을 돌봐주는 그애도 기억을 못 할 만큼 악화가 되었고, 안쓰러웠던 그녀는 라벤더 꽃잎을 으스러뜨려 그 진한 향내를 그의 코에 대주었다. 꽃향기를 맡으며 천천히 그녀를 기억해내곤 환하게 번지던 그 남자의 미소를 그애는 소중히 간직한다.

그녀의 또 다른 아기는 90세의 노망든 할머니. 엄마가 돌아가신 다섯 살 그 즈음의 정신 상태로 돌아가서 다섯 살배기 아이처럼 언제나 엄마를 기다리는 할머니다.

잠도 안 자고 밥도 안 먹고 엄마를 기다리는 그 할머니에게 그녀는 "엄마가 밥 잘 먹고 잠 잘 자면 꼭 데리러 오실 거야……"라고 하면서 작은 인형을 들려줬다고 한다.

"정말? 그럼 엄마가 날 데리러 꼭 오는 거야?"

할머니는 인형을 반갑게 받아들고 그후 말 잘 듣는 착한 아이처럼 밥도 잘 먹고 잠도 잘 잤는데 얼마 후 돌아가셨다. 할머니의 품에는 그녀가 준 인형이 꼬옥 안겨 있었다고 한다.

이렇게 상냥하고 마음 따뜻한 그녀이지만, 시건방지게 태클을 걸어오는 사람에겐 만만치 않게 대응한다. 못생기고 거만한 영국 여자가 무턱대고 유색 인종에게 꼴사납게 구는 것은 차마 두 눈 뜨고 못 봐주는 우리의 대한의 딸 그녀는 설사 자신과 무관한 일일지라도 편견과 이유 없는 인종 차별이나 무시 등에 대해선 강력하게 쌈질을 하고 지능적으로 골탕을 먹인다.

세계가 지구촌이 된 시대. 이 시대에 세계 어디를 가든 멋지고 행복한 여자는 어떤 여자일까?

콧대 높은 선진국의 기세에 압도당해 자신을 낳고 길러준 모국과 그 모국의 문화를 외면 혹은 무시하는 여자는 결코 멋지지도 행복해지지도 못한다. 자신의 것에 긍지가 없는 여자는 언제나 지리멸렬, 전전긍긍하며 착하고 온순하게만 보이는 게 최선이기 때문이다.

자신을 사랑하는 여자는 자신의 본질을 사랑하며 그 본질은 바로 자신의 모국과 문화 속에서 자란 것이다. 돼먹지 못한 앵글로 색슨족의 우월감으로 가득한 곳에서 자신이 한국 여인임을 굳이 강조하며 한국 냄새 풀풀 풍기면서 봉사하는 그녀. 그녀야말로 세계 어디를 가든 멋지고 행복한 여자다.

아직도 삼일절, 개천절, 광복절엔 태극기를 높이 달고 집안에 기르는 고양이의 이름을 '대한이'라고 짓고, 고양이뿐만 아니라 영국인 남편의 이름도 순 한국식으로 지어 부르며 아이들의 이름도 한국 이름이 당연히 있고 한국어로 야단치고 영국의 명절이나 집안의 공식행사엔 가족을 한복으로 차려 입히고 나서는, 한국인으로서의 긍지로 콧대 높은 영국인들의 무(無)경우엔 무차별 공격을 하며, 천사처럼 누구도 하기 힘든 일, 그곳 노인들을 위해 봉사하는 여자.

한때 그 지역 신문에 그녀의 봉사하는 일면이 보도됐다면서 수줍게 웃는 그녀는, 한국인의 자부심과 긍지를 가지고 살아가는, 날갯죽지 한구석에 태극 마크가 선명히 찍힌 '메이드 인 코리아,' 한국표 천사다.

인생을 업그레이드 한 여자

10년 전 즈음, 난 운동을 하러 다녔다. 동네 목욕탕 위층에서 하는 에어로빅. 석 달치 회비를 한번에 내면 공짜로 운동 후에 목욕탕에서 사우나도 할 수 있는 곳이다. 시설이 좀 후지지만 싼 거 밝히는 나에겐 그만딱이다.

한 달쯤 됐을라나. 어느 날 운동을 하러 가니 에어로빅 선생이 목욕탕 주인 아줌마와 싸움이 붙었다. 나이도 꽤 든 주인장 아줌마와 고래고래 악을 쓰고 맞붙어 싸우더니 결국 그 선생은 해고당했다.

서른 즈음의 에어로빅 선생. 유난히 광대뼈가 불거진 그녀는 먼저 이곳에 다니던 사람들의 말에 의하면 학창 시절부터 유난히 무용을 좋아해 여고 졸업 후 직장을 다니다가 한창 그 당시 유행이던 에어로빅 선생 자격증을 따서 어찌어찌 이곳에 오게 되었다고 한다.

탈의실에서 주섬주섬 옷을 갈아입는 눈물이 범벅이 된 그녀의 얼굴은 그날따라 유난히 튀어나온 광대뼈와 사각턱이 눈에 띄었었다.

그 선생이 잘린 후 다른 선생이 왔고 난 공짜 사우나도 즐길 수 있는 그곳에서 매일매일 운동을 했다.

어느 날, 들려오는 소문에 그 여자는 그 동네 부근의 어느 지하에서 새로 에어로빅 헬스장을 개업했다고 했다. 개업식 겸 떡을 먹으러 오라는 말에 떡도 잘 먹는 나는 떡을 먹으러 그 지하 에어로빅장에 갔는데 으악……. 작고 허름한 건물의 습기가 가득 찬 지하의 비좁은 곳이 아닌가. 그곳에서 그 여자는 목욕탕 주인과 싸움 후에 열 받아서 자신이 직접 운영하는 에어로빅장을 연 거다.

떡이고 뭐고 그 습습한 냄새와 분위기가 영 마땅치 않아 얼른 내게 할당된 떡접시를 빨리 해치우고 금세 나왔다. 그리곤 그 여자는 내 뇌리에서 영원히 잊혀졌다. 그 위에 10년이란 세월이 강물처럼 흘러갔다.

며칠 전 유난히 춤을 좋아하는 딸애를 데리고 평소 벼르던 재즈댄스 학원에 갔다. 우리를 반기는 학원 원장은 어디선가 본 듯한 아름다운 여자였다.

누굴까……. 대체 어디서 본 얼굴일까…….

한참을 갸우뚱하며 생각한 후 난 겨우 희미하게 그녀를 알아보았다. 바로 그때 10년 전 동네 목욕탕 그리고 지하의 습습한 그곳 그리고 사각턱과 광대뼈.

그 에어로빅 선생이 지금의 지적인 용모의 학원 원장의 얼굴과 겹쳐지고 이내 동일인임을 알아낸 것은 하나의 놀라움이었다.

"어쩜…… 이렇게 달라졌어요? 아니…… 어떻게 이렇게 멋져졌어요?"

난 탄식처럼 놀라워했고.

"오호호호, 그래요?"

정말 그녀는 10년 전의 그 사각턱과 광대뼈만 유난히 돋보이던, 그래서 팔자가 무지 세 보이고 쌈박질 엄청 잘하게 생긴, 그리고 시설도 개떡같은 지하의 음습한 에어로빅장에 지친 듯 서 있던 그 여자가 아니었다.

얼굴도 그대로 약간 톤이 높은 듯한 목소리도 그대로…….

난 수상한 눈으로 성형수술의 흔적을 찾아봤지만 전혀 수술용 메스로는 만들어내지 못했을 세련미라고나 할까, 무언지 꼭 이름지을 수 없는 품위와 여유 그리고 멋스러운 무언가가 있었다.

지난 10년 세월의 기억 속에 의미를 지닌 가까운 사람들은 아니었지만 오래 전 알던 사람을 우연히 만나는 것은 철 지난 외투 포켓에서 지폐를 발견하는 것만큼 고맙고 반가운 일이다.

차 한잔을 마주하고 난 그녀가 밟아온 지난 10년 간의 발자취를 들을 수 있었다.

그 당시 목욕탕 주인과 쌈박질하던 그 당시는 결혼 바로 직후의 새댁이었다고 했다. 남편과의 불화, 시댁과의 끊임없는 사건은 그녀를 피곤하게 했고 주인장의 조그만 간섭에도 짜증이 났으며, 급기야 내가 봤던 그 쌈박질을 하게 되었고 결국 보잘것없지만 자신이 직접 운영하는 헬스장을 운영하다가 딸을 낳았고, 결국 남편과의 계속되는 불화를 견디다 못해 딸이 두 살 되던 해에 이혼을 했다.

이혼을 하고 아이를 혼자 힘으로 키우며 에어로빅 강사를 한다는 게 불가능했다. 그때엔 이미 장안에 에어로빅의 인기가 시들해져 하나둘 폐업을 하고 있던 시기라 점점 더 그녀는 생활에 저항을 느끼게 되었다.

이제 그녀 생계의 일환이 되었던 에어로빅은 장래성은커녕 암울하기까지 했다. 고민하던 끝에 여자는 어느 날 아직 어린 딸애를 친정 엄마에게 맡기고 있는 돈을 탈탈 털어 미국으로 향했다.

미국의 댄스스쿨에서 에어로빅이 아닌 댄스를 좀더 전문적으로 배우기 위해서다. 마침내 그곳에서 재즈댄스와 스포츠댄스를 배우고 한국에 온 다음 외국인을 위한 댄스 교습소를 연다.

자연히 그녀의 고객은 한국 주재의 대사관 및 한국의 외국인 회사의 외국인이 되었다. 그러니 교습비도 비싸고 영어를 하지 않으면 안 되는 생활환경이 되어 갔다.

그녀는 영어를 꾸준히, 그리고 자신의 댄스도 꾸준히 발전시켰고 무용을 정식으로 전공하지 않은 그녀는 자신이 좋아하는 춤사위와 배움에 대해 목마름이 계속되었다고 한다.

한국에서 영어로 댄스 교습을 할 수 있는 얼마 되지 않는 인력에 속하는 그녀는 현재 유명호텔에서 외국인의 볼룸댄스 강습과 파티를 주최한다.

그녀에게 댄스를 배운 대사나 외국인 기업체의 사장들은 수두룩해서 그녀 역시 외국 대사관의 파티나 외국의 행사에 특별대우를 받으며 초대받곤 한다고 한다.

"그 다음엔 돈이 어느 정도 모아져서 파리에도 갔었지요. 파리의 댄스 스쿨에서 춤을 췄어요. 물론 사람들을 가르치면서요."

"어머 대단해요! 그럼 이제 무용가가 된 건가요?"

난 대학에서 무용을 전공하지 않아도 결혼 후 나중에 애를 낳고서도 외국에 나가 춤, 무용, 그런 방면에 한 가닥 하는 세계적인 무용가가 되려는 야멸찬 야망을 그녀가 이룬 게 아닌가 하는 생각을 했다.

TV에서 간간이 보이는 일종의 인간승리의 다큐멘터리에 익숙했나 보다.

"실은 내가 자꾸 외국으로 갔던 것은 뛰어난 무용가가 되기 위해서는 아니에요……. 처음에 미국에 갔을 때엔 일종의 도피성이긴 하지만 죽기 전 내가 꼭 해보고 싶은 거라도 해보고 싶은 심정이라고나 할까요. 그리고 난 이곳 내가 태어난 한국이라는 곳에 갇히기 싫었어요. 돈을 벌면서 그곳에 체류할 수 있는 여건이 되면 젊은 시절, 외국에 머무는 것도 나쁘지 않은 것 같았어요. 그러면서 한국에서만의 가치 기준이나 쓸데없는 편견 그런 것들이 보이기 시작했고 내가 얼마나 한국적인 기준으로 남을 위한 것도 아니면서 나 자신을 옥죄고 살아가는지에 대해 느끼기 시작했죠. 우리나라 여자들이 넘 수동적이고 소극적이란 생각도 들구요."

“그건 우리나라의 국민성에 해당되는 게 아니라 개인 차이가 아닐까요?”

가끔 내 입으론 이보다 더 심한 비판적인 말을 일삼으면서 왜 난 다른 이의 입에서 나오는 우리나라 여자들의 비판은 아니꼽게 들리는 걸까.

“그렇긴 하지만…… 내가 느끼기엔 우리나라 여자들은 사랑하는 것보다 사랑받는 기준에 자신을 맞추는 데 넘 익숙한 것 같아요. 그 말은 살아가는 방법도 마찬가지란 얘기도 되겠죠?”

“당연하죠.”

“남자가 좋아하는 기준이나 가정과 사회에서 이래줬음 하는 기준에 여자들이 넘 쉽게, 그것이 자신에게 뭘 의미하는지 생각도 안 하고 덥석 자신을 그 기준에 맞추려 순하게 길들여진다는 말이에요.”

“맞아요. 유교적이고 남성 위주의 생각이 워낙 깊어서이기도 해요.”

난 변명처럼 대답을 하며 대체 이 여자가 10년 전 그때 그 여자, 목욕탕 에어로빅 헬스장에서 무식하게 주인장과 한판 붙었던 그 여자가 맞나 다시 찬찬히 뜯어봤다.

뭐 그리 대단한 대화라서가 아니라, 그때 그녀가 풍기던 이미지로서는 지금 내 앞에서 찻잔을 들고 우아한 자세로 한국 여자의 특징에 대해 설파하는 지금의 이미지가 맞아떨어지질 않았다.

“유교건 육이오건, 이혼녀로 살면서 느끼는 주위의 시선이나 결코 곱지 않은 판단을 내가 여기에서 사는 동안 참 많이 느꼈어요.”

“그래요. 아이, 혼자 키우기 아주 힘들죠?”

난 잠시 그녀의 고충을 짐작하며 그녀와 아이가 느꼈을 이혼녀에 대한 사회의 편견을 생각해봤다.

이혼과 편부편모의 가정은 어찌 보면 결혼에 버금가도록 극히 개인적인 일이건만 아이와 엄마가 맞부딪쳐 살아가기엔 우리는 너무 정형화되어 있다.

얼마 전 초딩 일학년 딸아이의 가족신문을 만들어준 후 들은 이야기

하나.

"엄마, 지은이는 가족신문 안 해와서 선생님에게 혼났어. 왠 줄 알아? 지은이는 엄마와만 사는데 선생님이 아빠와 엄마, 온가족이 함께 찍은 사진을 꼭 붙여 오라고 하셨거든. 그래서 지은이는 사진 안 찍어왔어."

"엄마와 둘이 찍은 가족 사진 가져감 되지."

난 가족은 꼭 아빠 엄마 그리고 아이들로 구성이 되어져야 할 이유가 없음을 딸애에게 말해주면서 은근히 가슴이 시렸던 이야기가 그녀의 이야기와 오버랩 되었다. 그녀의 아름다운 모습이 갑자기 연민으로 쓸쓸하게 다가온다.

난 분위기를 바꾸느라 일부러 능글맞은 미소를 묻혀 질문을 했다.

"남자친구나 애인, 그런 거, 혹시 있어요?"

"그럼 있죠, 호호."

'아뇨, 앤은요……. 그딴 거 없어요.' 설사 있다 해도 일단 수줍은 미소와 함께 일단 가볍게 부인하는 대답을 기대했을까? 그녀의 입가에 웃음이 번지며 얼굴이 환해지면서 쉽게 애인이 있다는 이 대답에 나의 호기심 발동. 난 왜 남의 남편보다는 애인이나 남자친구에 더 관심이 가는 걸까?

"얘기해봐요. 어떤 남자예요?"

그녀의 남자친구는 스위스 남자로 다섯 살 연하에 금융가였다. 그녀는 현재 40세(그래도 만 나이로 부득부득 39세라고 우긴다).

"어떻게 만났어요? 지금 한국에 있어요? 결혼은 할 거예요? 유부남? 아님 이혼남? 돈은 많아요?"

나의 조급하고 저급하고 성급한 질문에 그녀는 역시 우아하게 대답했다.

"파리에 있을 때 만났구요. 한국에 그 사람이 비즈니스로 왔을 때 다시 만나 친해졌지요. 나보다 다섯 살이 아래지만 나보담 돈도 많고 생각도 깊어요. 총각이구요. 우린 일년이 넘도록 매일매일 전화를 하고 메일을 주고받으며 사랑하고 있어요. 우리는 생각하는 게 많이 닮아 있어서 전혀 외국인이란 사실이 낯설지 않아요."

매일매일 전화를? 부러움에 입이 쩌억 벌어지면서 난 그녀가 보여주는 남자의 사진을 봤다. 금발의 키 큰 청년이 그녀를 껴안고 활짝 웃으며 찍은 사진이다.

"와, 무지 잘생겼다!"

예의상 남의 애인에게 해준 말이 아니라 진짜로 그는 훤칠하게 잘생긴 미남이었고 웬만한 서양영화에 나오는 영화배우만큼 섹시하고 멋졌다. 그 남자 옆에서 함께 웃고 있는 그 여자의 얼굴에서 난 아직도 끈질기게 10년 전의 그녀의 그 얼굴을 찾는 시도를 했다.

그러나 나의 수고는 헛되게도 도무지 그 사진 속의 그녀와 내 앞의 그녀는 10년 전의 그 여자와는 비교도 안 되게 업그레이드된 성숙하고 아름다운 여자였다.

도대체 여자가 나이 먹으면 추해진다는 사실이 맞는 건가? 이 여자에게 있어 세월은 축복이었고, 세월이 흘러 오늘의 이 아름다운 여자로 변한 거다.

성형수술로 바꿀 수 있는 많은 것들이 있음을 안다. 뭉툭하고 짧은 코도 높이 세울 수 있고 쌍꺼풀도……. 지방 흡입을 해서 날씬해질 수 있고 심지어 빵빵한 가슴까지……. 그러나 그 값비싸고 아픈 수술이 이렇게 놀라운 변화는 가져올 수 없을 것 같았다.

놀라운 현대 의학은 따뜻하고 여유로운 눈매와 기품 있고 지적인 목소리까지 바꿀 수는 없을 테니까.

그 여자는 이번 가을 영국으로 유학을 간다. 이번엔 댄스 스쿨이 아닌 비즈니스 스쿨이라고 한다. 그곳에서 그녀는 마케팅 커뮤니케이션을 공부하려고 한다. 그곳에서도 볼룸댄스를 간간이 가르치고 공부를 하며 초등학생인 딸아이를 키우려고 맘먹고 있었다.

"왜, 아이는 친정 엄마에게 맡기지 그래요?"

"안 되죠, 내 딸인데. 일부러 유학도 보내는데 어릴 때 외국에서 자라면 외국어도 자연스레 배우게도 되고, 게다가 어릴 때야 모르지만 이젠 컸으니 엄마와 함께 있어야죠."

"그럼, 스위스에 있는 앤은요? 결혼은 안 해요? 그냥 전화만 하고 살 거예요?"

"실은 작년에 청혼을 받았어요. 하지만 이젠 결혼, 쉽사리 하고 싶지는 않아요."

난 침을 꼴까닥 삼켰다. 사진 속의 그 남자, 멋드러지게 잘생기고 돈도 많다는 총각을 이 여자가 괜스레 팅기다가 놓칠 것 같은 조바심이 들었기 때문이다.

뭔가 이 여자의 행복을 위해 한 수 거들어야겠단 생각이 든다.

"흠, 내가 인생의 선배로서 한마디하죠. 봐서 괜찮은 남자인 것 같음 빨리 재혼해요. 그저 남자는 쥐약 먹어서 해롱댈 때에 결혼을 하려면 빨랑 해야지. 이렇게 떨어져 있는데 전화기나 붙들고 있다가 혹시 다른 여자라도 나타남 어쩌려구 그래요. 그러다가 뺏기지, 암."

"호호호호, 그럴 수도 있지요. 그러나 그건 그 사람 입장이죠. 제 입장에선 더 중요한 게 있거든요."

"결혼에 실패해서 이혼한 여자에게 중요한 건 성공적인 재혼이 될 수도 있지 않나요?"

"남자친구는 나보고 하던 일을 정 포기하지 못하겠음 스위스에 댄스 스쿨을 차려줄 테니 딸애를 데려와 함께 살자며 조르지만 난 영국으로 공부를 하러 갈 거예요. 공부 끝마치고 생각을 하든가 해야죠."

"나이가 몇인데 공부만 해요? 실속을 챙겨야지, 실속을."

여기에서 실속이란 결혼을 통한 행복 및 돈벌이도 해당된다. 영리한 그녀는 나의 속물적인 말뜻을 금세 알아차리는 듯하다.

"물론 실속도 챙겨야지요, 제 인생의 목적이 결혼은 아닌걸요. 난 그 사람을 사랑하지만 결혼하기 위해서 내가 하고 싶은 일을 그만두고 싶지는 않아요. 난 댄스가 하고 싶어서 댄스를 했고 이젠 댄스를 비즈니스화시키고 싶어서 비즈니스를 공부하고 싶어요. 덕분에 영어 공부도 더 하고 싶구요. 돈욕심 때문에 돈을 더 많이 벌려고 하는 건 아니에요. 그냥 이대로도 우리 모녀가 살 수 있는 돈은 충분히 벌거든요."

잠깐 그녀는 눈을 가늘게 뜨고 내게서 시선을 돌려 창문을 바라봤다.

"하지만 난 이대로 여기서 내가 완성작이라고 생각질 않아요."

난 그녀의 미소 띤 입매와는 달리 열정으로 빛나는 눈매를 보았다.

"그래요, 잘 생각했어요. 그런 말을 들으니 넘넘 기분이 좋아지네요. 난 이혼한 여자가 스위스의 근사한 총각 만나서 쨍하니 새 출발해서 행복하게 잘살았다더라 하는 평범한 해피엔딩 스토리 하나 나오는 줄 알았더니 더 멋진 스토리가 있는 줄 몰랐네요."

"저, 그런데요……. 제겐…… 이혼한 게 참 잘됐어요. 한 번도 이혼한 걸 후회해본 적이 없거든요. 남편 속 안 썩여서 이혼 안 하는 친구들도, 잘사는 친구들도 요즘엔 저를 부러워해요. 제겐 이혼이 구원이었어요."

이혼이 구원이라…….

하긴 잘못된 만남을 억지로 끌고 가면서 신성한 결혼의 의미를 되새길 필요는 없다. 결혼생활의 불편함과 불행은 아무도 책임져주지 않는다. 구원처럼 이혼하지 않았으면 지금 이 여자는 내가 보듯 이렇게 아름답게 변모해 있을까?

그러나 난 끝내 그녀에게 고분고분 맞장구치기가 싫었고 뭔가 반항하고 싶었다.

"하지만 꼭 이혼 안 하고 그냥 하고 싶은 일 하면서 살 수도 있잖아요."

"그렇다고 생각지 않아요. 난 남편의 요구를 만족시키기 위해서, 결혼을 지키기 위해 아마 많은 부분의 나를 포기했을 테고 난 그 스트레스로

병들고 지쳐 있을 거예요. 그래요, 많은 여자들이 그런 방법으로 살기도 하지요. 양보와 희생이 삶의 방편이기도 하니까요. 물론, 그런 삶도 소중하지요. 무엇이 여자에게 더 소중한가의 문제가 아니라 개인적인 선택의 문제라고 봐요. 누구나 자신의 삶에 이유가 있어요. 난 다시는 그때의 나처럼 나를 포기하는 결혼은 안 할 거예요. 이젠 거기다가 딸애의 맘에 드는 남자가 아님 안 되니 더 조건이 까다로워졌지요. 호호호."

"앗참, 아이는 어때요? 엄마와 그 엄마의 앤에 대해서……."

"제 스위스인 남자친구는 딸애를 무척 귀여워해요. 딸아이의 마음은 아직 잘 모르지만 조심조심 맘에 들도록 애써가야겠지요."

난 갑자기 이제껏 연하의 돈 많은 총각의 조건에 이혼하고 애까지 딸린 그녀의 조건을 애써 맞추려 했던 나를 발견했다.

맞다. 중요한 건 그녀와 딸아이의 선택이고 그들의 조건이 주인이란 사실이다. 난 연하의 총각과 사랑에 빠져서 그녀에게 매미처럼 달라붙어 있는 아이의 존재가 조금은 귀찮은 애물덩어리로 다가올지도 모른다는 생각을 했다.

"그렇지 않아도 엄마가 아이는 떼어놓고 가라고 그러세요, 그 사람이 정 좋으면 모든 걸 잊고 새 출발하라구……. 하지만 그건 절대로 안 돼요. 딸애는 나의 일부이고 새 출발을 하려면 딸애와 함께 해야죠. 그 사람이 딸애의 맘에 들도록 노력해도 우리 아이가 그 사람을 거부한다면 난 결혼 안 해요. 팔 자른 나를 그 남자가 좋아한다고 내 팔을 잘라버릴 수는 없잖아요. 그렇듯 나를 그가 아무리 사랑한다 해도 딸을 제외하고라면 그 사랑은 제가 받아들일 수가 없지요."

난 이제껏 이 여자가 그녀를 사랑한다는 그 잘난 총각을 놓치고 쓸쓸한 과부로 살아가는 것에 대해 걱정을 했지, 그 남자가 이 매력적인 여자를 놓치고 쓸쓸히 살아갈 것은 생각 못 했던 것 같다.

"잘 생각한 거예요. 만세! 꼭 그렇게 하세요. 이렇게 멋진 동양 여자를 그 남자가 어딜 가서 만나겠어요. 그 사람, 복도 많네요. 모든 게 다 잘될 거예요."

그 여자는 올 8월 중순 런던으로 떠난다. 그래서 울 딸애는 그녀에게 춤을 배울 수가 없다.

스위스 남자친구는 취리히에서 비행기로 한 시간만 가면 그녀를 만날 수 있는 런던에 그녀가 온다는 사실만으로도 잠이 안 오도록 들떠 있다고 한다.

처녀와는 비교도 안 되는, 더 멋진 딸아이를 혼자 기르는 40세의 이혼녀. 지구 어느 켠에서 이토록 아름답고 당당하고 성숙한 여자를 만날 수 있을까.

그 스위스 남자, 우아한 동양 여자에 귀여운 딸아이까지 부록으로 딸렸으니 복도 많지, 호박이 넝쿨째다.

2

나쁜
여자의
사생활

어린 시절, 난 외사촌 남동생들과 함께 자랐다.

그놈들은 나보다 두세 살 어린 넘들이었는데 한집에서 고만고만한 남자애들과 함께 크다 보니 그 녀석들이 하는 땅따먹기나 딱지치기, 구슬치기 놀이에 난 자연스레 휩쓸리게 되었고, 난 넘들보다 유난히 땅도 딱지도 구슬도 많이 땄다.

그런데…… 어른들의 반응은 희한했다.

남동생들이 어쩌다가 구슬 몇 개를 따와서 할머니에게 내보이며 자랑하면 "어이구, 잘했네……!" 반가워하며 썩 괜찮은 반응이 나오는데 내가 구슬을 많이 따서 주머니에 가득 담아 불룩한 주머니를 쓰다듬으며 집에 오면 시큰둥했다. 아니, 오히려 걱정스럽다는 듯한 표정이었다.

"계집애가 저리 사내놈들 놀이를 잘하니 큰났다. 나쁜아, 제발 그런 짓 좀 하지 마라, 팔자 세질라! 쯧쯧……."

팔자가 뭔지는 몰랐지만 막연하게나마 여자의 팔자가 세다는 것은 별로 안 좋은 것이라고 생각한 나는 팔자가 세어진단 그 말이 듣기 싫어서 애써 따온 딱지며 구슬들을 어른들이 볼세라 집안 한귀퉁이에 몰래 비밀창고를 만들어 전리품을 보관했다.

내가 유난히 여자애들의 소꿉놀이나 공기놀이보다 남자애들 놀이를 더 즐겨했던 이유는 내가 굳이 남자 같은 애라서가 아니다.

여자애들 놀이는 대체 이기면 상대에게 뭘 따내거나 빼앗을 만한 소득이 없는 거다. 소꿉놀이와 인형놀이는 그냥 엄마와 아기, 아빠의 역할만 있고 하루 종일 해도 그 역할만 좀 바꾼다거나 하는 것일 뿐 똑같은 일들의 반복이다.

그러나…… 구슬치기나 딱지놀이놀이는 승부가 있어 짜릿했고 승부가 난 다음엔 뺏기는 스릴도 빼앗는 흐뭇함이 있어, 든든하게 집에 가져 갈 뭔가가 있었다.

그래서 난 여자애들 놀이로 인기 있던 소꿉놀이, 고무줄놀이, 공기놀이 등은 하긴 했지만 지루하고 별 소득도 없어서 시큰둥했고, 짜릿하고 실속있는 구슬치기나 깽깽이 발로 온 동네 땅을 따먹곤 통행세를 받아 내는 땅따먹기 하느라 흙투성이가 되곤 했다.

난 영 취미가 없어 한 번도 사달라고 한 적도 없건만, 엄마는 꽤 큰 소꿉놀이 세트를 사주셨다.

그걸 가지고 나가 동네 길목어귀에서 친구들과 소꿉놀이를 하다 보면 남동생들이 꼭 끼워달라고 조른다.

유난히 벽돌가루 빻아서 고춧가루 만드는 일에 열을 올렸던 남동생들은 풀 뜯어다가 벽돌 고춧가루 넣어서 김치도 잘 담그고 모래에 물을 부어 밥도 잘 했다.

한창 친구들과 동생들이 어울려 소꿉놀이를 하다가 재미가 없어 난 슬금슬금 빠져나와 난 옆동네 남자애들과 땅따먹기, 구슬치기를 했다.

한참 후 지친 심신을 이끌고 소꿉놀이를 하는 집에 오면 녀석들은 "누나 밥먹어……" 이러면서 오밀조밀한 소꿉 밥상을 한상 차려 내왔는데, 어른들은 그것도 아주 못마땅해하셨다.

"쯧쯧~, 어쩌자고 우리집안 애들은 계집애는 사내놈 같고 사내녀석은 계집애 같을꼬~."

그러나 할머니의 걱정처럼 우리들이 완전히 여자·남자 놀이를 뒤집어서 좋아했던 건 아니다.

녀석들은 붉은 벽돌조각을 열심히 빻다가 막대기를 보면 주워들고 악을 써대며 칼쌈을 하기도 했고, 난 치열하게 구슬치기를 하다간 인형을 달랑달랑 들쳐업으며 아기엄마가 되기도 했다.

그런데도 할머니는 녀석들에게 고추 떨어진다며 소꿉놀이하는 녀석들을 못 하게 부득부득 말리셨고, 물론 그 비슷한 부엌에는 얼씬도 못하게 하셨다.

어쩌다가 몰래 소꿉놀이에 동참하는 남동생들을 보면, 할머니는 정말 큰일이라도 날 것처럼 고추 뗀다며 뒤쫓아다니셨다.

그러곤 언제나 씩씩하고 힘차고 용감하라는 압박과 함께, 녀석들이 어쩌다가 엄살부리거나 좀 치사한 짓을 하거나 훌쩍거리고 울기라도 하면,

"사내녀석이…… 뚝 안 그쳐? 남자는 눈물이 많음 못써……!"

그래서 넘들은 그 더러운 손등으로 눈물이 안 흐르도록 훔쳐대서 얼굴도 손등도 땟구정물로 그림을 그리곤 했다.

그러나 솔직히 할머니는 나의 남자애들 놀이에 대해선 그런 대로 관대한 편이셨다.

난 유난히 도박성이 강한 홀짝으로 하는 딱지놀이나 구슬치기에 특장기가 있었는데, 마루 밑에 감춰둔 딱지와 구슬이 가득 든 녹슨 미제 드

롭프스 깡통을 우연히 발견하시면,

"으흐흐흐, 우리 나쁜이가 벌어온 거구먼……."

묵직한 깡통을 들척이며 은근히 흐뭇해하시는 표정이다.

땅따먹기로 골목땅을 다 따내어 지나가는 애들에게 통행세를 내라고 시비 걸면, 할머니는 "나쁜아, 그럼 못써!" 하시면서도 저녁밥상에선 식구들에게 나의 '땅'에 관해 비난을 하는 듯하다가 "저것이 커서 땅부자가 될라나" 하며 은근히 기분 좋은 예측을 하기도 하는 거다.(그런 할머니의 예측은 정확히 빗나가서 난 현재 땅부자는커녕 한 뼘의 땅도 없다.)

난 그래서, '남자애들 놀이는 썩 권장사항은 아니지만 여자가 할 수도 있고, 남자애들은 여자가 하는 놀이를 해선 안 되는구나'라고 생각했다.

즉, 여자애들에겐 남자의 놀이는 도전의 영역이지만, 남자애들에게 여자의 놀이는 생소하고 금기이며 좀 비약하면 창피하기도 한 일인 것 같았다.

여자애에게 "사내녀석같이 그게 뭐야?"란 말은 남자처럼 터프하고 힘세고 번잡스러우며 지저분하고 덜렁대는 것을 뜻한다.

그러나 남자애에게 "계집애처럼 그게 뭐니?"란 말은 여자애처럼 내성적이고 소심하며 조용하고 용기가 없고 심약하거나 비겁하다는 뜻의 뉘앙스가 느껴진다.

내게는 남성적 성향은 좀 거칠고 무식해 보였다. 그래도 대범, 활발, 에너지, 용기라는 썩 힘차고 능동적이며 진취적인 쓸 만한 미덕을 갖춘 것이고, 여자의 성향은 상냥스럽고 아기자기하나 답답, 온순, 부끄러움, 눈물, 얌전함, 양보라는 내향적이고 수동적인 것이라 내가 수용하기에 썩 맘에 들지 않았다.

왜냐하면 남성적 특징이 살아가기에 훨씬 편리하고, 남성적 성향이 여성의 성향보다 더 편하고 얻을 게 많았기 때문이다.

그래서 어릴 적 난 수없이 들은 선머슴애 같다는 말과 남자애처럼 번잡스럽고 덜렁댄단 말이 썩 반갑진 않았지만 그리 반감도 없었다.

차라리 '곱고 예쁜 여자애'란 소리를 포기할망정, 계집애라서 울보라든가 겁쟁이란 말을 안 듣는 걸 다행이라 생각했다.

남자와 여자의 성향과 영역은 단순히 다른 것이 아니라 남자의 것이 여자의 것보다 더 가치가 있다는 차이로 내게 다가왔던 것이다.

내 어린 시절에 여자애는 초등학교에서 반장을 시키는 일이 없었다.

반장은 당연히 남자애였고 여자는 부반장이었다.

사실 부반장은 별로 할 일이 없다. 남자인 반장이 가끔 선생님을 대신해서 악동들의 조용한 분위기를 유지하는 임무를 맡을 때, 부반장은 눈을 째리면서 칠판 한귀퉁이에 떠드는 애들의 이름을 적는다거나 하는 반장의 보조임무를 수행했다.

그래서 '부인'이란 존재가 난 부반장과 같다고 생각했다.

그 이후에도 자라면서 이러한 주체적인 남자의 책임과 그 남자를 보조하는 여자의 역할에 대한 축복이나 언질은 친척들 결혼식 주례사에서도, 허구한 날 보는 TV 드라마에서도, 그리고 이웃사람들을 칭찬하고 비난하는 대화에도 수없이 들어 있었다.

그것들이 은근히 암묵적으로 암시하는 내용은……

남자는 주체적이고 능동적이야 하며 그래서 남자가 여자 앞에 우선하고, 여자보다 책임이 많고 여자보다 어려운 일을 하며, 가정과 사회를 좌지우지하는 중요하고 결정적인 일을 해야 한다……. 여자는 남자가 좀더 그 일들을 잘할 수 있도록 돕고 행여 남자가 잊거나 귀찮아서 일일이 다할 수 없는 일들을 섬세하게 챙겨서 남자의 중대한 일에 차질이 없도록 하는 소리없는 천사와 같은 역할로, 잔잔하고 꼼꼼한 성격이어야 한다…….

역시 여자는 부반장이고 부인이었다.

난 어렴풋이 남자처럼 중요한 일을 하는 것이 여자처럼 중요한 일을 보조하는 일보다 더 가치있고 실속있는 일이라고 생각했다.

그 말은 자연히 남자가 더 중요한 존재란 말이 어렵지 않게 유추된다.

조연의 가치가 아무리 강조되어도 주연의 중요함에 비교할 수 없듯이……

그리고 어른들은 그 사실을 나보다 더 많이 더 정확히 알고 있는 듯했다.

그래서 어른들은 삼촌이 장가가서 첫아들을 낳으니, 실력이 좋아 떡두꺼비 같은 첫아들을 낳았다며 뛸 듯이 기뻐하며 축하했고, 고모가 시집가서 첫딸을 낳으니, 첫딸은 살림밑천이라며 위로하는 듯한 어감으로 축하를 했다.

물론 우리 엄마에게 이따금씩 하는 말은 "어서 나쁜이 남동생을 낳아야지"였다.

어른들은 "남자가 여자보다 더 좋다. 더 우월한 인간이다"라는 말을 끝내 한 적은 없지만, 세상은 그렇게 돌아가는 게 틀림없었다.

난 그래서 문방구에서 내 맘에 쏘옥 드는 여자애들 취향의 드레스 입은 공주그림 책받침 대신, 씩씩한 우주소년 아톰이 그려진 시커머딩딩한 남자애들 것을 골랐고, 곱고 장식적인 여자스러운 물건은 나와 어울리지 않는다고 생각하기로 했다.

그보다는 힘차게 두 주먹을 불끈 쥐고 우주를 나는 그림의 아톰 그림의 학용품을 골랐다. 그것은 내가 남자와 동등하거나 비슷한 성향의 여자아이로서 그냥 보통 여자애들보다 훨씬 나은 아이며, 내가 재미있어하는 딱지따기 등의 변명이 되어주기도 하고, 그 자유를 지속시킬 만한 증거가 될 것 같았다.

따라서 어른들을 당황케 하던 나의 그 유난스런 어린 시절의 짓궂음의 이유는 어른들의 아쉬운 듯한 추측처럼 '아들이 될 뻔하다가 여자애로 나온 아이……'여서가 아니라, 여자이지만 뭔가 더 훨씬 나은 존재이고 싶었던 열등감에서 기인했을 거다.

분명, 그것은 남자에 대한 열등감이었다.

이제 나는 그 시절 내 나이 또래로 자라나는 내 딸아이를 본다.

"나쁜이는 웬만한 남자애들보다 남자애 놀이를 더 잘한다"는 말이 찬사로 들렸던 나.

그 말에 어울리게 담도 잘 타넘고 다녔던 나는 커서 엄마가 되어 딸을 낳았고, 난 그 딸이 자라나며 아주 여자스러운 특징이 돋보이는 여자애가 되든, 나처럼 '생긴 건 여자애인데 하는 짓은 남자애인 중성적인 아이'로 자라나든 관심이 없다.

그러다 보니 시몬느 보봐르 여사가 주장하는 제2의 성에 딴지걸고 싶어진다. 여성운동의 중요한 불쏘시개가 되어 거론되는 것으로, 여자에 대한 섬세한 관찰과 그에 따른 설득력 있는 주장인 "여자는 여자로 태어나는 것이 아니라 여자로 키워진다"는 말에 난 부분적으로는 고개를 끄덕이지만 전적으로 동의할 수 없다.

딸아이를 보거나 내 어릴 적 시절을 돌아봐도 여자는 여자로 키워지는 부분도 있으나 역시 여자는 여자를 타고 태어나는 것 같기 때문이다.

난 내 딸애가 여자스러움을 택하도록 어떠한 기준도 만들지 않는다.(물론 남자스러움에 대해서도…….)

딸애는 공주풍 옷도 예쁜 여자애 물건도 마음놓고(?) 좋아하고, 내가 그랬던 것처럼 오버하며 남자애들 것을 골라들고 씩씩한 척하지도 않는다.

예전 내 어린 시절의 숨겨진 취향, 그리고 공주 취향이 여실한 딸애를

보면서 역시 여자는 곱고 부드러운 여자의 것을 좋아하는 것이 자연스
럽다.

여자는 내버려두어도 여자의 특성이 나오고 여성스러워진다.

굳이 여자로 키우려고 안달을 떨지 않아도 여자가 된다.

여성스러움을 강요하는 것 그리고 그 여성스러움의 정형성을 갖는 것
은 그래서 더욱 어리석다.

예쁜 여자 스트레스

고2 여름방학.

숨막히는 더위 속에서 과외를 하던 우리 셋은 8월의 어느 날을 잡아 인천에 갔다.

영종도가 외가댁이었던 친구를 따라서 난생처음 달력에서나 보던 바다를 가는 거다.

엄마는 나를 위해 지금 봐도 기절할 정도로 야한 노란색 비키니를 사 오셨다.

가슴 한가운데가 고리로 연결된 브라와, 힙 양쪽이 역시 고리로 천조각을 연결시켜 훤히 살이 보이는, 차라리 벗는 게 더 나을 듯한 엄청난 비키니였다.

"엄마, 이걸 어떻게 입어? 미쳤나 봐!"

"얘가 촌스럽긴……. 바다에선 원래 이렇게 입는 거야. 나도 이런 거 입고 싶은데 사이즈가 없어서 못 샀다, 얘."

엄마의 사이즈가 없었던 것은 지금도 정말 다행이라고 생각한다.

　예쁘다고 우겨대는 엄마의 말에 나, 서울 촌년은 정말 그런 줄 알고 가방에 쑤셔넣어 갔지만, 심약한 난 그 브래지어 부분이 둥근 고리로 연결된 고리 비키니……, 결국 못 입었다!

　영종도에 도착한 우리에게, 서울에서 놀러왔다는 우리 또래의 남학생들이 말을 걸어왔다. 그들은 무작정 인천에 왔다가 우리가 타는 배를 따라서 탔다고 했다.
　그들의 부킹은 그렇게 어수룩했다.
　텐트, 기타, 버너와 코펠까지 완전무장으로 온 그들은 내친김에 내 친구의 할머니댁에서 해주는 밥을 먹고 방까지 얻어서 여장을 풀었다.
　여기까지만 해도 난 그 여행길이 내게 주는 의미가 여름 휴가 이외에 더 큰 것이 있으리라곤 생각 못 했다.

　저녁나절 바닷가에 모닥불을 지피고 둘러앉은 남자 셋, 여자 셋은 기타를 치며 노래를 부르며 게임을 하게 되었는데, 남자 셋의 시선의 방향이 영 심상치가 않았다.
　그들 모두가 우리들 여자 셋 중 한 아이에게 집중되고 있었다. 기타 치며 노래하는 녀석은 아예 그애를 위해 노래를 부르는 듯 그애만 유난히 뚫어지게 바라보며 꿈꾸는 듯 그애를 쳐다봤다.
　그러고 보니 아까 낮에는 아무렇지도 않게 여겼던 녀석들의 일거수일투족은…… 서로 앞다퉈 그애의 짐을 들어주고 그애의 말에 서로 먼저 동조하는 등 예사롭지가 않았었다.
　그애는 피부가 우유처럼 뽀얗고 코스모스처럼 가냘픈 몸매에 아기처럼 어린 목소리를 가진 애였는데 말수도 별로 없었다.
　난 평소에 몸이 약해서 체육시간에 캑캑대며 뛰지도 못하는 그애가 답답했었는데, 더럽게 수학을 못하는 나보다 쪼금 더 못하는 그애가 정말 한심하다고 생각했는데…….

웃기는 얘기를 해도 좀 지나서야 알아듣고 웃는 그애를 한 대 패주고 싶었었는데…….

그러나 상황은 달라졌다.

정말 위대한 사실은 예기치 못한 기회에 잔인하게 다가온다는 명언은 진실이었다.

잘하는 노래가 아니었음에도 그애가 노래를 하면 가장 큰 환호를 받았고, 그녀가 끓인 카레라이스에 넣은 야채가 채 익지도 않았음에도 남자애들은 헤죽거리며 그녀에게 아부하느라 정신이 없었다.

"당근이 덜 익으니까 살캉한 게 더 맛있네, 헤헤……."

'맛있긴, 쳇! 생당근 씹다가 이빨 나가게 생겼는데……. 저넘들은…….'

졸지에 무수리가 된 나를 포함한 두 여자애들은 이 비참한 현실을 뼛속 깊이 느끼고 있었지만 서로 모른 체했다. 아마 자존심 때문이었을 거다.

공주가 된 그애가 우리보다 더 예쁘다는 걸 끝내 인정하고 싶지 않았을 거다.

할머니댁의 홈그라운드를 빽으로 한 친구 무수리는 찐 옥수수를 가져와 남자애들에게 돌리기도 하며 인기몰이를 하기도 했지만, 남자애들은 내가 봐도 예의상 가벼운 인사만 할 뿐 먹을 것에 혹해서 그녀를 더 좋아하지도 않았다.

나도 좀 튀어보려고 알더스 헉슬리를 화제에 올려보고, 나중엔 밑줄 그으며 달달 외운 박인환의 「목마와 숙녀」까지 읊어보기도 했지만 반응은 나에게도 역시 시원치 않았다.

그들은 오로지 앞뒤도 안 맞는 횡설수설한 공주의 얘기에만 끄덕이면서, 서로 그녀의 눈에 들으려 안간힘을 쓰는 것 같았다.

예쁜 여자와 못난 여자가 세상을 사는 데 그 양상이 어찌 될 것인지, 그 사건으로 난 그해 8월의 여름날 진저리치며 남자와 다른 여자의 조건에 대해 생각하게 되었다.

너무 지나치게 깊은 생각 탓이었을까.

다음날 날씨는 30도를 웃도는데, 난 오한이 나며 식은땀을 흘리고 끙 끙 앓아눕게 되었다.

울 엄마 아빠는 내가 친구들 중에서도 확 띄게 젤 인물이 훤하다고 했었는데…….(고슴도치 부모의 발언)

그때까지는 뭘 노력하면 안 되는 게 없던 나 나쁜 여자는 세상이 참 만만하게 보였었는데…….

그때의 남자녀석들 세 놈의 무수리 차별대우에 세상이 갑자기 내가 여자로 살기엔 참으로 험악한 곳이란 생각이 들기도 하고, 경쟁심 많은 나는 외모로 경쟁에서 졌다는 느낌에 그만 분하고 질투가 나서 앓아눕게 된 거다.

“거봐, 그러니까 이불 차버리고 자지 말라 그랬잖어. 옛다, 감기약 먹어라.”

속도 모르는 친구의 할머니는 스트레스와 고민으로 머리가 아픈 내게 감기가 걸렸다며 약과 물컵을 들이미셨다.

감기가 아님에도 난 ‘여자는 모름지기 예뻐야 한다’라는 새롭고 슬픈 사실 하나와 함께 알약을 삼켰다.

집으로 돌아온 나는 이제껏 좋아하는 반찬만 있음 맘껏 먹던 밥도 조금씩 먹고 얼굴도 검게 그을려 흉하게 되지 않도록 그늘만 골라서 걸어다녔다.

안 생기고 덜 생겼으면 그나마 관리라도 잘해야 하지 않은가.

나의 외모가 공주가 아님을, 나의 신분은 무수리였음을 인정하게 만들었던 그때 그날의 사건은 내 인생 역사에 있어 을사보호조약만큼이나 치욕적이고, 예쁜 여자가 되기 위한 눈물겨운 노력을 하게 만들었다.

그날 이후로 '남자는 무조건 예쁜 여자를 좋아한다……'는 절체절명의 슬픈 사실을 난 순순히 받아들이게 되었고, 그래서 남자가 좋아하는 남자 취향의 청초하고 깨끗하며, 순진한(최소한 그렇게라도 뵈는) 표정과 나를 가꾸기로 맘먹었다.

그러고 보니 「백설공주」에 나오는 왕비도 백설공주보다 못생겼다고 했는데, '당신 왕비가 암만 화장을 떡칠을 해도 백설공주보다 못났어요'라는 거울의 솔직한 발언에 거울을 깨버리는 대신 열 받은 나머지 독 묻은 사과를 백설이에게 먹이지 않았던가.

그외에도 '아름다운 여자는 곧 착하고 똑똑하고, 못생긴 여자는 악독하고 머리도 맹맹하다'는 일사불란한 공식이 동화나 전설에 깔려 있다.

그럼 영화나 소설엔 미운 여자와 사랑에 빠졌다는 남자 얘기가 있는가.

만화영화 「미녀와 야수」에서는 흉측한 야수의 외모에도 불구하고, 여자에게서 사랑의 눈물 한 방울을 얻어내는 남자 야수가 등장한다.

그런데 여자의 야수 같은 외모에 사랑의 눈물 한 방울을 흘릴 남자가 과연 있을까.

남자의 외모는 능력이나 재력 다음의 선택 옵션 정도일 수 있으나, 여자의 외모는 그녀가 자신감을 갖고 세상을 살아가게 하는 일종의 생존 무기로써 작용한다.

성형외과병원. 수술대에 올라서며 여자들이 하는 말…….

"그냥 내 만족이죠, 뭐~."

그러나 그럴듯하게 들리는 자기 만족이란 것도 자세히 들여다보면 남에게서 온다.

여자들이여, 우리 산뜻하게 인정할 건 인정하자.

즉 여자가 아름다움을 숭상하는 이의 여신이 되는 것은 여자의 주 고객인 남자가 예쁜 여자를 좋아하기 때문이다.

그렇다고 고객의 만족도를 위하여 불철주야 예뻐지려고 노력하는 여자들이 그 사실에 대해 부끄러워할 필요는 없다. 못생겨서 남자의 눈에 들지 않아 개밥그릇에 외로운 도토리 한 알이 되고 싶은 여자는 아무도 없으니까.

뭐니뭐니 해도 여자 곁엔 그녀를 칭송하는 남자가 있어 주는 것이 여자의 행복에 일조를 하는 게 사실이니까.

여자가 나름대로의 개성미를 강조하며 또 다른 자신의 미를 가꾸는 일은 얼마나 당연하고 다행스러운 일인가.

여배우 따라잡기

이쯤에서 개성미를 강력하게 돋보이게 하는 영화 한 편을 찍고 넘어가도록 하자.

오래 된 영화 「화니걸」의 못난이 배우 바브라 스트라이샌드는 극중 예쁜 신부의 역을 맡으면서 고민 끝에 우스꽝스러운 코믹 신부로 자신의 이미지를 바꾼다.

엉뚱한 새색시의 컨셉에 대박이 터졌고 그녀의 재능과 재치에 홀딱 반하는 남자가 생겨서 결혼도 하게 된다.

뮤지컬 영화답게 바브라는 그 순간 이런 의미심장한 노래를 한다.

내가 얼마나 아름다운지 당신이 그걸 깨닫게 해줬어요.
당신을 만나기 전에는 난 못생기고 볼품없는 여자에 불과했지요.

여자가 자신만의 개성과 아름다운 요소를 자각하는 것, 그것 또한 그 여자를 사랑하는 남자라는 들러리가 필요하긴 한 것 같다.

그렇다면 달걀이 먼저인지 닭이 먼저인지, 예쁜 게 먼저인지, 남자가 먼저인지는 더 연구해볼 일이다.

왜냐구? 우리 여자들은 모두가 '미의 여신'이니까.

예뻐지는 방법 대 연구

"여자가 예쁘기만 하면 다야? 마음이 예뻐야지……."

이렇게 외모는 어찌 됐건 마음만 예쁘고 싶은 여자는 이 단락이 써 있는 몇 페이지를 훌쩍 건너뛰거나 아예 몇 장 뜯어내서 코를 풀어도 좋겠다.

종이가 워낙 좋으니까…….

그러나 여자가 예뻐지는 방법을 골똘히 연구하는 것은 개인의 기호에 따른 취미생활을 넘어 여자의 생존을 위한 처절한 몸부림이라고도 정의할 수 있다는 가정에 동의한다면, 좀 쿨~ 하게 예뻐지는 방법론을 생각해보자.

방법과 친절한 사례 1

일단 주위에서 제일 예쁘다고 생각하는 대상을 고른다.

이때에 효과적인 것은 조금이라도 자신과 비슷하게 생긴 연예인이 유리하다. 즉 자신과 비슷하게 생긴, 그러나 너무나 예쁜 대상을 골라서 따라잡기를 하는 거다.

헤어 스타일도 화장도 표정도 패션도 똑같거나 비슷하게……. 이미지에서 캐릭터까지 '예쁜 그녀'를 완전 카피해버린다. 여력이 되면 성형도 시도해봄직하다.

<u>주의사항</u> 단계를 거듭할수록 돈이 약간, 또는 많이 든다. 자신이 만족

할수록 주위사람에게 불쾌감을 줄 수 있다.

내 친구는 탤런트 최 모양과 분위기가 흡사한 애가 있었다.

그 인간…… 결국 따라잡기를 시도하는데, 우선 머리모양부터 이 대팔로 가르마를 타서 한쪽 머리는 단단히 귀 뒤로 넘기고 다른쪽 머리는 얼굴 반쪽을 가리는 듯한 그녀의 트레이드 마크와 같은 헤어스타일을 하고는, 말하는 모습도 그녀처럼 조용하고 싸늘하게 말한다.

물론 옷차림은 말할 것도 없이 최 모양 스타일이다.

가만히 있어도 최 모양이 잠깐 놀러왔나 할 만큼 비슷한데다가 그렇게 따라잡기를 해대니……. 처음엔 그럭저럭 봐줄만 했는데 그애의 따라잡기의 심도가 깊어 갈수록 점점 더 부자연스러운 거다.

한때 쓸쓸하고 고독한 대사가 주를 이뤘던 드라마 속 최 모양을 평상시의 대화마저도 그대로 흉내내는 듯한 그녀의 말소리에 주위 사람들은 '으악~' 경악을 금치 못했다.

이때 그녀의 심각함과 진지도에 위압감을 느껴서 함부로 솔직하게 조언을 해줄 수도 없다.

하긴 나도 언젠가 정신나간 사람으로부터 고두심을 닮았단 말을 듣고는 심각하게 따라잡기를 할까 말까를 잠깐 고민했던 적이 있으나 그녀가 그리 미인형이 아닌 관계로 깨끗이 포기했다. 두심 언니, 미안…….

방법과 친절한 사례 2

자신의 아름다운 부분과 결점을 체크한다. 그래서 만족스런 부분을 극대화하고 결점은 감쪽같이 가리거나 시선을 피하도록 한다.

이를테면 눈이 아름다운데 두 볼이 너무 살이 쪘다면 두 눈에 한껏 힘을 주어 화장을 하고 두 볼은 머리를 내려뜨려 최대한 가린다.

<u>주의사항</u> 가린 곳이 더 보고 싶은 호기심과 아울러 왠지 어색하다.

잘 나가는 개그우먼 중 이와 똑같은 방법으로 한동안 브라운관을 누

비던 사람이 있다.

행여 머리카락이 바람에 뒤로 젖혀져서 두 볼이 나올까를 염려해선지 바람부는 야외 생방송에서 그녀가 자신의 머리를 부여잡고 낑낑대던 모습은 애써 개그를 준비하지 않아도 살아 있는 웃음을 선사했다.

방법과 더, 더 친절한 사례 3

눈에 보이는 장단점을 생각지 말고 자신의 매력에 대해 종합적으로 생각한다.

인간은 마네킹처럼 정지된 물체가 아니라 끊임없이 움직이는 살아 있는 생명체라는 점을 파악한다. 온 지구를 뒤져서도 찾지 못하는 나만의 독특한 개성과 매력을 개척한다.

<u>주의사항</u> 앞의 두 가지 방법에 비해 난이도가 가장 높아, 높은 지능과 감성이 필요하다. 지갑에 든 돈보다 지성과 센스가 따라줘야 가능하며, 무엇보다도 건강한 자신감이 가장 필요하다.

소피아 로렌은 처음에 그녀의 까무잡잡한 피부를 최대한 희게, 유난히 큰 입술을 작은 입술처럼 화장하느라 고생했다고 한다. 그러다가 어느 뛰어난 연출자는 그녀의 결점이기도 한 검은 피부와 입술을 더 강조하여 강렬한 야성미로 대박을 터뜨렸다.

불행히도 한국의 연예인 중 자신의 결점을 극대화해서 뜬 연예인을 아직 못 본 관계로, 사례를 멀리 외국에서 찾는다고 행여 나의 국적의 정체성이나 애국심에 딴지걸지는 말기 바란다.

그럼 날고뛰는 미녀 미남이 널널한 할리우드에서 더 찾아보자.

자신의 감추고 싶은 부분, 열등감 느끼는 부분을 오히려 극대화하여 성공을 거둔 예는 얼마든지 널려 있다. 줄리아 로버츠, 그녀의 입 역시 소피아 로렌 못지않게 메기 입이다. 그러나 그녀는 자신의 큰 입을 꿰매지 않고 어금니, 사랑니가 다 보이도록 활짝 웃어 제일 예쁜 여배우 중한 인물로 자리매김한다.

아름다움에서 중요한 건 어떤 한 부분이 아니기 때문이다.

그토록 여자가 아름다워지고 싶은 마음이 죄가 될 리야 있나, 아름다움의 종류와 수준이 문제지.

아름다운 여자를 보면 게슴츠레 변하는 남자들 또한 결백하다. 그러나 그 게슴츠레 변하게 되는 여자의 아름다움의 종류와 수준이 문제다.

원초적 본능의 샤론 스톤은 섹시하게 다리를 꼬고 말한다.

"그전의 나는 인형에 불과했어요. 그냥 예쁘게 웃고 말했지요. 그러나 지금은 달라요. 난 내 자신에게 아름답다고 느끼도록 웃고 연기하죠. 난 나에게 충실하려고 노력해요. 가장 나다운 게 아름답다고 생각하거든요."

그러면서 그녀는 증명이라도 하듯이 말을 잇는다.

"내가 좀더 젊고 예뻤을 당시의 영화를 보면 알 수 있지요. 그 영화에서 나는 그냥 예쁜 여자일 뿐이에요. 누구나 그 배역을 대신할 수 있는 예쁜 얼굴의 여자였죠. 그러나 지금 내 역을 누군가 대신할 수 있으리라곤 생각하지 않아요. 내겐 나만의 뭔가가 있으니까요."

이 깜찍하고 현명한 말에는 아름다운 자신감이 숨어 있다.

죄 없는 아름다움을 추구하는 여자들은 샤론 언니의 이 말을 곰곰이 생각해볼 일이다. 그리고 자신의 경제력, 지성과 인품 등의 능력에 맞추어서 아름다워지는 노력을 오늘도 게을리 하지 말아야겠다.

그 와중에도 잊지 말 것은 '나는 나'이기에 충분히 아름답다.

남자가 좋아하는 여자 스타일 따라잡기

나, 예전에 남자 취향의 여자가 되어보고자 피나는 노력을 했던, 눈물

없이 들을 수 없는 가슴 아픈 이야기 하나.

대학 시절, 내 친구 중에 잘생긴 한 살 위 오빠가 있는 애가 있었는데
그 오빠는 잘만 생긴 게 아니라 S대를 다니는 킹카였다.

그애는 빈대 근성으로 유명한 애라서 친해질까 봐 겁나는 애였는데
내가 누구인가? 잘난 남친 하나를 엮기 위해서라면 물불 안 가리고 작
업에 들어가는 나쁜 여자~.

난 그애에게 전략적으로 접근해서 일부러 친하게 지내려고 노력했다.
그러면서 은근히 그애의 오빠에 대한 정보를 얻어냈다.

"니네 오빠 여자친구 있니?"

"없어."

"니네 오빤 어떤 여자를 좋아해? 이상형 말이야."

"음……, 우리 오빠는 장 아무개 같은 여자를 좋아해."

그 여배우는 몇 년 전 '아름다운 밤이에요~'란 유행어를 만든 장본인
이다. 여성스럽고 조용하고 신비스러운 여자가 좋다나?

아니, 이게 웬 반대말 이어가기?

그럼 중성스럽고 시끄럽고 초신비적인 난, 해당사항 무?

삶이 나를 실망시키고 시험에 들게 하는 순간이었다.

난 마음을 다잡고 나도 그렇게 아무개 같은 캐릭터의 여자가 되기로
했다.

나의 위선적이고 정치적인 그애에 대한 호의가 계속되고 그 노력의
결과로 벚꽃이 뚝뚝 떨어지는 날, 그 왕빈대는 제 오빠와 나를 소개팅시
켜 주기로 했다.

흠, 여배우 장 아무개의 컨셉이라……. 하긴 거의 모든 남자들이 좋
아하는 그런 분위기의 여자이니 나도 이때를 기회로 신비하고 청초한
한 떨기 나쁜이로 다시 태어나는 거야. 여자의 변신은 무죄라잖아.

난 컨셉에 맞춰 평소 안 입던 우아한 플레어스커트에, 허리를 졸라매는 굵은 벨트에, 키가 유난히 큰 그 오빠와 멋진 한 쌍이 되기 위해 하이힐도 준비했다.

물론 며칠 전부터 내 방에 틀어박혀 웃는 것도, 말하는 것도 거울을 보며 연습했다. 내가 봐도 닭살이라 킥킥 웃고, '우웩!' 토하기도 하면서…….

난 정말 배우라도 되는 듯이 그 오빠가 좋아한다는 여배우 때라잡기에 맹훈련으로 임했다.

아, 기다리고 기다리던 소개팅 날, 왕빈대와 함께 약속 장소에 갔다.

그 킹카 오빠는 자기 친구도 데리고 나왔다.

동생인 왕빈대에게 지 친구를 소개해주는 것이니 바로 남매의 서로 가려운 등짝 긁어주기인 남친, 여친 대주기 대작전이다.

정말 우애로 똘똘 뭉친 대단한 남매다.

"안~녕……하쇼……요~?"

난 거울보고 연습한 대로 눈을 내리깔며 인사를 하고 최대한 수줍은 듯한 태도로 손을 가지런히, 그 배우처럼 고개를 약간 갸우뚱, 우수에 찬 표정을 지으려고 안간힘을 썼다.

"야! 너 왜 그래……? 어디 아프니?"

왕빈대는 눈치도 없이 나의 수준 높은 연기를 이해 못 하고 옆구리를 찌른다.

내 눈치에 킹카는 그런 대로 반응이 괜찮은 듯 보였다.

쓸데없는 호구조사 및 별 새로울 것도 없는 전국민의 기초상식인 넌센스 퀴즈 같은 썰렁한 대화가 지나고……. 물론 난 하나도 모르고 있던 얘기라는 듯 우아하게 "호호호~ 너무 재미있오요!" 했고.

그날, 나는 내가 그리도 가증스럽게 내숭을 떨 수 있다는 사실에 경악을 금치 못했다.

왕내숭에 고개 숙인 여자로 분장, 변장한 나에게 킹카가 목소리 쫙 깔며 다정히 말한다.

"우리 바다에 갈까요?"

아니, 컥! 그런 낭만적인 제안을? 낭만적인 바다에서 낭만적인 남자와 함께 거닌다. 후훗, 나쁜이 경사 났네. 경사 났어. 오늘 멜로 영화 한 편 찍겠군.

그러나 난 그날은 나쁜이가 아닌 장 아무개의 컨셉으로 몰입하여 최대한 우수를 머금은 목소리로 대답했다.

"네…… 에……."

킹카의 제안으로 우리 청춘남녀는 인천 월미도로 향했다.

낭만의 바다라구?

그러나 세찬 인천 바닷바람은 나와 대천지 원수였다.

미친 듯이 부는 바람은 플레어스커트를 휘감고 휘리릭 들치며 아이스케키를 하질 않나, 성숙하고 우수에 찬 컨셉에 맞춰 정성들여 롤을 말은 내 긴 머리를 순식간에 엉클어 놓아서 미친년 길길이 쌈질하고 온 것처럼 만들질 않나……. 낭만에 밥 비벼 먹는 나의 낭만적인 취향과는 전혀 다르게 도무지 그날의 특별 의상을 받쳐주질 않는 거다.

가녀린 난 거센 바닷바람 앞에서 속수무책으로 휘날리는 스커트 자락 다잡으랴 머리 매만지랴 그 와중에서도 한 우수하는 표정 연기하랴 눈 코 뜰 새가 없는데…….

"캬! 좋다. 역시 바다에 오니까 가슴이 탁 트이는 것 같아!"

우아한 의상과 무대가 따로 놀아 낑낑대는 나는 아랑곳없이 그들은 신이 나서 웃고 떠들었다.

의상과 표정연기, 완벽하게 준비해서 꿈에 그리던 킹카와 데이트를 하며 바다를 배경으로 하는 멜로 영화나 한 편 찍으려나? 마음속으로 손뼉치며 좋아했던 난 전혀 예상 밖으로 비협조적인 바람까지 불어대는 바다라는 무대가 무서워지기 시작했다.

그러나 그건 멜로 영화가 아닌 끔찍한 호러 영화의 전초전에 불과했다.

나의 여배우 따라잡기 멜로 영화 데뷔작은 점점 대박이 아닌 쪽박을 차게 될 것 같은 불안한 낌새가 느껴지기 시작했다.

아, 오늘 찍는 이 영화는 전혀 달콤한 멜로물이 아니라는 것을 느끼게 되는 즈음에 우리는 인천 월미도의 한 횟집에 들어서게 되었고 들어선 순간 거울에 비친 내 모습, 거센 월미도 바닷바람이 휩쓸고 지나간 내 몰골은 참으로 심란했다.

이틀 굶으며 엄마에게 졸라서 사낸 프랑소와즈 실크 블라우스의 첫 단추는 망신스럽게도 풀어져 있고 굵은 벨트로 허리를 졸라맸음에도 허리춤에서는 블라우스가 쏟아져 내릴 듯 튕겨져 있고, 모처럼 눈에 힘주느라 눈화장을 좀 한 것이 이건 완전히 판다가 되었으며, 머리는 누구와 쥐어뜯고 쌈질이라도 한 듯 엉클어져 우수를 머금은 여성스러운 컨셉은 간데없고 그야말로 환상의 미친년 컨셉이 되어 있었다.

울고 싶어라. 그러나 어쩌랴, 그런 대로 이미 촬영은 시작되었는 걸……. 폭풍우가 지나간 후 폐허를 일으켜 세우듯 머리정돈을 하고 의상 재정비를 한 후 난 다시 꾸준히 한 우수한다는 그 여배우의 감정 이입을 하느라 총력을 기울였다.

그런데 그 심한 바닷바람의 의상에 대한 고문에 이어 이젠 드디어 내가 가장 취약한 음식에 대한 고문이 시작되었다.

그들은 산낙지와 소주를 시켰다. 고소한 참기름 위에서 꼼틀거리는 그 먹음직스러운 귀여운 낙지 발꼬락들~.

그런데 난, 흐흑! 그 킹카는 내게 "산낙지는 못 드시죠?" 이러더니 친절하게도 삶은 달걀을 시켜주는 것이다.

'아뇨! 산낙지, 저 그거 무지 잘 먹어요.' 이런 말……은 그날의 우아한 그 여배우 컨셉으로는 차마 입이 안 떨어지는 대사가 아닌가!

“소주 한 잔 하실래요?”

“아……뇨! 전 술 전혀 못 마셔요.”

이때 눈치가 발바닥인 왕빈대가 나선다.

“나쁜아! 너 저번 신입생 환영회 때 술 잘만 먹었잖아.”

하지만 지금 이 장면에서 내가 소주 한 잔 원샷으로 “캬!” 소리와 함께 넘기고 산낙지를 냉큼 집어먹고 오물거린다면 그 청초한 여배우 컨셉이 나오겠냐? 귀신은 이 빈대 안 데려가고 어디서 뭘 하누?

빈대에게 오빠 소개받으려고 내가 눈물겹게 학교 앞에서 사준 떡볶이를 한 줄로 이어도 서울에서 대구쯤은 되겠다.

'지금 이 마당에 웬 술 얘기를……? 이것이 날 도와주는 거야, 어깃장을 놓는 거야? 너 이번 촬영에 내 이미지 망가뜨리면 학교 가서 빈대 사망신고 하게 해주리.'

그러나 최대한 교양 있는 목소리로,

“내가 온제? 그때야 옥지로 묵었쥐…….”

나의 킹카는 역시 내 편.

“그럼 여기 콜라 한 병이오!”

소주와 쫄깃한 산낙지를 맛나게 먹는 그들의 오물거리는 입을 바라보면서 내 입 안에 고이는 침……. 난 침을 꼴까닥 삼키며 내 앞에 놓인 푸석푸석한 삶은 달걀만 한 입에 가득 넣고 우물거렸다.

달걀 먹고 콜라 마시고 콜라 한 모금에 달걀 한 입.

아마 그 여배우가 삶은 달걀을 먹는다면 이런 포즈, 이런 표정으로 먹었을걸? 평소 음식 앞에선 이성을 잃고 현란하게 먹는 나이건만, 그러나 그날은 끈질기게 단 한순간도 그 여배우의 컨셉을 놓치지 않으려 우아한 이미지와 우수적인 느낌으로 먹는 순간에 임했다. 그러다 보니 내가 지금 먹는 것이 달걀인지 돌덩이인지 맛은커녕 제대로 삼켜지지도 않는 거다.

그런 나를 그윽하게 바라보던 킹카…….

"나쁜 씨는 참 내성적인가 봐요."

으윽~ 이것이 드디어 나의 연기에 빽이 가는구나. 바로 이거야. 아싸!

"평소에도 그렇게 말이 없고 얌전하세요?"

"아니야, 오빠! 얘는…….."

난 빈대의 발등을 지그시 내 하이힐로 밟아주었다.

눈치가 발치인 빈대가 드디어 내 컨셉을 조금 이해하는지 말을 안 잇는다.

"제가요, 오낙 조용한 송격이라소요."

"그러신 것 같아요…….."

역시 고진감래……. 나의 피나는 연기생활이 드디어 킹카의 오해를 불러일으키게 되나 보다. 그래, 이참에 나도 참하고 여성스럽고 우아하고 신비롭고 우수를 머금은 여인으로 다시 태어나는 거야.

'어이 킹카 오빠! 내가 바로바로 당신의 이상형인 나쁜이야. 따라서 킹카! 이제 넌 내 꺼다. 음음허허 우하하하!'

난 드디어 가상한 노력의 결과로 그 남자가 좋아한다는 여배우의 캐릭터와 일치감을 느끼며 신났고 킹카는 내게서 그윽한 눈길을 안 떼고 호감의 시선을 쏘았다. 우아~ 도대체 우리나라 영화계는 뭘 하는 거야. 나 같은 연기파를 썩히다니…….

자랑스러운 나의 내숭연기에 도취해서 승리감을 맛보고 있는데, 갑자기 등줄기가 뻣뻣해지면서 삶은 달걀에서 양계장 닭똥 냄새가 나는 거다. 무슨 얘기들을 하는지 도통 꿈속처럼 아련해지고 가슴이 울렁거렸다. 등줄기에 소름이 돋고 하늘이 노래지고 답답해졌다.

그들의 말소리가 메아리처럼 멀게만 들려왔다.

아니 그런데 어질어질 현기증까지……. 이게 무슨 조화속일까?

더 이상 참을 수 없을 즈음에 우리는 그 집에서 나왔다.

벌써 밖은 어둠이 깔리고 나는 비틀비틀~ 술은 한 모금도 안 마셨는데 더 이상 걸을 수가 없었고, 뱃속에서 먹은 달걀들이 그새 암탉이 되어서 달걀을 낳는지 자꾸만 닭 냄새와 달걀 냄새가 겹쳐서 올라온다.

"우웩!"

난 드디어 토했다.

그런데 내가 먹은 건 달랑 달걀 두세 개였는데 토하는 건 양계장을 통째로 토하는 듯했다. 병아리가 되지 못한 원한을 품은 달걀을 먹었는가?

"우웩 우웨웨웨웩!"

으윽! 더러운 건 관두고 이 무슨 망신살? 일행은 놀라 자빠졌고 왕빈대는 이참에 죽도록 패보자는 건지 내 등짝을 힘껏 두들겨팬다.

"나쁜아! 괜찮니? 괜찮니?"

으윽! 내 비싼 실크 블라우스에 닭똥 냄새나는 달걀 토한 물이 묻고 난 너무나 창피한 나머지 눈물이 찔끔찔끔, 그대로 돌이 되고 싶었다.

그날의 그 사건, 남자가 좋아하는 여자 스타일이 되고 싶었던 내가 아닌 내가 되리라고 생각했던, 그렇게 하면 내가 좀더 예뻐 보이고 모든 게 잘될 줄 알았던 그날의 그 사건은, 나를 가장하고 나를 드러내지 않고 다른 사람처럼 생각하고 행동한다는 게 그토록 나를 억압해서 삶은 달걀이 곤두서게 만드는 역겨움이 되었던 것 같다. 그러니 위선과 가장은 얼마나 우리 자신을 숨막히게 하는 건가?

그래도 드러나는 나쁜 본색

그런데 그날, 그 무서운 소개팅 날. 그 사건만으로 곱게 끝나주질 않았다.

성난 삶은 달걀의 반기로 길가에서 정신 나가게 토하는 지저분한 호러 영화의 씬 다음에 기다리는 갱 영화가 있었으니…….

하루 종일 멜로에서 호러로…… 또 갱 영화로 종횡무진 영화 촬영하는 아주 특별했던 날. 길고도 긴 그래서 지루하기까지 한, 그러나 이번은 내가 아닌 나 되기, 일명 여배우 따라잡기 소동의 라스트 파트가 남았다.

그리하여 난 킹카 오빠의 이상형이라는 배우 장 아무개의 흉내를 낸 꼬락서니가 망신살만 더욱 뻗치게 한 결과 앞에서 망연자실했다.

차라리 이럴 땐 기절이라도 하면 좋을 텐데, 의식은 더욱 말똥했다. 토악질하는 나를 위해 킹카 오빠는 쟁반처럼 놀란 눈으로 뭐시기 드링크를 사왔고, 그럭저럭 병아리의 한을 품은 삶은 달걀들을 뱃속에서 내보내자 사태는 수습이 되었다.

네 남녀는 다시 낄낄거리며, '이번엔 낙지도 토해볼까? 아마 낙지가 소주 마시고 취해서 나올걸? 그런데 아직 살아 있을라나?' 이런 푼수, 엽기스런 시시덕거림을 하며 길을 걷는데…….

"어이, 아가쒸들~ 이뿐데?"

내용인즉 사실이니 기분 나쁠 일은 아니지만 예사롭지 않은 말투로 누군가가 말을 걸어왔다. 어깨를 건들거리며 팔자걸음을 걷는 폼이 깡패가 분명했다.

"우뤼도 가치 노라 봅씨다!"

아니, 이것들이 우리가 깡패와 놀러 여기까지 왔는 줄 아나?

사태를 짐작한 우리는 그들 말에 대꾸를 안 하고 발걸음을 재촉하는데…….

"어이! 가치 놀좌는데~ 마뤼 안 들려?"

이놈들은 끈적이를 묻혔는지 계속 따라붙었다.

그러더니 턱!

나와 빈대의 결백하고 순결하고 앙증맞은 엉덩이를 툭 치는 거다. 특별의상 스커트가 세차게 몰아치는 바닷바람에 이어 또다시 수모를 당하는 순간이었다.

"왜 이러세요~!"

우리 여자들은 몸을 돌리며 결백, 순결, 앙증맞은 송곳 같은 외마디를 질렀다. 그러자 갑자기 '퍼버벅!' 우리의 킹카가 다가가더니 말없이 그놈 중 한 명에게 주먹을 날리는 거다.

제대로 맞았는지 맞은 놈은 비틀~. 와우, 멋져! 최민수 저리 가라의 터프 가이의 진면목을 보여주는데, 난 속으로 배시시~. 남자가 여자를 지켜주는 게 바로 이런 거구나.

후훗! 흐뭇하여라~. 너희 깡패 놈들! 이제 우리 킹카 오빠에게 다 죽었다.

그러나 나의 행복한 기대와는 사태가 영 딴판으로 흘러가고 있었다.

우리편 킹카는 처음에는 그런 대로 한 주먹하는 듯하더니 그놈의 반격으로 그만 역습을 당하고 말았다.

두 놈이 달려들어 우리의 킹카와 2대 1로 싸우는 거다.

"어쭈? 이 새꺄 ! 니가 뭔데 사라를 패? 엉~?"

"윽!"

"퍽! 팍~!"

그런데 2대 2로 싸워야 할 아군인 킹카의 친구는 갑자기 경찰을 불러 오겠다고 뛰어간다. 빈대도 "나도 갈래!"를 외치며 소개받은 남친이기도 한 그를 따라 뛰어갔다. 나까지 경찰을 부르러갈 수는 없고 난 적진에 남겨져 발만 구르게 되었다.

에구~, 빈대에게 허구한 날 떡볶이 사줘서 겨우 소개받아 오늘 내내 여배우 흉내내느라 모진 풍파를 다 겪으며 고생고생해서 엮은 킹카 남친을 이젠 깡패 놈들이 패죽이는 거다. 아이고, 내 팔자야……

아니 팔자 타령할 때가 아닌 지금은 위급상황~. 적군이 그것도 두 놈이 달려들어 싸우는데 외로운 우리편을 그냥 놔둘 수는 없지.

내 엉덩이를 친 놈들과 싸우는 남자, 나를 위해 싸우는 내 남친은 내가 지킨다. 이놈들을 가만 안 둘 것이야~! 나는 머리에서 갑자기 열이 팍 솟는 걸 느끼면서 동시에 휘리릭 내가 지닌 공포의 무기가 떠올랐다.

바로 하이힐.

뭔 영화에선가 여자가 하이힐을 벗어들고 남자를 신나게 두들겨패는 걸 본 적이 있다. 내 구두를 벗어들고 보니 흠, 튼튼하고 뾰족한 게 만족스러운 무기의 면모를 갖췄다.

요 굽으로 맞으면 아파서 띠링~ 눈에 노란 별이 뜨게 생겼다.

신발을 벗어들고 놈들에게 돌격 '에잇! 탁! 타다닥~! 탁!' 난 힘껏 놈들의 머리통을 후려갈겼다.

"아얏! 이건 머야? A 18!"

놈이 휙 뒤돌아 내 무기를 빼앗더니 아니, 럴쑤럴쑤 이럴 쑤가…….

오늘 첨 신은 내 하이힐을 뚝! 두 손으로 부러뜨리는 거다.

그러더니 한 놈이 내 덜미를 잡더니 휘릭~ 내동댕이쳤다.

이건 2대 2지만 완패다.

잘하면 20세를 일기로 인천 월미도에서 깡패에게 남친과 사이좋게 나란히 맞아죽게 생겼다.

경찰 부르러 간 인간들은 전방으로 군대를 데리러 갔는지 영 감감하고…….

그런데 땅바닥에 철퍼덕 고꾸라진 내 손에 잡히는 게 있었다.

거칠한 블록 한 장. 난 그걸 움켜쥐고 다시 놈들에게 돌격했다.

이번엔 너 죽고 나 살자라는 경건한 마음으로 놈을 강타했다.

그런데 놈이 '욱~!' 하더니 엎어진다.

그놈 참, 머리도 무지 단단한 돌머리인지 파사삭~ 블록이 산산조각이 났다. 난 재빨리 다음 무기로 기다란 무언가를 집어들었다.

나머지 한 놈에게 검도 폼으로 다가갔다.

전에 몇 달 검도장에 다녔었는데 허구한 날 죽도 들고 꽥꽥 소리 지르며 뛰어다니다가 싹수가 노랗다고 해서 그만두었다.

이럴 줄 알았음 진득하니 단이라도 따둘걸. 그래도 똥폼이라도 배운 게 어디야?

그때 군대가 아닌 경찰이 왔다.

파출소 안, 나는 패싸움으로 조서를 쓰게 됐다.

나한테 블록으로 맞은 놈은 머리가 찢어져 피가 나서 병원에 갔기 때문이다. 빈대의 남친은 훌쩍훌쩍 우는 빈대를 먼저 집으로 보냈다고 한다. 왕기사도다.

"먼저 저놈들이 우리에게 시비를 걸었다니까요?"

나와 킹카가 아무리 열심히 사태를 설명해도 내가 때린 블록으로 맞은 놈이 병원으로 실려 갔기 때문에 우리는 가해자가 되어 있었다.

"학생! 주소가 어디야? 전화번호 대!"

집에서 경찰에게 전화받는 엄마 얼굴을 떠올렸다.

'아니, 기집애가 패쌈을 했다구? 남자친구 소개받는다고 1주일 전부터 옷 사내라고 밥을 굶으며 데모를 해서 옷 사줬더니 아침부터 목욕에 화장에 머리까지 지지고 나가서는 패쌈을 해서 남자 머리를 깨놔? 내가 몬 살아~.'

우리 엄마의 펄쩍 뛰는 소리가 들리는 듯했다.

"전화 없는데요!"

난 독립투사의 정신무장으로 집 전화는 목에 칼이 들어와도, 혹 경찰이 물고문을 하더라도 절대 안 불으리라고 결심했다.

"뭐야?"

불거나 말거나 우리는 즉결로 넘겨질 거라고 했다.

아아, 이게 웬 재수 옴붙는 날인가! 이제 유치장 신세까지 지게 생겼다.

아닌게아니라 그날 밤, 난 냄새나고 창피한 그곳에서 꼬박 웅크리고 밤을 새웠다.

그리고 다음날, 빈대의 활약으로 우리 엄마와 킹카의 엄마가 쫓아왔다.

자기 아들을 패서 의리상 함께 싸운 것뿐인데 킹카의 엄마는 날 보며 쯧쯧 혀를 차거나 말은 안 하지만, 나를 문제성 있게 보는 눈이었다.

우리 엄마는 기가 막히고 창피한 듯한 눈치였고 나 역시 억울하고 창피했다. 킹카 오빠가 맞아죽을 것 같아서 그랬는데, 차라리 나도 킹카의 친구를 따라가거나 빈대처럼 누가 맞아죽든 집으로 울고 갔어야 하는 거다.

아님 가만히 서서 남친이 당하는 걸 구경해야 하거나……

난 구둣굽 하나가 달아난 하이힐을 신고 찐따가 되어 절뚝거리며 경찰서를 나와 광명을 찾았지만, 다시는 그 킹카를 만나지 않았다.

더 이상 연기를 계속할 자신이 없었고 그렇게 나를 꾸미고 위장하고 내 모습이 아닌 나를 보여줘서 그가 나를 좋아하게 하느니, 그 남자 취향대로 애써 변신하지 않아도, 그래서 좀 덜 우아한 옷을 입고 산낙지를 잘 먹어도 그리고 깡패와 쌈질을 해도 그냥 있는 그대로의 나의 모습을 사랑해줄 남자를 찾는 게 더 나을 것 같았기 때문이다.

남자 헌팅의 기본

중학교 때부터 친하던 내 친구가 있다.

내가 봐도 너무 예뻐서, 난 이 친구와 친한 게 자랑스러울 정도였다.

그런데 참 이상한 일이다. 그녀의 대학축제 때 그애는 파트너가 없어서 때마다 내가 소개해주다시피 했다.

"나쁜아, 나 이번 축제 때 파트너 좀……."

"또?"

"니네 학교에 좀 키 크고 괜찮은 애루다가……."

"제발 자급자족 좀 하고 살아라."

난 남녀공학에 다녔기 때문에 우정관리 차원에서 생색을 팍 내며 그 애에게 파트너를 공급할 수 있었다.

그렇게 그애에게 소개팅을 많이도 해줬건만 도무지 일이 진행되는 게 없었다. 내가 봐도 멋지고 괜찮은 남자애라서 침을 꼴깍 삼키며 아까워하면서 소개를 해주면, 소개날 그애도 좋아서 비실비실 웃으면서 온갖 예쁜 짓 다하는 게 빤히 뵈는데도 되지 않는 이유가 뭘까?

그녀에게서 들은 소개팅 후담으로 원인분석을 해본다면 그녀는 순진이라고 이름짓기엔 어색할 만한 이상한 센스를 가졌다.

예의상 약간 내숭을 떨어줘야 할 때에 솔직, 대담무쌍했고 정작 솔직하고 용기를 내야 할 때에는 바부탱이처럼 구는 거다.

한 번은 소개해주는 남자애를 잠깐 혼자 앉혀놓고 난 그애를 불러내서 귓속말로 일종의 행동지침을 말해줬다.

이를테면 당시 한창 유행하던, 그러나 비밀스럽던 여대생들의 흡연. 그애는 살 빼느라, 쿨럭이면서도 담배는 줄곧 피워댔다.

"야! 너 저 남자애 마음에 들어?"

"응! 히히히 마음에 들어, 고마워."

"그럼 이번엔 잘해봐. 남자애들 담배 피는 여자 별로 안 좋아해. 담배 피고 싶어도 좀 친해지면 피워. 알았지?"

"알았어. 그런데 난 그런 내숭떠는 애들 딱 질색이야."

"내숭이 아니라 일단 상대 마음에 들도록 노력하는 거지. 일단 친해지면 니 마음대로 해."

그런데 그애의 말을 나중에 들으면 남자가 담배를 빼물고 피우기 시작하면 어김없이 담배를 하나 청해서 꼬나물고 연신 줄담배를 피워댔고, 그런 그애의 스스럼없는 행동에 남자애도 스스럼없는 얘기를 하면 그애는 정색을 하면서 아직 우린 친한 사이가 아니니 그런 얘기하지 말라고 쏘아붙였다나?

거기다가 애프터 신청을 하면 일단 튕겨보느라 안 된다고 거절부터 했다니 일이 될 리가 있느냐구.

얼굴 예쁜 그애는 아무도 못 믿어하지만 남친 없이 학창 시절을 보냈다.

사람과 사람의 관계를 맺게 되는 매력이란 외모에 드러나기도 하지만, 사람을 오래 깊이 끌어당기는 그 무엇은 표면적인 외모보다 대화나 행동에 기인한다.

자신만의 분위기를 만들 줄 아는 지혜와 센스와 상대를 배려하는 마음.

이것은 선천적으로 부여받은 마네킹 같은 얼굴이나 체격과도 바꿀 수 없을 만큼 더 값지다.

상대방의 마음에 들도록 노력하는 것에는 진실된 행동과 마음가짐이 중요하지만, 먹탱이 또는 곰순이처럼 그놈의 진실 하나로 모든 걸 승부하려고 하진 말자. 그러니 진실의 눈물 한 방울로 남자를 처음부터 엮으려는 구시대적 발상은 빨리 버려라.

그래도 잘하면, 어쩌다가 성량 함량 미달인 남자가 엮이기도 하지만 원래 남자란 동물은 쉽게 보여주는 진실에 쉽게 싫증내는 존재다.

차라리 여자의 특권이기도 한 약간의 내숭과 용기로 자신만의 카리스마를 구축하는 게 필요하다.

여기에 여자가 자신의 외모에 돈 처들이고 비싼 옷과 화장품으로 둘둘 말고 바르는 것도 방법으로 봐선 꽤 쓸 만한 방법이긴 하겠다.

그러나 이런 방법이 계속되면 여자의 텅텅 비는 지갑 공간과 가슴속 공허는 정비례하게 된다.

공주병과 시녀 기질

프리즘을 통과하는 햇빛을 본 적이 있는가.

그냥 아무렇지도 않은 빛이 이 요상한 물체를 통과하면서 빨주노초파남보 일곱 빛으로, 각각 그 독특한 색의 빛으로 나뉘는 것을…….

여자가 남자라는 존재에 투과되면 이처럼 상반되고 대조적인 두 가지의 감정이 생기는 것 같다.

투명한 삼각막대의 프리즘과 우리의 사랑스런 남자를 동일선상에 놓고 생각해보자.

여자인 나를 우선 돌아볼 때 남자에 이 두 상반된 기질이 분명 있는바, 제일 처음 사귀던 남자를 끄집어내어 프리즘으로 삼아보자.

대학 시절 나를 좋아해주던(?) 같은 학교 남학생.

지금 고백하건대 그가 내게 호감을 표현했을 때 아무도 몰래 살짝 꼬리친 적이 있긴 하다.

여학생이 우글거리는 학교에서 유독 내게만 친절하고 날 보는 시선에서 뭔가 다른 따뜻함이 느껴지는 그런 것들이 기분이 좋았다.

내게 성의를 다하는 그를 보면서 여자애들은 나를 부러워했고 난 내가 공주가 된 듯이 으쓱했다.

집이 공교롭게도 같은 방향이던 관계로 그 남학생과 나는 버스에서 또는 그 근처에서 자주 만나게 되었고, 내게 잘해준다는 것 이외엔 별로 맘에 드는 게 없는 그였지만, 내가 공주의 열병을 앓기에는 충분하도록 내게 정성이었다.

그러나 남자여, 미안하다.

난 그를 나를 장식하는 장식품 정도로 생각했던 것 같다.

"너는 좋겠어. 저렇게 잘해주는 남자가 있으니……."

이런 탄식하는 여자애들의 말을 나는 즐겼다.

그의 전공이 돈벌이와 관계가 별로 없다는 것은 그를 더 이상 내게 가까이 오지 못하도록 하는 가장 큰 이유였다.

그는 그 지극정성으로 뭇 여자들의 부러운 시선을 즐기는 나의 허영심을 채워주긴 했지만, 그림을 그리는 그는 훗날 나에게 소비의 즐거움을 느끼게 해주기엔 약할 거라고 생각했다.

아니, 좀더 정확히 말하자면, 제 밥벌이도 힘들 거라고 생각했다.

그와 둘이서 대성리에 놀러갔다가 오는 기차 안에서 코 골며 자는 내 볼에 살짝 뽀뽀를 한 그에게 득달같이 따귀를 날려서 진압해버린 것도, 싹싹 비는 그에게 씨근덕거리던 것도 다 순결한 나의 볼을 위해서가 아니라 더 비싼 값으로 나 자신을 팔고 싶은 욕심에서였다.

그와의 지나친 관계의 호전으로 더 좋은 남자를, 더 밥벌이가 확실한 남자를, 더 미래가 창창해서 나를 왕비 만들어줄 그런 남자를 못 만나게 될까 봐 두려워서였다.

나의 그런 얄팍한 계산속도 모른 채 그는 내가 누구보다 순결하고 순진해서 손대면 톡! 하고 터질 것만 같은 여자로 착각하며 나를 바라만

보았다.

그가 군대가기 전날 만나자고 전화가 왔다.

어색하게 빡빡 민 머리를 보고 킥킥대며 우리는 맥주를 마셨다.

그러면서 알게 됐다. 난 그로 인해 내 허영심을 채웠고, 그는 나로 인해 그의 내면을 채웠단 것을…….

그는 나를 사랑하면서 자신이 많이 달라졌다고 말했다.

우선 대충 그림에 소질이 있어 회화를 전공하던 그는 좀더 자신의 그림에 몰두하게 되었고, 그것만이 자신을 좀더 매력적인 남자로, 그리고 미래가 보장된 사내로 만들어줄 것 같았단다.

하긴 그는 대학미전에서 굵직한 상을 타기도 했다.

나는 희미하게나마 내 허영심을 알아차린 그를 보고 양심이 찔리긴 했지만, 그런다고 가난한 화가의 애인, 화가의 마누라가 되어 궁상맞게 살기는 싫었다.

그날 밤, 집에 오는 버스를 기다리며 신촌의 버스 정류장에 섰다. 얼마가 지났을까.

취기가 올라 장난치며 깔깔대던 그가 갑자기 없어졌다.

이렇게 헤어지다니……. 군대생활 잘 하라는 말도 못해주고, 군발이 된다고 놀리기만 했는데…….

버스 정류장에서 증발해버리는 이런 거지 같은 이별이 어디 있는가.

기다리던 버스가 저만치 오고 있었다.

아무리 두리번거려도 그는 보이지 않고, 하는 수 없이 난 미적거리며 버스에 올랐다.

버스가 천천히 떠나는데 움직이는 버스를 세우며 그가 올라섰다.

"너 오징어 좋아하지? 떠나는데 네게 선물이라도 해야 하는데, 갑자기 오징어가 눈에 띄잖아."

술이 취한데다가 숨이 차서 제대로 몸을 가누지 못하면서 그는 내게 군오징어가 든 하얀 봉투를 내밀었다.

난 오징어 다리를 하나 뜯어먹으며 눈물이 핑그르르~ 돌았다.

'짜샤! 그러니 왜 그림을 그리냐구……'

이 말은 즉, 왜 나를 좀더 호강시켜줄 든든한 장래성을 갖지 않았느냐는 말이 된다.

그런데…….

내가 밥벌이를 염려해서 더 이상 가까이 하지 않았던 그 남자.

지금은 교수가 되어 잘 먹고 잘 산다.

나보다 더 예쁜 여자와 결혼해서 아들딸 낳고 잘 산다.

내가 그에게 바랐던 것, 그가 내게 절대 해줄 수 없을 것 같아서 망설이던 것. 그것은 현실에 대한 막연한 두려움에 기인한 거였다.

나 대신 돈을 벌 남자, 나 대신 지위와 권력이 있어 나를 한평생 안락하게 지켜줄 보호막 같은 남자. 그런 남자를 원했었고 그런 남자와 사랑하려고 노력했다. 그래서 그때 한창 인기였던 의대와 법대생과의 미팅을 눈에 불을 켜고 다녔다.

엄마의 집요한 충고도 한 역할했다.

"얘야, 사랑은 잠시란다. 광에서 인심 난다고 넉넉하고 돈이 있어야 사랑도 유지되느니라……."

난 그때 그 말이 뭔지도 모르면서 그 말이 지당하다고 생각했다.

내 한 몸 예쁘게 보이고 매력적으로 꼬리쳐서 앞날이 유망한, 즉 권력과 돈과 사랑을(난 이 말을 멋지게 다른 말로 포장했다. 지성, 야성, 사랑을 갖춘 남자……라고) 내게 퍼부어줄 그런 남자를 난 찾아 헤매었다.

그런 남자가 아니면 사랑하기도 싫었다.

그런데 그렇게 지고지순한 그 남자친구가 영원히 내게 남자친구로 그만치 서 있을 수밖에 없었던 이유는 그의 직업이 평생 가난해 보이는, 가난할 것 같은 예술가였기 때문이지만, 결코 무시 못할 다른 이유도 있었다.

그는 내가 하자는 대로 했다.

날씨 좋은 날, 수업하기 억울하게 좋은 날, 몰래 빠져나가서 영화나 봤음 좋겠다고 하면 그러자고 하며 따라나섰다.

시원한 개울가에 발 담그고 싶다고 하면 물가로 데려가서 자기가 더 좋아라 놀았고, 시험이고 수업이고 과제고 전혀 신경을 안 썼다.

그런 식이니 자신의 앞날에 대한 계획 같은 것은 뵈지도 않았다.

오히려 내가 그에게 가끔 그에게 앞날의 계획을 언질해주고, 그의 과제며 읽어야 할 책들을 주섬주섬 챙겨 쥐어주곤 했다.

그때 나에겐 인생은 호기심으로 가득 차 있었고, 나만 있음 좋아하는 그와 단둘이서 그의 식대로 나른하게 그렇게 있는 것은 싫었다. 그는 오로지 삶의 낙이 나와 노는 것으로 보였다.

한편으론 내게 열성이고 순진한 그여서 좋았지만 나중에 나이들어서 까지 그렇게 산다면 결과는 뻔할 뻔자라고 생각했다.

그가 내게 간절한, 그리고 원망의 눈빛을 쏘는 걸 충분히 알면서도 난 그를 멀리하며 다른 남자들을 신나게 만나고 다녔으며, 그나마 고통스럽지만 그 시간을 통해 그가 자신의 앞날에, 그의 세계에 깊이 빠지기를 바랐다.

난 툭하면 사랑타령이나 하는 그의 꽃사슴 같은 순수한 감성을 좋아했다.

그러나 그 꽃사슴에 내 무거운 썰매를 달고 눈덮인 현실을 달리기엔 부적합하다고 생각했었던 거다.

여자는, 남자가 여자를 추앙하듯 잘해주는 것만을 바랄까?

공주처럼 떠받들며 그녀만을 위해 사는 머슴으로 살기를 바랄까?

사랑한다고 달콤한 말을 속삭이며 너 아닌 다른 여자는 내겐 여자도 아니라는 그런 말이 듣고 싶을까?

물론 그렇다.

그렇게 달짝지근한 말을 하며 그렇게 나만 위해 사는 남자가 좋다.

그는 충분히 평생을, 공주 바라보듯 사랑스런 눈길을 쏘며 나를 모시고 살듯이 보였다. 그건 확실히 맘에 드는 일이지만, 그런데 왜 난 그런 걸로만 그가 미치도록 좋아지지 않는 거지?

왜냐하면 난 동시에 자신의 신념이 있어서 내가 존경할 수 있는 남자가 더 좋았기 때문이다.

내가 울며불며 말려도 자신의 길을 가는 남자, 자신의 길에 누가 뭐래도 확신을 갖고 그걸 위해서는 사랑하는 여자도 버릴 것 같은 남자, 그런 남자에게 난 애걸복걸하며 매달리고 싶었고, 난 기꺼이 그런 남자를 위해 빗자루 들고 아침 일찍 길이라도 쓸고 싶었다.

남자에게 추앙받는 귀한 공주의 신분과 그를 위해 몸바쳐 허드렛일도 서슴없이 할 충직한 시녀가 되고 싶은 이 상반되고 이상한 생각을 난 떨칠 수가 없는 거다.

혹시 내가 어릴 적 김유신 류의 위인전을 읽어서일까, 아니면 난 공주보다 시녀 기질이 우성이기 때문일까.

고민 끝에 자신이 좋아하는 여자 때문에 자신이 가야 할 길, 해야 할 일을 잊는 그를 친구에서 연인으로 격상시키지 않기로 했다.

사람의 마음은 언어가 아닌 눈빛으로 더 강하게 전달되었다.

그는 언제나 시큰둥한 나의 태도에 속이 타는 듯했고, 난 그에게 계속 유혹적인 여자가 되기보다는 그가 가는 길에 도움을 주는 친구의 모습을 보여주고 싶었다.

우선, 군대 가서 보초서는 그를 위해 그가 엄청 약한 영어를 공부하게 해주자.

그래서 뻔대기 뻔자 안부인사로 도배질한 위문편지를 보내느니 그에게 유용한 공부엽서를 보내기로 했다.

영어 문장과 단어로 빼곡한 엽서를 3일에 한 장씩 어김없이 보냈고 그는 그 엽서를 묶어서는 언제나 들고 다니며 공부했다고 한다. 그는 그 덕인지 제대 후 꽤 쓸 만한 토플점수를 얻어서 유학을 갔다.(분명히 내 덕임에 틀림없다.) 그에게는 요긴하게 공부를 하게 해준 그때, 추억의 공부엽서가 아직도 몇 장 있다고 한다.

'사랑…… 어쩌구' 하는 말이라곤 한마디도 눈 씻고 찾아볼 수 없는, 그 재미없는 엽서에 비하면 그는 손수 꽃을 가득 그린 편지지에 구구절절 사랑의 시를 적어 보냈고, 편지봉투부터 유난을 떤 그의 편지는 학교에서 나를 한 공주하게 만들었다.

작품이라고 해도 될 만한 그 예쁜 편지들은 주욱 가지고 있다가 가끔 공주병을 앓고 싶을 때 꺼내보곤 했는데, 시집갈 때 즈음 울 엄마의 세심한 배려에 의해 어디로 갔는지 묘연하다.

여자들은 다소간의 병세의 차도만 있을 뿐, 모두가 공주병이라는 선천질환을 갖고 태어난다.

설사 공주병 음성환자로 평소 겸손으로 무장된 행동을 보이다가도 여자는 자신을 사랑하는 남자, 즉 자신의 신분이 공주인 걸 발견하게 하는 거울 든 남자가 나타나면 급성공주 증상이 음성에서 양성 반응을 보인다. 그리고 그 증세는 악화일로를 걷는데 이 병의 증상은 가끔 주위 사람들의 비위를 건드려 급기야 구토를 일으키니, 양성 반응의 공주병 환자에겐 근접을 망설이게 한다.

모든 병은 바이러스로 전염되는 법.

개중에 면역성이 약하고 심약한 여자들은 공주병 환자와 너무 친밀히 접하게 되면 아직 자신에겐 거울 든 남자가 없음에도 공주처럼 굴게 되는데, 이것이야말로 심각한 공주병 바이러스의 변종으로서 앞뒤 순서가 꼬인바, 거울 들고 근접하던 남자도 질겁하고 도망가게 하는 이유가 된다.

중국 대륙을 강타한 사스를 보라. 역시 바이러스는 변종이 더 무섭다.

다시 공주의 거울 보는 순서.

여자는 남자의 눈동자에 걸린 거울을 들여다보며 자신을 사랑스럽게 비춰주는 남자의 눈 속에 풍덩 빠져 우선 자신이 공주임을 각인하게 된다.

그러고 나서야 거울의 임자인 그 남자를 사랑하게 된다.

그래서 공주는 자신의 신분이 공주임을 확인시켜준 남자의 충실한 시녀가 되고 싶어하는데 이는 의리만땅 인간성 캡인 여자들만의 미덕이기도 하지만, 능력 안 되는 자신을 감지하고 힘든 세상에서 확실치 않은 자신의 길을 갈고 닦느니 차라리 남자 하나 잘 키워서 남자의 명예와 그늘 밑에서 한평생 지내볼 요량인 점도 있다.

따라서 여자는 사랑하는 남자에게 더없이 사랑받는 아름다운 공주가 되고 싶은 반면, 길 떠나는 남자의 신발을 자신의 가슴에 품어 덥히는 수고를 마다 않는 갸륵한 시녀가 되고 싶기도 하다.

여자는 나무다

호칭의 절묘함

예전에 학교 졸업하고 사회생활하면서 가끔 친구들과 나이트를 갔을 때, 때마침 걸린 미성년자 단속.

뺑그르르 둘러 있는 친구는 다 놔두고 내 주민등록증을 보잔다. 단발 상고머리 때문에 좀 어려 보이기도 했겠지만, 애들은 나이보다 어려 보여 좋겠다고 했고 주민등록증 꺼내는 그 귀찮음이 나 역시 기분 나쁘지 않았다.

결혼 후 갈비집 같은 데서 외식할 때 남편은 음식을 나르는 아줌마들을 촌스럽게 이렇게 불렀다.

"아주머니, 아주머니!"

"아주머니가 뭐야. 아가씨! 여기 반찬 좀 더 주세요."

아부성이 배인 나의 '아가씨' 호칭은 그리 반응이 나쁘지 않아 보인다. 그래서인지 아줌마는 우리가 목 터지게 부르며 달라는 것을 푸짐하게 듬뿍 더 얹어준다.

아부 대마왕인 나와 오랫동안 살아온 탓에 이제 남편은 가끔 나보다 한술 더 떠서 '아가씨'가 아니라 '언니~'라고 부른다.

우~ 닭살.

난 그런 얄팍한 아부성 호칭에 은근히 기분이 좋아지는 아줌마들을 보는 것이 나 자신을 발견하는 듯 반갑고 즐겁다.

아들넘과 작년 겨울 폼페이에 가던 길.

아들애는 기차에서 급히 먹은 빵 때문에 급체를 했다. 시내버스를 타고 꼬부랑 언덕을 하염없이 올라가는데 아들애는 배를 움켜쥐고 아파 죽는다고 난리를 쳤다. 결국 물어물어 폼페이의 국립병원에 도착했다. 그날은 바로 12월 25일. 그렇게 쏘다닐 날도 아니건만 역마살이 확실하게 달라붙은 어미와 그 아들인지라, 그 전날부터 이미 피렌체를 떠나 덜덜덜 추위에 떨며 지지리 고생하면서 싸다니는 거였다.

아이는 위경련으로 거의 쓰러지기 일보 직전. 여행 도중, 그것도 폼페이 시골 언덕에서 위경련이 난 아들넘 얼굴을 보니 난 차라리 내가 아프고 마는 게 나을 것처럼 안타까웠다. 다 내 잘못이야……. 문제의 빵도 안 먹겠다고 하는 애를 우격다짐으로 눈 부라리며 먹인 것도 나였다.

아파서 입술마저 하얗게 사색이 다 된 아들애 걱정으로 내가 더 울상이 다 되어 의사에게 아들넘을 인도했다. 외국인이 이런 외진 병원까지 어찌 알구 왔누, 크리스마스에……. 어쩌구저쩌구 궁시렁거리면서 이런저런 걸 묻고 나더니 주사를 엉덩이에 놓는다.

그런데 의사왈, 누나에게 약을 줄 테니 시간 맞춰 약을 먹으란다.

뭐라구?! 날더러 아들넘의 누나?

내 왕년에 아들넘을 데리고 다니면 이모나 고모 소리는 들어봤지만, 누나라니……. 정신이 멀쩡해 보이는 의사의 얼굴과 진지한 표정으로 봐서 농담 같지는 않다. 난 그 한마디 말에 바로 직전까지의 아픈 아들에 대한 걱정은 티끌이 되어 사라지고 하늘엔 영광, 땅에는 평화. 의사가 기특하고 이뻐 죽겠는 거다.

아들의 위경련? 그야 뭐, 주사 맞았으니 나을 테지. 그러니까 내가 아들의 누나 같다는 말이지? 훗훗, 에구 좋아라~.

의사의 그 귀한 축복과 같은 말을 가슴에 되새기며 아직도 비칠거리며 뒤따라오는 아들은 안중에도 없이 난 처음 병원을 찾아갈 때의 발걸음과는 사뭇 다르게 날아갈 듯 콧노래마저 홍홍거리며 춤추듯 걸어나왔다.

"엄마~ 엄마에게 누나라고 한 게 그렇게 좋아? 으이그, 엄마 땜에 내가 몬살아!"

"아아니, 그게 아니라 네가 나은 것 같아서……."

난 애써 변명했지만 녀석은 이미 엄마의 가뿐하게 개인 얼굴이 엄마를 '누나'로 오판하는 의사의 말 때문임을 눈치챘다.

(이그, 영감 같은 넘. 내가 이래서 이 녀석에게 약점 잡히고 산다니까…….)

나중에 안 일이지만, 외국 사람들 특히 서양 사람들은 동양인의 나이를 잘 몰라본다. 거의 줄잡아 5~10년 정도는 더 젊게 보고 실제 나이를 말해주면 놀라서 뒤집어진다.

그러니 나야 치사하게 갈비집에서 반찬 하나 더 잘 얻어먹어 보자고 아줌마에게 '아가씨'라고 한 것이고, 그 이태리 시골의사는 동양인의 나이를 가늠 못하기 때문에 내게 누나라고 한 것이니, 아들넘 말처럼 그리 푼수 떨며 좋아서 히죽거릴 일도 아닌 거다.

대체 나이가 뭐길래…….

탤런트 이미숙과 이미연

난 이들 두 여자의 얼굴을 좋아한다. 싱싱하고 예쁘기만 하던 그 시절의 그녀들이 아닌, 나이 들고 나서의 그들이 좋다. 30, 40세를 훌쩍 넘긴 그들의 얼굴은 가을 햇살에 과일이 익듯 세월로 인한 내적 성숙함이 묻어나기 때문이다.

몇 년 전 영화 「정사」에서 보여준 이미숙의 고독한 무표정과 절제된 연기는 앞뒤없이 널뛰듯 하던 처녀 시절의 연기보다 더욱 관능적으로 업그레이드되었음이 보이고, 드라마 「명성황후」에서의 이미연의 품위 있는 연기는 그동안의 세월에서 그녀가 건져올린 삶의 무게가 제법 가볍지만은 않았음을 짐작케 한다.

그들 이외에도 나이 들어 중년여인이 된 여자들의 연기를 보면 그간의 세월을 살며 그녀들이 겪었을 경험과 갈등으로 다듬어진 품위와 세련됨이 연기에 더해져 희로애락의 매 장면의 연기에 그녀 스스로가 녹아나오는 걸 느낀다.

바로 세월에 의해 그녀들 표정과 몸짓에 한 겹, 두 겹 삶의 그 무엇이 더해지는 것이다. 연기는 기가 막히게 잘하지만 어딘가 과장스럽고 억지스러운 꽃다운 나이대의 연기자들과 어울릴 때 그들의 아름다움은 더욱 돋보인다.

'젊음＝예쁘다'라는 단순한 등식이야 존재할는지 모르지만, 설익은 젊음이라는 아름다움이 줄 수 있는 메시지의 여운은 그리 길지 않다. 오히려 단순히 젊고 예쁜 아름다움은 플라스틱 제품 같은 냄새마저 난다.

그래서 나이 들어 더욱 아름다운 이미숙, 이미연을 보며 여자에게 나이는 결코 애써 피해 가야만 할 것이 아님을 느낀다.

여자는 꽃이 아니다

혹시 이런 쓸데없는 예쁘고 젊은 것에 대한 집착의 뿌리는 여자가 꽃으로 은유되는 것에 있지는 않을까?.

'이제는 돌아와 거울 앞에선 국화꽃같이 생긴 누이여…….'

'코스모스처럼 가녀린 너의 몸. 백합화처럼 순결한 장미처럼 화려한…….'

어쩌구 하는 시 등……. 언뜻 생각나는 피천득의 수필의 어느 곳에도 '아사코'란 여자를 나이가 먹음에 따라서 이 꽃 저 꽃 여러 가지 꽃으로 묘사했었고, 그외에도 예나 지금이나 걸핏하면 '여자=꽃'으로 간주해서 표현되는 문학작품이 부지기수이고 그래서인지 우리의 인식 가운데는 여자는 꽃이라는 등식이 통용되어지는 것 같다.

물론 여자를 꽃으로 비유하고 칭송한 그들은 모두가 남자였고, 그런 표현에 고개 끄덕인 모든 사람들은 무의식중에 여자는 예쁘고 싱싱해야만 하는 꽃으로 각인되는 거다.

그런데 이상하지 않은가.

남자에겐 해당되지 않는 꽃에 대한 은유가 유독 여자에게만, 동물인 그것도 고등생명체인 인간 여자에게 그대로 대입해서 식물인 꽃이 피고 시드는 과정을 비교해 '꽃봉오리 같은 시절'이니 '꽃이 시드는 나이'이니 어쩌구 하는 것 말이다.

여자들은 그런 아름다운 꽃 그러나 아쉽게도 쉽게 볼품 없어지는 꽃에 비교 당하고 찬양받는 것에 자연스럽고 익숙하다. 그래서 자신이 꽃이라고 착각하는 우리 여자들은 더욱 예쁜 꽃이 되고 싶어서 꽃처럼 후줄근 시들고 싶지 않고, 영원히 지지 않는 앳된 꽃봉오리이고 싶어서 안달인지도 모르겠다.

그래서인지 꽃과 전혀 비교되지 않는 남자들은 사회적으로 유능해지고 출세하는 것에 관심 있는 반면, 여자는 뭐니뭐니 해도 일단 예쁘고 앳되 보이는 것에 주 관심사가 움직이는 건 아닐까.

이 모두가 그놈의 '여자는 꽃'이란 어리석은 등식 때문이라면, 그런 등식은 꽃 좋아하는 남자에게나 주자. 하긴 '꽃을 든 남자' '꽃 미남'이란 말도 자주 쓰이는 걸로 봐서 '남자는 꽃'이란 등식도 조속한 시일 내에 만들어질지도…….

나이 들면 나무가 되는 여자

만물의 영장인 인간 여자를 식물의 이미지에 굳이 연결해서 표현하고 싶다면 차라리 꽃보다는 나무는 어떤가.

흐르는 시간과 세월에 초라해지는 게 아니라 오히려 더욱 든든한 힘이 되는, 여름엔 초록잎새로 녹음의 정취를, 가을엔 화사한 단풍으로 화려함이 더욱 더 하고, 겨울엔 앙상한 맨몸 나뭇가지로 혹독한 추위에 참고 견뎌서 어김없이 봄에는 파릇이 새싹을 뿜어내는, 그런 사시사철 자신에게 다가오는 계절마다 자신을 변화해내는 여자는 실은 꽃보다 나무를 닮았다.

세월이 갈수록 가녀린 나무통은 튼실해지고 줄기와 잎새는 해가 갈수록 번성해서 풍성해지고 그 나무에 피고 지는 꽃과 열리는 열매마저 점점 더 향기롭고 탐스러워지는 그런 나무 같은 여자…….

며칠 물만 안 주면 후줄근 사그라들고 농약 흠뻑 뒤집어쓰고 안전하지만 답답한 비닐하우스에서 키워지는 일년생의 수명 짧은 꽃이 아닌, 거친 삶의 저 영토 안에 깊숙이 뿌리박고 들어가 대지의 생명력으로 자생하는, 바람과 햇살의 혜택과 시련을 몽땅 자신을 키우는 에너지로 받아들여 날로 더 건강해지는 여자…….

꽃처럼 향기롭고 예뻐야 하니, 꽃만 지면 영락없이 쓰레기통으로 패기처분되듯 나이 들어 늙수그레할까 봐, 그래서 사람들이 관심과 사랑을 못 받을까 봐 온통 예쁘고 앳되 보이는 것에 집중투구 노심초사하지 않고, 오히려 계절이 변하고 해가 갈수록 축복처럼 더욱더 아름다워지고 영원히 그 존재만으로도 사람들에게, 새나 풀벌레에게 안식이 되는 그런 나무같이 사는 여자로 하는 거다.

검붉은 장미처럼 도도한, 코스모스같이 가냘픈, 칸나꽃처럼 정열적인, 개나리처럼 수수한 혹은 호박꽃같이 못생긴 여자 등등, 이런 구시대적 꽃 여인의 표현은 이제 그만.

포플러 나무처럼 싱그러운, 소나무처럼 향기로운, 대나무처럼 절도 있는, 밤나무같이 속이 꽉 찬, 혹은 뽕나무처럼 방귀를 잘 뀌는 그런 나무의 여자로 하자.

꽃이 여자가 아니듯, 여자는 그리 쉽게 지는 꽃이 아니라 계절에 따라 변신하고 해가 갈수록 단단히 뿌리내려 아름다워지는 나무다.

난 어떤 나무가 될까.

가을엔 불붙는 듯한 화려한 단풍나무가 되어볼까, 아니면 혈액 순환제를 만든다는 노오란 은행나무가 될까, 먹으면 불로장생한다는 대추가 열리는 대추나무는 어떨까.

나는 어떤 나무이든, 바람 한 번 획 불면 스러지는 예쁘지만 나약한 꽃보다 비바람에 뿌리가 더욱더 깊어지는 생명 강한 나무가 될란다.

꼬리치는 여자가 아름답다

여자가 남자에게 꼬리치는 것은 법으로만 저촉이 안 될 뿐 아주 추하고 볼썽사나운 것으로 여겨진다. 특히 내 미혼 시절, 남자는 맘에 드는 여자에게 치근대고 졸랑졸랑 따라다니는 게 당연하고 여자는 남자에게 무조건 좀 쌀쌀맞게 굴어야지 제대로 된 정상적인 여자라고 생각하는 정말 비정상적인 사회였다.

그러나 내가 누구인가. 밖으론 한가하게 유유히 우아하게 떠도는, 그러나 물밑에선 열심히 물갈퀴를 허우적대는 백조파가 아닌가.

갖은 새침, 고상은 다 떨면서도 맘에 드는 남자에겐 열심히 지속적으로 추파를 던졌음을 시인한다.

그런데 세상의 제일 큰 아이러니는 남녀관계.

왜 내가 좋아하는 남자는 나를 소 닭 쳐다보듯 맨송맨송하고, 난 별 볼 일은커녕 달 볼 일도 없을 것 같은 남자는 내게 끈적이는 시선을 보내는가 말이다.

그런데 더 가슴을 한숨으로 쓸어내리게 하는 주옥같은 명언들이 있었

으니, '여자는 자신을 좋아하는 남자와 결혼을 해야지 행복하다, 여자가
남자를 더 좋아해서 결혼하면 여자는 구박덩어리가 된다' 이다.

갸우뚱하면서도 여자의 일생을 미리 살아본 삶의 지혜, 경험담임직한
이런 말들은 사랑의 화살표가 엇나가기만 하는 왕년의 나를 더욱 초조
하게 했다.

그래서 가능하면 난 아무리 맘에 들어도 내게 맨송맨송한 쪽보다는
나 좋다고 히죽대는 쪽의 남자에게 정을 붙이려 애를 썼고 그러다 보니
진도가 잘 나갈 리가 없는 거다.

에구, 그런데 그때는 몰랐었다. 맘에 드는 남자를 꼬드기는 게 얼마나
중요한 일인지를. 왜 난 지금 아는 것을 그때엔 몰랐던 걸까.

스파이 교육으로 유명한 영국

스파이는 어떠한 상황에서도 자신의 유리한 위치를 확보해야 하는 생
존게임의 주인공이다. 그들을 훈련시킬 때 중요한 코스가 있으니, 바로
지정한 이성을 유혹하기라고 한다.

스파이가 웬 제비? 꽃뱀? 이성 꼬시기 연습을 하게. 이런 나쁜 분이
있다면 설명이 길어진다.

우리의 사랑스런 스파이 영화 007, 미션임퍼시블 등등 수도 없이 많은
스파이 영화에서 이미 우리는 중요 등장인물 남자와 여자가 수없이 꼬드
기고 꼬여지는 걸 기억하실랑가. 특히 스파이 영화의 고전으로 불리는
007은 유난히 임무수행을 하는 데 있어 이성의 힘을 많이 이용한다.

원하는 이성을 유혹하는 것은 산전 수전 공중전을 해대는 스파이에게
만 필요한 것은 아니다. 내가 좋아하는 사람에게 나를 받아들이게 하려
는 방법의 연구와 노력은 삶을 향한 치열한 인간의 자연스러운 몸짓이

기도 한 것이다.

그러니 열심히 공부해서 좋은 성적을 얻는 것만큼 열심히 돈벌어서 부자가 되는 것만큼이나 원하는 이성을 획득하기 위한 작업은 그 중요성에 버금간다.

그리고 사실 많은 사회생활의 주요 부분들이 인간적인 커뮤니케이션 매력 상호간의 효과적인 의사전달 및 설득능력에 많이 기인하기도 한다. 상대의 성격, 기호도나 취향이 어떠한지 그 다음 상대에게 어떻게 자신을 연출할지 상대에게 몰입하는 집중력 등등, 어떻게든 자신을 좋아하도록 만들려는 이러한 자칫 정신나간 사람으로 보일 수도 있는 일련의 작업들은 기업의 기획, 상품개발, 홍보, 마케팅 전략 및 경영일선의 업무와 별반 다를 게 없다. 또한 상대를 향한 끈질긴 인내와 용기는 인간 사회에서 어떠한 일을 하든 필요한 것이기도 하다.

그러니 한 번도 여자 꼬셔본 적 없다는 남자, 남자에게 꼬리 한 번 쳐본 적 없다는 여자, 이들은 우아하고 격조높게 평가될지는 모르나 삶의 치열한 현장에서 용기 혹은 경쟁력이 부족하다는 평가를 달게 들을 만하지 않을까?

여자들이여.

성공과 실패, 그 결과에 연연하지 말고 엉큼하고 앙큼하게, 모든 수단과 방법을 동원, 치밀한 전략 혹은 무식한 밀어붙이기로 맘에 드는 대상에게 접근하여 끈질기고 드라마틱한 작업으로 스파이 영화 한편 멋지게 찍기 바란다.

3

Sex,
그것을
알려주마

순결의 음모

여자의 순결. 지금은 케케묵은 단어라고, 그래서 더 이상 순결이란 단어, 그런 건 국어사전을 암만 들춰도 결코 찾을 수 없는 단어일까?

아닐걸……. 순결은 아직도 우리 여자들의 뇌리에 단단히 자리매김하고 있다.

그 이유는 무엇일까?

순결에 관한 꽤 신빙성 있는 설화 하나

옛날옛적 언제인지 나도 모를 옛적에 한 건장한 사나이가 결혼이란 방식으로 장가를 가게 되었다.

그의 이름은 야칸넘, 그의 신부는 이푸로.

얼마 후에 야칸넘은 지나가다가 수군거리는 동네 여자들의 수다소리를 듣게 되었다.

"이번에 시집간 이푸로의 남편 야칸넘말야……. 푸로가 그러는데 문제가 있다지, 아마? 전에 만나던 남자 빈강세에 비하면 영 아니라는 군……."

"생기긴 잘생겼는데, 쯧쯧쯧."

전혀 이해도가 안 따라가는 분들을 위해 부연설명을 하자면, 색시 이푸로 양이 사귀던 전 남자에 비해 이번에 정식으로 시집간 남자가 섹스에 있어서 신통치 않다는 뜻이다.

새신랑 야칸넘은 자존심이 있는 대로 구겨졌다.

그 이후로 무너진 자존심 때문에 사냥도 잘 안 되었고, 새색시 푸로 양이 눈만 내리깔아도 자신의 성적 능력에 대한 반감이 아닐까 하는 소심증에 걸렸다.

그러다 보니 항상 아내가 자신을 다른 남자와 비교한다는 과대망상에 빠져서 죄없는 푸로 양을 달달달 볶기도 한다.

거기다가 그들이 낳은 아이의 생부가 의심스럽기도 하다.

그런 남자들이 수가 점점 많아지니 우리의 현명한 조상 야칸넘은 지혜가 생겼다.

그저 여자는 남자 경험이라곤 전혀 없는 쌩처녀가 최고야…….

다른 남자와 잠을 자기는커녕 남자라곤 아버지 얼굴만 구경한, 외간 남자라곤 구경도 못해본 순결무지한 처녀가 신붓감으로 딱이란 걸 알게 되었다.

그래서 결혼의 조건으로 여자의 순결성을 조건으로 달게 되었고, 그 순결의 증거를 보이지 못하는 여자에겐 눈물의 가시밭길이 준비되어 있었다.

남자들이 이렇듯 여자의 순결을 밝히는데 우리의 영악한 여자들은 또 가만히 있을 수 있나.

이푸로의 후예인 여자들은,

"아하 남자 너희들이 그렇게 순결을 좋아하는구나. 여자들의 최고의 거래인 결혼에서 그 조건으로 순결이 가장 큰 가치라면 우린 또 그걸 제일 값나가게 팔자."

뛰는 놈 위엔 언제나 나는 분이 계시는 법.

순결을 밝히는 남자들에게 여자들은 순결을 최대한 폼나게 포장하기 시작했다.

하룻밤 자고 나서는,

"이제껏 지켜온 순결을 그대에게 바쳤어요……. 으흐흐흐흐흑!"

이러면서 여자는 남자에게 그녀 앞에 일생동안 밥을 벌어올 책임을 떠맡겼고, 남자는 그녀의 순결을 취한 자신이 뭔가 귀한 것을 얻은 듯한, 그래서 그에 따른 행복한 책임감에 부르르 몸을 떨며 그녀를 지켜야 한다고 생각하기 시작했다.

그리고 여자들 또한 자기 최면에 걸리기 시작했다.

순결, 정조를 지키기 위해서라면 목숨도 끊으라고 쥐어주는 은장도를 옷섶에 달고 다니며 달려드는 남자 앞에서 남자를 죽이기는커녕 자신의 목숨을 댕강 끊었다.

여자의 순결은 지역적인 다양한 문화에도 불구하고 글로벌한 가치기준으로서, 지구촌 어디를 가도 그 광기어린 집착을 볼 수 있는 흔치 않은 인류사의 공통점이다.

"그저 모름지기, 여자는 성에 대해선 암것도 몰라야지. 쬐금이라도 알면 그건 좋은 여자가 아니지. 당근 그런 여자는…… 아내감으로서는 자격 미달이야."

아무것도 모르는 순진한 처녀를 자신이 길들여 나간다는 개척정신으로 무장하고 남자들은 자신은 될수록 경험을 많이많이, 색싯감되는 여자는 쌩판 왕초보만 접수하게 되었다.

그래서 백양의 섹스 비디오를 보고 동정을 하고 싶어도 그녀의 몸동

작이 너무 프로였다는 이유로 고개를 살래살래 내젓는 사람들이 생기는 이유를 튼실하게 만들어준다.

기왕 하는 일 설사 도둑질이라도 잘하면 좋을 텐데 말이다.

여자의 순결을 값비싸게 쳐주는 남자가 있는 한 여자의 순결 가치는 한없이 올라야만 할 텐데, 오히려 여자의 필수 의무조항으로 만들어서 남자, 지네들은 순결하지도 않으면서 여자의 순결을 거저 먹으려고 하는 악랄한 장돌뱅이 상거래에 그동안 여자들은 피눈물을 삼키며 처녀성을 잃은 것을 만회하려는 처녀수술조차 감행하는 처녀 아닌 처녀들도 있었다지, 아마…….

이거 상도덕에 엄청 위배되는 것 아닌가.

그러나 요즘 서서히 공정상거래가 자리를 잡아가는지 여자의 순결에 그리 높은 점수를 쳐주지도, 남자들이 그리 바라지도 않는 추세라고 한다.

여하튼 순결이란 말은 듣기만 해도 힘이 빠지게 하는 정의하기 어려운 말이고, 거기에 여자의 순결은 차라리 파렴치하기까지 하다.

그래서 모 청량음료 회사에선 우리의 억울한 조상 이푸로 양을 추모하는 뜻에서 새로운 제품을 '이프로'라고 명명하여 답답한 여자들의 갈증을 채우는 데 이바지라도 하고자 하는 걸까?(물론, 네버…… 정확하지 않는 소식통 농담 따먹는 얘기. 절대 이프로와 우리의 여자 조상 이푸로는 상관없음.)

호기심으로 남자와 자다?

몇 해 전 일이다.

밤늦게 울리는 전화 벨소리. 받아보니 오랫동안 소식 없던 후배다.

실상 후배라는 족속들은 '선배, 어쩌구' 하면서 아쉬울 때나 나타나는 법. 절대 보탬 주러 먼저 나서는 일 없다. 특히 오랫동안 연락 끊고 지내던 것이 갑자기 한밤중에 전화 걸어왔을 때엔 필시⋯⋯.

난 심드렁한 목소리로 받을 수밖에.

"난 너 죽은 줄 알았다. 연락도 없다가 웬일이니, 이 밤중에⋯⋯."

"언늬~ 잘 이써써? 나 할마리 이쒀서⋯⋯."

혀가 비비꼬이고 헬렐레한 목소리로 봐서 단단히 퍼마신 듯하다. 비칠거리는 그녀의 얘기를 들어보니 결론은, 노처녀 상위급에 해당되는 그애가 결혼하고 싶은 남자가 생겼다는 거다.

"경사났네! 그래서 전화했구나, 이 밤중에. 축하한다!"

그애로 말할 것 같으면, 나이 33세가 되도록 이렇다 할 데이트하는 남자가 없었다. 생긴 것 그만하면 얼굴이 무기인 편은 아니고, 드럼통도

"

아니고, 성격 그런 대로 해죽해죽 애교도 있고, 내심 남자도 은근히 밝히는 것 같고……. 그렇다고 눈이 하늘 높은 줄 모르고 높기만 해서 전혀 실현가능성 없는 이상형만 좇는 것도 아니건만 남친이나 애인, 이런 뜨뜻하고 달짝지근한 것들 없이 살아가고 있던 애다.

그런데 그 아기다리 고기다리던 남자가 생겼고 그 좋아하는 남자가 제주도 여행을 가자고 한단다. 물론 자고 오는 여행이다, 2박 3일로.

그 여행을 갈지 말지에 대해 고민을 하며 전화하는 이 서른셋의 엽기스런 그녀의 혀 꼬부라진 목소리를 들으며 난 문득 기억 하나가 떠올랐다.

그애가 32세 되던 해. 그러니까 바로 그 일년 전 초입 즈음, 그애는 묻지도 않은 별 거지발싸개 같은 고백을 했었다.

"나, 한 번도 남자와 자본 적 없어."

"그래? 천연기념물 많은 우리나라 좋은 나라다. 천연기념물은 나라의 보배이니 우리 모두 잘 지켜야 해."

아무도 궁금해하지 않는 재미없는 그애의 고백에 우리 모두 적당한 농담으로 받아넘겼는데, 그애는 아직도 불같은 연애를 해본 적이 없음을, 그래서 당연히 남자와도 자본 적이 없음을 뭔 일차방정식 공식처럼 차근히 대입해서 설명하며 심드렁해하는 우리로 하여금 그녀에 대한 동정과 이해가 깔린 강한 지지로 고개를 끄덕이게 했다.

"언니, 남자와 자는 게 그렇게 좋아? 무지 황홀하다며……?"

이 갑작스런 강보에 싸인 얼라의 응애응애~에 해당하는 질문에 이미 득도의 경지에서 구름 타고 하산할 일만 남은 우리 기혼녀들은 음음허허~ 여유로운 웃음을 날리며 고수로서의 알딸딸한 말씀을 전했다.

"흠, 그게 말이쥐, 딱 뭐라 말하긴 좀 그런데, 좋아하는 남자와 자면 황홀하쥐. 거럼……."

"언니, 올해의 내 소원은 남자와 자보는 거야. 그러려면 연애를 불같이 해야 하는데, 이거 연애하자는 놈이 없으니, 나 원.”

여기에서 잠깐 중간 점검.

그녀가 그렇게 염원하는 남자와의 ‘잠’이 졸음에 겨워 대자로 퍼져서 드르릉 코 골며 세상 모르게 나가떨어지는 그 숙면에 해당하는 ‘잠’일 거라고 생각하시는 분, 빨리 책에서 시선을 떼고 일어나 그대로 뒤돌아서 침대로 걸어가 푸욱 주무시라. 그대야말로 ‘잠’이 필요한 분이다.

다시 본론.

또한 그애는 야한 것, 야한 얘기, 야한 옷 등, 요즘엔 사랑스럽다는 좀더 강도높은 표현이 되어버린 ‘섹시하다’라는 단어조차 닭살이 우다다 돋는 거부감의 심한 양성 반응을 일으켜 19세기 말엽의 조선 처녀 같은 풍모를 엿보이게 했다.

서른 넘은 성인 여자가 남자친구 없어 야한 것 몽땅 싸그리 싫어하니, 이거야말로 천연기념물이 서식할 수 있는 천혜의 조건이 아닐 수 없다.

이런 애에게 남자가 나타나고 그것도 결혼하고 싶을 정도로 좋은 남자가 나타나 이제 그 진지한 의미가 담겨 있는 2박 3일의 대장정을 떠나자니……. 우리의 이 조선 처녀는 얼마나 마음고생이 되었으면 이리도 고주망태가 되도록 술 퍼먹고 내게 전화를 눌러댔을까.

‘으흐흐흐, 신통하구만. 이것이 내가 야시꾸리 도사인 줄은 어케 알아가지곤…….’

난 그애의 뜬금없는 어찌하오리까의 전화에 잠오던 머리를 흔들어 거대한 맷돌을 굴리기 시작했다.

33세의 숫처녀에게 남자의 다가옴은 실로 집안의 경사이자 개인에겐 더 없는 축복이지만 그게 횡하니 바람처럼 왔다가는 일시적 장난 같은 사랑놀음이 될 수도 있는 거다. 이건 그애를 포함한 모든 남녀의 사랑에 해당되는 것으로, 사랑이라는 그 애매모호 해괴망측한 무형의 뜨끈한 감정은 검붉은 유황종이를 그어댄 성냥개비에 불이 지리릭 옮겨붙듯 남녀의 육신으로 옮겨붙게 되어 있다.

연애라곤 한 번도 안 해봐서 실연도 안 당해본 이 강보에 싸인 얼라 같은 33세 처녀에게 잠자고 오는 여행을 가자는 그 남자는 분명 그애와 같은 입장의 쌩총각이 아닐 거라는 전제는 기본이다.

춘삼월 이 꽃 저 꽃, 꽃가루 찾아 날아다니는 플레이보이 기질이 막강한 호랑나비과일 수도…….

서른이 훌쩍 뛰어넘은, 전혀 신체적으론 확인된 바 없고 오직 법적으로만 보장된 총각인 그 남자가 처녀성을 본인의 의사와는 무관하게 간직한 그 천연기념물과 그 엄청난 '잠'이란 걸 잤을 때에 오는 여러 가지 경우의 수가 있다.

첫째. 앗, 처음이었구나. 사랑해.

이때에 그 능청스런 여시가 하는 말. '오늘을 위해서 그동안 순결을 간직했어요'라는 간드러지게 수줍은 애드립을 날려주어 이에 밀려오는 감동 한 대 먹은 감동남. 둘의 사랑은 모락모락 더욱 피어올라 웨딩마치까지 이어질 수 있겠지.

둘째. 앗, 처음이구나.(이거 심히 부담스럽구면.) 책임져야 하는 건가?

이렇게 되면 그 남자는 혹시 그애 인생이란 영화 각본에 지나가는 남자 1이 될 수도 있다. 여자 나이 33세. 그 나이에 지나가는 남자 1, 2, 3…… 온갖 엑스트라를 경험해서 대체 언제 비중 있는 상대역 남자를 만나나. 난 가장 어리석고 한심한 질문부터 하기로 했다.

"너 그 남자 사랑하니?"

"당근이 보너스지. 내가 사랑하지도 않는데 고민을 하겠어?"

"그럼 네가 중요하게 생각하는 걸 그 남자도 중요하게 생각하니? 이를테면 말야. 으음, 너의 순결 같은 것 말야."

"글쎄, 그게 문제야."

"세상이 변하는 것처럼 가치관도 다 각각이거든. 이를테면 네겐 아주 심각한 건데 다른 사람은 가볍게 생각할 수도 있구 말야."

"맞아, 맞아. 정말 고민돼."

"그렇다면 솔직하게 말해. 넌 나이만 딸꾹딸꾹 먹었지, 쌩처녀에다가 연애 한 번 안 해봐서 순결한 처녀성을 지닌 귀한 몸이라구. 그래서 넌 '나랑 자면 그냥 펴엉생 나 업고 살아가야 한다구' 말야. 남자가 그건 좀 생각할 시간이 필요하다거나 하면 시간을 줘봐. 천연기념물 작살낼 용의가 계속 생기는지."

"근데 언뉘, 남자가 쌩처녀와 한 번 했다 해서 그걸 꼭 결혼과 연관지어야 하는 걸까? 여자가 모 물렁물렁한 연시야? 손가락으로 잘못 만져서 찌르면 상품으로 못 파는? 처녀든 처녀가 아니든 그게 뭐 그리 중요해?"

(아니, 이것이 언제 이리 변했나?)

"글쎄, 내가 말했잖니. 그게 중요한 건 아니지만 그 중요성은 사람들의 생각에서 오는 거라구."

"여러 사람 생각하지 말고 언뉘가 나라면 어떻게 하겠어? 심플하게 대답해봐."

이것이 나의 영악함을 눈치챈 걸까?

나는 여자의 처녀성에 그리 특별한 의미를 갖진 않는다.

그러나 30세가 넘어서까지 본인의 의지와는 무관하게 (혹은 유관하게라도) 내가 그녀라면 기왕이면 값비싸게 폼나게, 그래서 그것으로 인해 그의 뇌리에 새겨질 나의 인품과 인격 그리고 나라는 존재가 화려하게 빛날 수 있도록 순결…… 그 절대적인 가치를 나의 정신적 배경 이미지로 좌악 깔고 가장 고가로 매겨서 왕창 넘을 다운시킬 거다.

역시 여자의 몸에 남자를 받아들인 적 없다는 사실은 (시장의 종류에 따

라) 엄청난 가치임에 틀림없는 것이므로.

그러나…….

남자의 동정성을 여자가 중요하게 생각하지 않듯, 여자의 처녀성을 그리 비싸게 쳐주지 않는 요즘의 시세대로라면, 괜스레 그 시대착오적인 듯한 처녀성을 쳐들어대며 호들갑을 떤다는 게 좀 낯간지러운 얘기이기도 한 거다.

그러거나 말거나, 남자라는 족속들은 원래 지가 처음이라고 하면 뭔지 몰라도 잠시라도 헤벌쭉 좋아하는 것들이다.

시대는 바야흐로 고객만족을 지나 고객 감동시대가 도래했다고 안 하던가. 자신이 사랑하는 남자의 만족을 넘어 감동을 한 방 먹일 수 있는 팩트가 있다는 것만으로도 일단 자본차원에서 한 건 물고 들어간다는 거다.

"문제는 남자가 아니라 바로 너 자신이야."

"언뉘, 사실은……."

"하지만 네가 처녀란 걸 아주 중요하게 생각한다는 걸 남자에게 보여주는 게 네게는 이로울 것 같아. 그래서 너의 육체적 순결에 대한 부가가치를 왕창 높이라구. 그 나이에 모아논 돈이 있니, 뭐가 있니? 순결이니 재산목록 1호이기도 한 거야. 아무리 시장상황이 바뀌었다 하더라도 여자의 육체적 순결엔 꽤 가치를……."

"근데, 언뉘. 잠깐만."

"시끄러! 니가 뭘 안다고 그래? 살아도 훨씬 많이 더 살아본 내가 남자에 대해선 더 많이 알지. 잠자코 듣기나 해. 한술 더 떠서 순결을 지키기 위한 그 숱한 날들의 고난과 가시밭길, 눈물이 앞을 가리는 대 파노라마의 드라마를 엮어서 멋지게 들려주는 것도 좋겠다. 절대 남자가 접근을 안 해와서 처녀로 남아 있다는 쓸데없는 진실게임은 하덜덜 말고……. 무지 재미있겠다. 너 은근히 능청맞은 구석이 있어서 잘 할 거야. 으흐흐……."

"미치겠네! 언뉘~ 그런데 나 이제 더 이상 처녀가 아냐!"

이게 웬 날벼락. 그럼 뭐야, 나의 주옥같은 명카운슬링은 물 건너간 건가?

아니, 근데 언제 애가 그렇게 됐나…….

"나 언뉘들한테 그런 고백한 얼마 다음, 나이트 가서 춤추다가 부킹해 온 남자와 자버렸어. 그 남자 다음엔 한 번도 안 만났고 누군지도 몰라. 그냥 그렇게 하고 싶어서, 남자와 그걸 하는 게 어떤 건지 꼭 경험하고 싶어서 그런 거야."

"니가 사춘기 소녀니? 단순히 호기심으로만 남자와 잤다구? 이 미틴 논! 아예 신문에다 광고 내지 그랬니? 나랑 한판 뜰 넘 선착순으로 모집 한다구."

"으흐흐, 그래도 후회는 안 해. 함 해보니까 됐어. 하나도 재미없더라."

얌전한 고양이도 싱크대에 올라가긴 한다지만, 이 뒤늦게 싱크대에 올라간 올드 고양이의 말에 난 철버덕~ 뒤로 고꾸라질 뻔했다.

이 33세 엽기총망라 노처녀의 이 말에 그대들은 어찌 생각하시는 지…….

여자의 성욕

화제가 '여자의 성' 으로 간 까닭은…

내가 호기심으로 남자와 자본 그 엽기적인 그녀 후배의 이야기를 꺼낸 것은 해묵은 '처녀성' 논란을 펼치기 위함이 아니었다.

이 자연스럽다 못해 당연한 여자의 성욕에 대해 그늘에서 수군댈 게 아니라 옹색한 방구석에서 나와 대명천지 밝은 태양빛 아래 펼쳐놓고 얘기해 보자는 뜻이었다.

왜냐구?

그래야 여자가 돼본 적 없는 남자들의 여자의 성욕에 대한 공상만화 같은 그 오해를 좀더 현실과 가깝게 하고, 여자들 스스로도 성에 관련해선 남자들과 같으나 결코 다른 존재임을 알 수 있을 것이기 때문이다. 결코 결론 안 나는 원초적 얘기지만……

그러나 여자의 입장과 그 차이점을 도외시한 채 화자가 남자이기만 한 상태에서의 여성의 성에 대한 시각은 여자의 무지한 어리석음으로 귀결되어진다. 그리고 영원히 여자는 남성 위주의 시각으로 자신들을 옭아매어 갈 것이다. 남녀평등이란 문구를 실행하기 위해 엄청난 남녀 차이의 조건을 무시한 채……

나쁜 여자는 균형잡힌 여자의, 여자에 의한, 여자를 위한 cool한 성적 시각을 원한다. 그래서 난 '여성의 성'을 화두로 삼는다.

딸은 자라서 여자가 된다

아들넘을 키울 때와 딸을 키울 때의 차이점은 많이 있지만, 그중에서 원초적인 차이점 한 가지.

아들애가 어릴 적에 그애를 데리고 야외에 나갔을 때 아들놈이 징징 거린다.

"엄마…… 나 오줌 마려워~!"

아무리 둘러봐도 화장실이라곤 없다. 이럴 때에 인내와 끈기를 강요 하며 정상적인 화장실을 찾지만 대체 찾을 수 없고 아이는 종종거리며 울상을 짓는다. 이때에 노상방뇨할 수는 없고 으슥한 곳을 발견하면, 그 냥…… 거름을 준다.

그래서 아들넘은 화장실이 여의치 않아 보이면, 지가 뭔 이 땅의 비옥 함을 책임이라도 지는 듯 "엄마…… 나 거름 줄까?" 자신있게 말한다.

그러나 딸아이를 키우면서는 게임이 다르다.

"엄마 나 쉬하고 싶어~."

이럴 때 화장실이 마땅치 않을 때엔 정말 난처해진다. 아들애와 딸애 에 따라 배변으로 인한 귀차니즘의 급수가 다른 거다.

아들놈 어릴 적보다 훨씬 더 많이 (정상적인) 화장실을 찾아야 하고 그 도저도 안 되면 할 수없이 거름을 주게 되는데, 이 거름 주는 장소 물색이 아들넘보다 만만치 않다.

혹시나 쉬하는 도중 엉덩이가 긁히기라도 할까 판판한 곳으로, 누가 보면 어쩔까 망도 철저히 봐줘야 하고, 즉 보건의 안전성과 개인적인 보안점검까지 철저히 해야 하는 거다.

쉬~ 하는 기본 자세 및 마음가짐도 두 아이가 다르다.

아들넘은 고추를 내놓고 거름을 방사하는 그 순간부터 시원상쾌한 표정과 함께 뒤돌아서는 얼굴은 히죽히죽 즐겁기까지 하다. 옷도 그리 잘 꼼꼼히 챙겨 입히지 않아도 '예쁜 고추' 하나만 제대로 넣어주면 된다.

그러나 쪼그리고 쉬를 하는 딸애의 얼굴은 주위를 둘러보며 두근두근, 불안한 표정이 역력하다. 행여 거름액이 옷에 튈까를 염려해서 단단히 옷도 부여잡고 있다.

이때에 망을 봐주는 엄마인 나도 궁시렁거리며 한마디한다.

"거봐, 물 많이 마시지 말라 그랬지? 왜 그리 말을 안 들어~!"

부스럭거리며 쉬를 다한 후 아이의 옷을 여며주며 또 한마디한다.

"또 그렇게 물 많이 마실래? 엉?"

딸애는 미안한 듯 조그맣게 대답한다.

"아~니."

화장실 때문에 난리법석을 친 날은, 딸애는 식당에 가서도 유난히 제 좋아하는 물을 맘놓고 잘 안 마신다.

딸아이가 거듭되는 오줌의 번거로움 때문에 스스로 물을 자제하고 행여 비공식적인 '거름'을 줄 때면 민망하고 미안해하는 모습은 아들녀석의 뻔뻔스러움과는 정말 판이하게 다른 것으로, 딸애를 보며 난 새까맣게 잊었던 나의 그 똑같은 배변의 민망함을 떠올린다. 나도 그랬거든.(실은 요즘도 가끔……)

남자와 여자의 성욕의 차이에 있어 웬 난데없이 아들과 딸애의 '비공식 야외 거름 행각'을 들고 나오냐구?

어릴 적, 비교적 손쉬운 배변을 하는 남자아이와 그렇지 않은 여자아이가 성장한 후 그 똑같은 성기로 행하게 되는 성적 욕구를 대하는 자세에는 분명 차이가 있을 수밖에 없다.

아들애는 자라서 남자가 되고 딸애는 자라서 여자가 되기 때문이며 소변이 인간 공통의 생리적 욕구라면 성욕 역시 그에 버금가는 욕구이기도 하다. 남자는 욕구를 참기보단 적당히 푸는 것에 더 급급해하는 반면, 여자들은 아무리 답답해도 참아내는 것에 더 급급해한다.

여자들이 뭐 대단한 정조나 도덕심을 고양하기 위해서라기보다는 심리적인 면에서 일단 성기에서 벌어지는 모든 것들이 여자는 어릴 적부터 조심스럽고 자유롭지 못한 거다.

여자들 맘에 안 드는 문구, '참아야 하느니라'는 그래서 남자보다 여자에게 더 강요되어졌는지 모르겠다.

부정할 수 없는 사실 한 가지.

남자나 여자나 모두 섹시하고 멋진 대상을 만나면 백이면 백, 다 끌린다는 거다. 남자가 여자의 몸을 그리워하는 것은 여자가 남자의 몸을 그리워하는 것과 조금도 다르지 않다.

그러나…….

어릴 적 여자애들이 안전한 거름주기를 위해 행여 불결하고 위험스런 장소를 가려내듯 자신의 성적 욕구를 함께 할 대상의 남자를 가릴 뿐만 아니라, 여자는 자신의 성욕을 해소하는 데 있어 남자보다 좀더 사회적, 정서적, 안전지향적이다.

그래서…….

여자는 자연히 정서적으로 커뮤니케이션 되지 않은 남자와는 선뜻 즐겁게 섹스하지 못한다.

그 커뮤니케이션이란 것이 결혼이나 변치 않을 사랑의 전제까지는 안 가더라도 상대에 대한 이해나 안전성, 최소한 측은지심의 애틋한 마음이라도 있어야 끌린다는 거다.

특별한 여배우, 문소리의 고난도 연기에도 불구하고 「바람난 가족」에서 여자의 성욕에 대한 풀이에 대해 여자들이 무릎을 치며 시원해하지 못한 것은 바로 이러한 여자만의 특수한 성적 취향이 배제되었기 때문이다.

영화에서 보여지듯 현대인의 쿨한 섹스가 남자에게는 성기 위주의 일회성 욕망을 푸는 것이라고 한다면, 여자의 쿨섹스는 성기 플러스 좀더 정서적 뉘앙스가 포함된다.

이는 남자를 상대하는 매춘 여성의 엄청난 수에 비하면 여자를 상대하는 매춘 남성은 가뭄에 콩나듯 하는 것만 봐도 알 수 있다. 그렇다고 해서 여자의 성이 남자의 성보다 더 가치 있다거나 바람직하다며 팔이 안으로 굽는 식의 발언은 하고 싶지 않다.

우리가 짚고 넘어갈 사실은 남녀의 성의 조건이 남 · 녀 · 평 · 등이라는 네 글자 단어로 평등해지는 것이 아니라 여자의 남자와 다른 점을 재인식하고 재조명하는 것에서부터 시작한다는 것이다.

성욕과 그 해소의 남녀동등을 얼버무림은 남녀 노동의 조건을 평등화함과 마찬가지다.

즉 근로조건을 남자의 신체적 여건과 능력에만 맞춰서 만들고 여자에겐 그 기준을 맞추기만을 강요하며, 그 남성 기준에 못 이르는 여자는 직무능력이 떨어진다며 타박을 하는 것과 같다.

결국 여자는 그러한 남자의 기준에 자신을 맞춰 길들이려 하고 남자의 시각으로 자신을 평가하며 남자의 시각에서 여자 스스로를 부추기며 살아가는 것이 옳다고 믿는다. 자신이 남자와 어떻게 다른지도 모르면서……

상업화된 성으로 도배질된 도시는 우리에게 끊임없이 묻는다.

"너 할 수 있어? 남자처럼 할 수 있어?"

이때에 남자에게 이렇게 물어보자.

"너 임신할 수 있어? 낙태도 할 수 있어?"

그러나 섹스를 점점 더 유혹적으로 과대포장하는 요즘 시대에 여자의 요긴한 친구, 과학이란 놈이 있는 것은 참으로 다행이다. 영리한 과학은 여자에게서 '임신'이란 가장 큰 두려움을 멀찌감치 서 있게 한 장본인으로, 과학이 건네준 '피임'이 아니면 여자는 여자의 성욕에 대해 도리질하거나 함구할 수밖에 없다.

여자의 성욕이란, 잘못 풀었다간 임신으로 이어지고 여자의 순진한 성욕에 기인한 임신은 여자 개인의 인생에 낙장불입이 되고, 할 줄 아는 거라곤 섹스밖에 없는 한심한 남자놈을 책임져야 하는 왕창 신세 망치는 길이기도 하니까…….

그러니 여자의 성욕에 대해 여자들이 도발적이 될 수 있는 강력한 인프라로 위대한 피임이 있음을 인정해야 한다.

박지윤이 남자에게 섹시한 삼백안을 치뜨며 '할 수 있어~?'를 외치고, 효리가 '10 minutes'를 부를 수 있으며, 우리는 오늘밤도 나이트에서 좀더 강력하게 섹시한 춤을 그러다가 필이 꽂히는 넘에게 윙크도 할 수 있다.

이 모두 소극적이던 여자가 갑자기 기운이 뻗쳐서가 아니라 피임이라는 과학의 부축을 받기 때문이다.

그러나 잊지 말라.

여자인 그대가 남자에 비해 얼마나 신체적으로 연약하고 취약한 존재인지를, 어릴 적 비공식 거름을 줄 때에 남자애들보다 훨씬 더 장소물색이 어려웠으며 여성의 성기가 남성의 단순 삐죽함에 비해 얼마나 복잡 미묘한지를, 여자는 피임이나 낙태라는 현대 의학의 옹호를 받지 않으면 21세기의 발랄한 여성이 15세기 고개 숙인 여성과 다를 바 없음을 기억하라.

여자가 자신의 타고난 취약함을 인정하려 하지 않고 남자가 그 취약함을 배려하지 않은 상태에서 남자와 똑같은 방법으로 동등함을 누리려는 것은 허구다.

그 결과치는 가끔 슬프게도 여자의 몫으로 남겨지게 되는데 날로 점점 더 많아지는 낙태와 철없는 미혼모의 수치는 남녀동등의 성적 허구성을 단적으로 설명해준다.

세상은 남녀의 섹스를 아름답게만 포장하는데 급급하다. 왜냐하면 섹스만큼 남녀 모두 관심과 흥미를 잡아끄는 게 없으니까.

그러나 그 아름다운 섹스 그 이후의 여자가 떠안을 문제에 대해선 일언반구 안 한다.

현대 여성의 쿨섹스는 무엇인가.

감상에 젖어서 섹시한 남자의 눈빛에 풍덩 빠지기만 할 게 아니라 좀 더 영리해지는 일이 남아 있다.

여자의 취약점과 여자가 보강해야 할 점이 무엇인지, 잘못하면 남자와의 달콤한 동침이 아프고 슬픈 적과의 동침이기도 함을 기억할 일이다.

프리섹스는 정말 free한가

프리섹스는 free한가. free of charge인가.

그래서 부담없이 악수하듯 하는 그런 섹스일까.

프리섹스가 이름처럼 자유로우려면 아무 조건이 없을까.

고백하자면 내 마음 한구석에는 프리섹스, 자유로운 성에 대한 은근한
호기심이 있다. 내가 삐딱해서일까. 더 정확히 말하면 동경심도 있다.

아무런 법적인, 도덕적인, 양심적인 구속을 안 받고 맘에 확 끌리는
이성과의 사랑과 자유롭고 화끈한 섹스. 이런 환상적인 옵션이 구비된
세상이 바로 낙원 아닌가?

홍콩영화 「중경삼림」에서 서로 비슷한 처지와 이해, 그리고 약간은
딱한 상황에 접한 두 남녀는 누가 먼저랄 것도 없이 자연스럽게 섹스를
한다. 마치 친구 사이에 돈독한 우정을 나누듯, 그렇게.

아무도 사랑한다느니, 미래를 어찌 하자느니 그런 연인들의 약속 같
은 것은 없다. 남녀의 달짝지근한 사랑의 정서보다는 오히려 서로의 약

혼녀와 미래를 챙겨주는 담담한 우정의 정서가 압도적이다. 사랑에 치를 떨며 울고불고 삼각관계로 녹초가 된 감정 싸움이 안 보인다.

난 여기서 쓸쓸하지만 향기로운 프리섹스의 한 유형을 본다.

결혼……, 뭐 이런 복잡다단하고 미래에 대한 지키기 어려운 막연한 약속이 없는 그냥 섹스.

그러나 그들은 진실했고 삶의 긴 여정 속에서 끈질기게 서로에게 향하는 자신들을 발견한다.

성으로 인한 쾌락추구는 타락을 의미한다?

생식으로서의 성은 인간에게 그 존재 위치가 점차 줄어들고, 즐기는 섹스의 위치가 더욱 강세가 되고 있다.

인간이란 얼마나 극성맞은 존재인가.

서양 문명의 근간이 된 헬레니즘, 그리스 로마 신화를 보라. 막강한 능력으로 인간을 압도하는 신들에 대한 약한 인간들의 끊임없는 도전의 기록이다. 결국 인간에게 치를 떨고 신들은 짐 싸서 올림포스를 떠나고 만다.

인간 중심적인 사고로 위험해 보이던 르네상스는 결국 중세의 암울한 신 중심의 사고방식을 휘저어서 마침내 시민계급을 탄생하게 하는 모태가 된다.

지독한 인간은 결국 그들의 본능이 원하고 바라는 건 다 손에 넣었고 앞으로도 그럴 것이다.

"이제까지의 인간의 역사가 신으로부터의 억압에서 자유를 위해 투쟁해왔고, 근세에는 이데올로기나 의식주로부터의 자유를 구하느라 발전해왔다면 앞으로의 역사는 성의 구속으로부터의 자유를 구가할 것"이라고 야한 마광수는 말한다.

그가 그러지 않아도 이미 21세기는 성의 자유가 강력한 화두로 떠오르고 있다. 강력해진 페미니즘적 시각과 함께…….

이성끼리의 최고, 최후, 최상의 커뮤니케이션이라고 누군가는 섹스를 치켜세운다. 혹은 육신의 쾌락이라는 단말마로 우리의 죄의식을 강타하기도 한다.

쾌락이 뭐가 어때서…….

이상한 것은 '쾌락'이란 말만 들으면 '타락'과 함께 '락'자 돌림의 오묘한 죄의식에 갑자기 머리가 조아려지고 반성문을 써야 할 것 같은 기분이 든다는 거다.

그러나 인간은 궁극적으로 쾌락을 추구하는 동물이다. 우리가 달게 고통을 감내하는 것은 나중에 더 큰 쾌락이 보장될 때만이다. 꼭 성으로 인한 쾌락이 손가락질받고 떳떳이 추구하지 못할 이유는 없다.

성모럴이 바뀌고 있다

문제는 그 성을 나누는 대상이 핵심이 된다. 그러나 앞으로 우리가 사는 세상은 법적인 결혼을 치른 후의 성 혹은 최소한 결혼을 잠정적 전제로 하는 섹스에서, 그냥 남녀의 막연한 사랑이나 전기발생과도 같은 정서적 일치감에 따르는 섹스가 더 자연스러운 추세가 될지도 모르겠다.

그러나 그런 섹스는, 결혼을 배제한 프리섹스는 정말 프리한가. 책임과 부담이 없어서 남녀가 어울려 자고 나서 가뿐한 맘으로 방싯 웃으며 이별할 수도, 그리고 화이트로 깨끗이 지운 것처럼 우리 기억에서 절묘하게 베어내버릴 수 있을까.

그럴 수 있다면…….

죄의식이나 도덕적 관점에서 아무런 제약을 받지 않은 상태에서 수많은 대상과 수많은 기회에, 충동에 떠밀린 일시적 공놀이나 고스톱 게임과도 같은 섹스는 아름다울까. 혹은 남녀의 찐득, 오묘한 사랑의 감정이 배제된 섹스는 우리를 행복하게 할까.

존재감으로서의 섹스

인간이 그토록 악을 쓰고 섹스를 하려는 것은 생리적 발산에 따른 쾌락을 추구하기 위해서만은 아니다. 인간이 섹스를 하면서 느끼는 신체 어느 특정 부위에서 오는 느낌보다 더욱 강하게 느끼는 것은 바로 자신의 존재감이다.

사랑하는 사람과의 섹스처럼 확고한 존재감을 주는 게 있을까?

이 수많은 세상 사람들 중에서 다름 아닌 나를, 그리고 너만을 택해서 서로의 육신을 찬미하듯 쓰다듬고 아주 특별하고 비밀스러운 감각기관으로 나의 몸으로 인해 기쁨을 주고 너를 통해 기쁨을 얻는다는 것.

이는 절실한 존재감이 느껴지는, 그래서 스스로 함께 살아 있다는 증명을 하는 인간들만의 의식이기도 하다.

너로 인해 내가, 나로 인해 네가 생생하게 바로 꿈틀대며 살아나는 거다.

난 프리섹스에 대한 단어 정의를 행동에 대한 아무런 책임 없이 깃털처럼 가벼운 마음으로 누구나와 할 수 있는 성모럴이라고 해석하고 싶지 않다.

바람직한 프리섹스란, 아주 독특한 자신만의 자유 기준에 의해 선택된 귀하고 특별한 사람, 지구를 세 바퀴 반을 돌아서라도 찾아내야 할 소중한 단 한 사람과 자칫 인간사의 자질구레한 결혼 같은 구속에 연연해서 서로를 속박하지 않고 유기농 채소 같은 싱싱한 존재감에 근거한 기쁨을 나누는 것이라고 생각하고 싶다.

그런데 불행히도 그런 의미의 프리섹스를 나눌 대상은 많지 않다.

왜냐하면 수많은 얼굴도 기억 못할 가벼운 사람들과의 눈인사와도 같은 섹스나 충동욕구에 의한 생리의 단순한 배설로서의 섹스는 결코 우리를 자유롭게 하지 못하기 때문이다.

행복하기는커녕 알맹이가 빠진 인간의 교류, 몸과 몸의 부딪침만이 남는 허허로움, 영과 육이 분리된 단절의 섹스는 반신마비 환자의 걸음걸이처럼 어설프다.

그 어설픔으로 허무해지고 우리는 지독한 슬픔에 빠지게 될지도 모른다.

인간이 만들어낸 사회적 굴레와 형식적 범위 안에서, TV를 보면서도 자연히 밥숟가락이 입에 들어가는 듯한 반사적인 습관으로서의 섹스야말로, 비록 법적으로 공인된 공인마크가 빛나는 배우자와의 섹스라 해도 빈 그릇처럼 허무한 섹스이다.

이것이 바로 책임없고 부작용(?)이 안 따르는 free sex, 싸구려 free of charge의 섹스가 아닌가.

프리섹스는 강렬한 감정에 대한 강렬한 선택, 그리고 그에 따른 강렬한 책임이 따르는 인간 자유 의지의 선택이란 의미에서의 프리섹스였음 좋겠다.

바로 물리적 성행위에 대한 책임이 아닌, 감정에 대한, 그렇게 할 수밖에 없었던, 육신의 일치를 하지 않고서는 꼭 후회할 것 같았던…… 그 특별한 감정에 대한 책임은 확고히 남는다.

그래야 프리섹스는 그 이름 그대로 자유로울 수 있고 아름다울 수 있다.

우리는 자신이 아름다운 행동을 했을 때에 자신의 삶이 가치 있다고 느끼기 때문이다.

우리는 허무하고 슬픈 행위가 아닌 강렬하고 아름다운 섹스로 인해서 행복해질 수 있기 때문이다.

그래서 프리섹스란 앞뒤 빡빡이 재는 이해타산이 배제된 혹은 어리석은 본능에 의함이 아닌 영혼과 가장 가까운 곳의 순수 인간 의지에 의한 섹스이며, 때론 상대에게 감정적 대가를 헌신적으로 치르는 것이 프리섹스 그 달콤함의 연장 행위일 수 있다.

남자들, 여자처럼 섹스해봐

　많은 사람들이 남녀의 성에 대해서 밥줄을 매고 연구를 했다. 그런데, 나? 그런 연구 무지 좋아한다. 하지만 난 밥줄 매는 곳이 성관련 연구가 아니기 때문에 오직 연구해놓은 것만 접할 수밖에…….

　여자는 여자로 태어나는 것이 아니라 여자로 키워진다는 야릇한 말로 시몬느 드 보봐르는 여성의 성에 대한 정체성에 딴지를 걸었고, 킨제이는 학창 시절부터 리포트 하나는 똑 부러지게 썼는지 자상하게도 여자와 남자의 성 만족도와 쾌감 등 남녀의 서로 다른, 그리고 교차하는 포물선까지 알록달록하게 그려놓음으로써 대충 지레짐작하던 성을 과학과 실험으로 우리의 무지몽매함을 일깨위준다.

　거슬러 올라가서 중국의 『소녀경』. 거의 대책 안 서는 남성 중심으로 만들어진 섹스의 고전으로 원조교제의 고조격이라고 볼 수 있는 책이다. 여기서 조금만 더 가파르게 역사를 올라가면 성애를 의식행위로 종교화했던 밀교 경전이 있다. 이것 또한 만만치 않게 특이한 방법으로 남녀의 성을 나름대로 연구했더군.

나 고딩 때 시험공부 안 하고 몰래 보면서 문 소리만 나도 들킬까 봐 어찌나 가슴을 졸였는지…….

남자의 성은 불이고 여자는 물이다. 그리하여 불은 은근히 물을 데우고 어쩌구……. 한창 성에 대한 관심도가 높았던 고등학교 시절 섭렵했던 것들이라 그때 외웠던 영어 단어는 가물거려도 그런 야사시한 구절들은 아직도 총기 생생하다.

그외에도 워낙 왕성한 사춘기적 호기심으로 숙제는 안 하면서 권장도서도 아닌 그런 부분에 대해 뭐라고 끄적거려 놓은 것들은 눈에 불을 밝히고 다 뒤지며 읽게 되었었는데……. 그런데 여자가 남자보다 성욕이 약하다거나 남자가 여자보다 더 강한 성욕을 가지고 있다란 말은 어디에도 눈을 씻고 찾아봐도 없었다.

오히려 여자는 남자에겐 없는 오르가슴인가 뭔가도 있고 성적 만족감이나 쾌감이 지속적이며 따라서 섹스에 있어서 여자는 남자에 비해 사치스럽기까지 하다고 남자들이 부러워할 말까지 하고 있다.

그렇다면 여기서 밑줄 긋고 생각해보자. 사탕을 여자와 남자가 똑같이 먹되 그 사탕의 달콤함을 여자가 더 많이 느끼는 혀를 지녔다면 당연히 여자들이 더 많이 극성맞게 사탕을 찾지 않을까?

섹스를 하되 여자가 더 그리도 화려한 기쁨을 느낀다면 여자들은 남자를 어찌 한 번 유혹해서 그 즐거운 섹스를 하려고 호시탐탐 남자를 때려눕힐 거다.

그러나 이상하게도 성에 관한 한 남자들이 더 껄떡대고 온갖 세상의 성범죄는 남자들이 다 일으킨다. 왜 그럴까? 여자들이 남자보다 품성이 우수하고 인격이 고매해서 자신들의 성적 욕망을 잘 조절하기 때문일까?

여기서 잠깐 찬조 출연으로 여자가 신성시되고 존경받는 인물을 살펴보자.

성모 마리아, 성령으로 잉태하여 예수 그리스도를 낳았다. 예수님이 남녀의 섹스를 통해서가 아니라 어느 날, 성모 마리아가 신의 계시를 받고 성스럽게 잉태되었단 거다. 예수님은 총각인지 아닌지 거론도 안 하면서 유독 성모 마리아님은 동정녀 마리아란 수식어를 붙여가면서 순결을 강조한다. 그래서 동정녀 마리아라고는 해도 총각 예수님이라곤 안 한다.

부처님의 탄생 또한 만만치 않다. 부처님은 한 술 더 떠서 엄마인 마야 부인의 옆구리에서 태어났다고 한다. 정상적으로 여자의 생식기를 통해서 나온 분이 아니고 엉뚱하게도 여자의 옆구리에서 나오신 분이라는 거다.

대체 여자의 생식기가 어디가 어때서 위대한 신들은 그리도 성령으로 잉태되거나 엉뚱하게 옆구리를 비집고 힘들게 태어날까? 그러니 "김밥 옆구리 터지다"는 말은 어쩌면 신성한 의미일지도 모르겠다.

서양의 동정녀 성모 마리아는 여자에겐 신앙의 대상이자 굴레의 상징이기도 하다. 여자는 순결한 성모 마리아의 희디흰 동상을 바라보며 자신의 온전치 못한 순결과 은근히 비교하며 기죽게 되는데, 최소한 기는 안 죽더라도 자신의 성욕이나 남자 밝힘증을 억제할 수 있는 강력 억제제이다.

그래서 순결한 여자, 성적 욕망이 없는 여자야말로 고결하고 순진하며 선하고 아름다운 여자란 등식이 은연중에 완성된다. 여자에게 성은 오직 모성과만 연결되는 것이다.

그러니 결국 섹스 대상으로서의 여자는 경멸을, 애를 낳는 목적의 여자의 섹스는 묵인이 되는 거다. 그래서 여자들은 그저 남자와 섹스를 했으면 애를 낳고 볼 일인 거다. 여자는 존경받지 못하지만 어머니는 존경받기 때문이다.

그럼 신들은 그렇다 치고, 좀더 실험정신에 입각해서 여기서 위대한 위인들 중 남·녀 대표를 선발하여 비교해보자. 세종대왕 님과 신사임당님이 뽑혔다 치고…….

한글 창제 등 조선 초기의 화려한 업적을 이룬 세종대왕이 다른 왕 뺨치게 후궁들도 여럿 두었고 자식도 열다섯 명이나 된다는 걸 우리는 잘 알지만 여자가 많다고 해서 그분의 업적이 왜소해 보이지는 않는다.

그러나 율곡 이이를 키워낸 신사임당, 그분이 만약 남성 편력이 대단했고 이 남자, 저 남자와 자고 애를 열 명 이상 낳았더라면 우리의 단아한 신사임당의 이미지는 어떻게 될까?

"세종대왕 할아버지! 왜 그리 후궁은 많이 두고 애는 왜 그리 많이 낳았어요?"

"어허! 나의 섹스는 후세를 넉넉히 두기 위한 일종의 국책사업이라네. 이 한 몸 다 바쳐 국책사업 하느라, 한글 창조하느라, 눈이 다 나빠지질 않았나! 으음, 허허!"

"신사임당님! 왜 그리 여러 남자의 애를 열 명이나 낳았나요?"

"오호호! 잘 모르시나본데, 한 남자의 애만 낳는 것보다 여러 남자의 애를 낳는 게 훌륭한 아이가 나올 수 있는 확률이 높아지지 않나요? 유전자가 다 틀리니까. 우리 율곡이를 보세요."

이러한 두 분 대답을 듣는다면 세종대왕님의 대답엔 끄덕끄덕할지 모르나 신사임당의 우수 유전자 확보에 대한 꽤 믿음이 가는 대답에도 불구하고 우리는 팔짱을 끼고 가자미눈으로 째리면서 이렇게 말할 거다.

"신사임당님, 이제 보니 아주 날라리였군요!"

현대에 와서도 여자의 성담(性談)은 올바른 여자가 입에 올릴 품목에서 제외된다. 여자는 능동적으로 남자에게 성적으로 다가가서도 안 되며 남자에게 그렇게 보이는 여자는 남자에게 그렇고 그런 여자로 무시

당하기 십상이다.

즉 여자의 성욕은 극히 제한되어 있으며 여자의 성은 결혼과 아이로 연결되어야만 면죄부를 받는다. 그래서 여자에게 있어 성은 남자보다 신중해야 하며 미래가 보장된 성이 아닌 것은 고려할 가치도 없는 거다.

우리 사회에서 여자의 성에 대한 실수와 남자의 실수를 비교하는 어리석은 자는 없으리. 여자가 그렇게 성에 있어 완벽한 외·내부의 속박을 당하는 것에 비하면 남자의 성적 욕망을 보는 눈, 이것은 참으로 넉넉하다 못해 권장까지 하는 분위기다.

'남자가 열 계집 싫어하리', '영웅호걸은 원래 여자를 좋아한다', '남자가 오랫동안 성생활을 안 하면 몸에 병이 생긴다'는 둥 이리저리 재주도 좋게 떼붙여서 남자에겐 적당히 성욕을 배설할 이유를 쥐어준다. 거기다가 요즘 한철 만난 포르노 그래피가 한층 가세를 더해주는데 여자는 은근히 원하면서도 내색을 안 한 것일 뿐이란 무식한 짐작으로 성을 신중히 생각하는, 그래서 소극적일 수밖에 없는 여자들을 일부 남자들은 여자의 No를 좀더 강한 Yes로 해석한다.

사람들은 또한 남자들의 경우 없는 껄떡임을 이렇게 옹호한다. 남자들의 성은 원래 충동적이며 그 표출은 자연스럽다라고.

그러니 여성들이 자극적인 행동이나 옷매무새를 하는 것은 남자들의 성범죄의 강력한 동기유발을 하는 것이므로 여자들이 미리 알아서 스스로 조심해야 한다는 메시지를 날린다.

이럴 때에 대중 사우나탕에 써놓은 눈에 익은 글귀가 생각나지 않는가? "귀중품은 자신이 알아서 챙깁시다! 귀중품 도난시 주인이 책임 절대 안 짐!" 모질고 싸가지 없는 사우나탕 주인장의 글귀와 사뭇 통한다.

그러나 어느 원초적 욕망치고 충동적이지 않은 것이 있는가. 남녀 불문하고 인간의 본능이라 함은 동물적이고 비이성적이며 파괴력을 가진다. 여자가 그 파괴적인 힘을 행사하지 않고 시도하지 않는 것은 잘못 성욕을 드러내면 남자들이 만들어준 여자의 삶을 파괴하기 때문이다.

이렇게 열악한 삶의 터전에서 여자가 터득한 사랑과 섹스의 방정식이 전해 내려오는데…….

오랜 기간, 행여 무분별한 남자와의 섹스 때문에 신세 망친 여자들의 운명을 보고 익힌 우리의 여자들은 자신의 성을 계약서와 교환하는 습성도 생겼다. 남자와의 섹스에 피보지 않으려고 안간힘을 쓰며 여러 가지 시도와 실험을 거쳐 여자는 합리적이고 다행스러운 하나의 방법을 터득하고 실천하게 된다. 바로 사랑하는 남자와의 섹스.

그래서 여자는 섹스를 사랑과 일치시키는 습관이 생겼다. 역시 그래서 지속적인 섹스를 하는 결혼이란 것도 사랑의 출발점이 된다.

"나를 책임도 안 질 거면서 섹스만 하려고 들지 마!"

이 말은 결혼을 전제로 한 섹스란 멋진 말이 되고 이 말을 좀 무식하게 표현하면 '나를 평생 먹여 살릴 생각이 없으면 섹스도 할 생각 말아라'가 된다. 여자의 성은 그녀 인생이라는 막중한 무게가 실린 도구인 것이다.

그래서 여자에게 사랑은 섹스 그리고 섹스는 곧 결혼으로 이어진다. 좀 진부하지만 여자로 살아가기 위해선 가장 보편적인 방법이다.

최소한 결혼까지는 대입을 안 하더라도 섹스라는 방정식을 풀기 위해서 여자는 사랑이란 수는 꼭 대입을 하고야 만다. 여자는 사랑하는 남자에게 성욕을 느끼고 남자와 성을 나누면서 그 남자를 사랑하게 된다. 따라서 사랑하지 않으면 섹스를 하고 싶어지지 않는다.

설사 기분에 따른, 일시적인 섹스를 했다 하더라도 기분은 아주 더러워지고 상대 남자는 도둑놈에 늑대 인간이 된다.

사후를 먼저 생각하는 섹스는 아름답다. 사랑하는 이와 섹스 그 이후의 인간관계를 생각하는 여자의 섹스는 사려 깊은 남자들에게서도 종종 보인다. 그래서 멋진 남자들은 아무리 충동적인 욕망이라 하더라도 사랑하는 여자에게만, 그 여자의 인생의 무게에 대해 함께 무게감을 느낄 때에만 행동 개시한다.

어떤 소설에선가 다음과 같은 낙서가 화장실 벽에 쓰여 있다.

'남자들은 여자의 성을 지네들 마음대로 해석한다. 바보들. 그들은 여자도 성욕에 괴로워한다는 걸 모른다.'

동서고금을 막론하고 화장실벽에 써 있는 루머와 낙서들은 대개가 진실로 밝혀진다. 여자도 성에 관심 있고 섹스를 하고 싶지만 사랑이 전제된 아름다운 섹스를 하고 싶은 거다.

그러나 덜 떨어진 남자들은 여자를 대상화하여 가능하면 영(靈)과 육(肉)을 분리해서 많은 대상을 섭렵하는 것을 일종의 게임처럼 생각하기도 한다. 따라서 그런 남자들 절대 여자의 섹스 방정식을 풀지 못한다.

그러니 남자들은 여자처럼 섹스해보는 게 어떤가!

사랑하는 사람에게만 불꽃처럼 성욕이 이는, 그리고 그 불꽃이 타고 난 다음의 일도 생각하는 여자들처럼…….

제3의 성

미숙이는 중학교 2학년 때의 내 짝이었다. 목소리는 매력 있는 허스키에, 윤곽이 뚜렷한 잘생긴 얼굴이었다. 단발머리에 흰 칼라의 교복이 어울리고 생김새가 특별히 남자 같지도 않았는데 유독 그애는 예쁘다는 말보다는 잘생겼다는 말이 어울렸다.

성격도 좋고 공부도 썩 잘하던 미숙이. 여드름이 스멀스멀 올라오던 그 시절에 미숙이는 우리 반에서 인기 캡이었다. 난 그애의 짝이었던 고로 애들은 나를 미숙이의 마누라라고 불렀는데, 난 그 말이 싫지 않았다.

조그만 일에도 삐치고 샘내고 하던 나는 너털웃음에 쾌활하고 남자스러운 미숙이가 뽀로통 삐쳐 있는 나를 달래주곤 할 때면 이담에 커서 미숙이 같은 성격의 남자를 만나서 결혼해도 좋을 것 같다는 생각을 했다.

온통 반 아이들도 미숙이에게 잘 대해주었다. 반 애들 중엔 이따금 미숙이 앞에서 얼굴이 붉어지는 애들도 있었던 걸 보면 분명 미숙이에겐 뭔가 특별한 게 있기는 있었다. 그 이상한 느낌……

분명히 같은 여자란 사실을 알고 있지만 그애에게 느껴지는 남자 같은 이상한 분위기는 미숙이 본인도 시인하는 공공연한 일이기도 했는데, 심지어는 체육시간에 옷을 갈아입는 애들이 은근히 미숙이의 시선을 부담스러워하기도 했다.

그리고 미숙이의 짝꿍인 관계로 '미숙이 마누라'라는 공식 명칭을 얻은 나는 가끔 미숙이가 다른 애와 유난히 친해 보이거나 친절하게 대하면 은근히 부아가 솟고 질투가 났다. 다정하게 말하는 두 애들의 머리를 쥐어박기도 하고 미숙이가 짝꿍인 나를 놔두고 바람 핀다고 큰소리로 장난스럽게 투정을 하곤 했지만, 진담 섞이지 않은 장난이나 농담은 없다.

나를 비롯한 미숙이를 좋아하는 애들끼리의 은근한 알력과 질투는 눈에 보이지 않는 공기처럼 우리 반 전체에 맴돌고 있었다. 그러나 대체로 한창 사춘기여서 이성에게 관심이 가던 우리들은 그 이상한 느낌을 오히려 즐거워했던 것 같다.

미숙이는 반 아이들의 그 이상한 반응에 처음에는 아무렇지도 않아했지만 날이 갈수록 은근히 걱정하는 눈치였다. 점점 미숙이는 걸음도 유난히 얌전하게 걸으려는 듯했고 웃을 때에도 작은 소리로 여자스럽게(?) 웃으려 노력했지만 그럴 때마다 애들은 남자가 애써 여자 흉내내는 코미디 한 편을 보는 듯 배꼽을 잡고 뒤로 넘어가곤 했다.

딱하게도 꽤 진지하게 여자처럼 굴려는 미숙이의 노력에도 불구하고 매력적인 남자의 향기…… 머슴애스러운 그 기기묘묘한 분위기가 미숙이에게선 감돌았고 미숙이는 점점 더 난감해했다.

아름다운 여자 하리수. 난 그녀의 빼어난 미모를 보면 미숙이 생각이 난다. 지금 어디서 무얼 하는지 시집은 갔는지. 아주 어릴 때부터 잘생긴 남자 같다는 말을 많이 들었다며 고민하던 그애의 고민은 이제 사라졌는지…….

잘생긴 남자애 같아서 나의 불같은 질투와 함께 온 여자애들의 환심을 한몸에 받았던 미숙이는 중학교 3학년에 올라갈 즈음 부모님과 함께 미국으로 이민을 갔다. 여자 뺨치게 예쁘고 상냥하게 생긴 하리수를 보며 반대로 남자 못지않게 믿음직하고 잘생겼던 중학교 때 내 짝꿍 미숙이를 떠올릴 때마다 그애가 느꼈을지 모를 특별한 외로움에 대해서 생각해본다.

인간은 남자와 여자로 나뉘지만 신은 가끔 딴 생각으로 실수를 하거나 장난기가 발동하는 건 아닐까. 양성을 가져서 혹은 헷갈리는 성의 정체성으로 갈등하거나 예사롭지 않게 인생이 풀리는 사람들이 더러 있으니 말이다.

이렇게 헷갈리는 이야기 하나 더.

재작년 이태리에서 지낼 때다. 이태리 여자인 실비아의 집에 놀러갔을 때 만난 미켈레는 눈에 확 띄는 꽃미남이었다. 미소가 부드러운 남자 미켈레와 난 금세 친해져서 다정히 얘기를 했는데, 좀 유난스레 보였는지 모임이 끝난 후 실비아가 웃으며 내게 말한다.

"미켈레는 남자친구 있어……."

"뭐라구?"

"미켈레는 남자지만 좀 다른 남자거든……."

가만히 멀뚱거리며 이 이상한 말을 생각하다가 "아하~" 그제야 난 그가 동성애자임을 알게 됐다. 그러곤 말로만 듣던 동성애자에 대한 호기심이 뻗쳐올랐다.

그후에도 미켈레와 실비아를 종종 만나게 되었는데 이상하게도 미켈레의 관심사나 성격에서 특별히 여성스럽다거나 괴팍한 점은 찾을 수 없었다. 그러나 분명 이상한 점이 있을 거라며 근거없는 확신을 가지고 호시탐탐 용의주도하게 그를 관찰하던 나의 줄기찬 호기심이 헛되지는 않아 색다른 점을 발견하기는 했다.

미켈레와 실비아와 함께 파가니니 음악회를 갔을 때다. 가슴을 후벼

파는 듯, 저미는 듯 쏟아지는 바이올린 음결에 간간이 탄식이 절로 나오
는 그 순간, 내 옆에 앉은 미켈레는 아주 조용히 숨죽이며 흐느끼고 있
었다. 그는 남자로선 지나치게 섬세하고 낭만적인 감수성을 가지고 있
었던 거다.

실비아가 내 귀에 속삭인다.

"미켈레가 여자들과 친하고 남자에게 이성으로서 더 관심을 갖는 것
이해가 가니?"

미켈레는 그래서인지 여자의 취향과 여자의 마음을 너무나 잘 이해했
다. 우리들은 쇼핑도 같이 가곤 했는데 여느 남자들처럼 쇼핑을 지겨워
하지도 않는 거다. 살 것만 냉큼 사버리곤 횡하니 끝내 버리는 남자들의
용건만 간단히 보는 쇼핑과는 달리, 우리 여자들에게 쇼핑은 참으로 복
잡미묘해서 물건을 꼭 살 것도 아니면서 수다스럽게 몰려다니는 고급스
러운 쇼핑인 편이다.

이러한 우리들에게 적극적으로 어울릴 만한 옷을 골라주고 무거운 것
도 서슴없이 들어주는, 그리고 여자들만의 특별한 취미생활이기도 한
'나도 몰라, 아이 쇼핑'을 즐길 줄 아는 특별한 남자 미켈레는 여자보다
힘도 세서 짐꾼으로도 그만이다. 속좁고 변덕스러운 여자친구들보다 더
욱 편하고 믿음직스러웠다.

그가 여자의 섬세한 감정과 남자의 느긋함을 함께 지녔다고 한다면
얼핏 여자의 장점과 남자의 장점만을 취한 이상한 새로운 인간 종류로
칭송이 될지도 모르겠다. 그러나 이러한 칭송을 기꺼이 받을 만한 적도
있었다.

피렌체에서 나는 지은 지 수백 년이나 되는 오래된 집을 빌려서 지냈
는데 꽤 잘 개조되어 살만 했건만, 한겨울 며칠 동안 보일러가 고장나서
오들오들 떨고 있을 때다.

집주인에게 통고는 했지만 좀체로 와서 고쳐주지는 않고, 정말 더 이

상 추워서 잠이 오지 않는 밤이었다. 누군가에게 도움을 청하지 않으면 그대로 객지에서 동사할 것 같은 순간, 외국인인 내게 곤란한 일이 있으면 언제나 연락을 하라고 친절하게 말했던 친구들을 생각했다.

여자친구에게 한밤중에 보일러 하소연하는 건 보나마나 뻔한 일. 괜히 하소연하기도 부담스럽고 그렇다고 남자에게 에스오에스를 청한다는 건 더욱더 거북스러운 일…….

추위에 이빨을 덜덜거리고 있을 때 휘리릭 떠오르는 가장 유력한 해결사, 바로 미켈레였다.

전화를 받은 미켈레는 휘리릭 달려와서 보일러실에 들어가 부시럭거리며 뭘 만지더니 금세 고쳐냈다. 그에게 뜨거운 코코아 한 잔을 건네며 난 그에게 참으로 편안한 고마움을 느꼈다.

그러던 미켈레는 실비아와 무척 친한 친구였는데 어느 날 만난 실비아가 사색이 다 되어 내게 말한다.

"정말 미켈레가 그럴 줄 몰랐어. 어쩌면 좋아!"

"왜 그러는데? 미켈레가 뭘 어쨌는데?"

"미켈레가 어제 고백을 해왔어. 내 남자친구를 짝사랑한다는 거야."

"뭐라구? 그게 뭔 말?"

동성애자인 미켈레는 실비아의 남자친구를 보고 점점 사랑을 하게 됐다는 거다. 물론 미켈레는 연인이 있었지만 여자친구인 실비아의 애인을 보고 그만……. 역시 바람둥이 이태리 남자다.

실비아가, 남자가 자신의 남자친구를 사랑한다는 고백받았을 장면을 생각하곤 난 터져나오는 웃음을 감출 수가 없었다.

"농담이 아니래두. 미켈레는 내게 미안하다며 괴로워하고 있어."

"그럼 어쩔 건데. 네 남자친구는 미켈레가 맘에 든대? 후후후."

"내 남자친구는 동성애자가 아니니 그런 말 들음 미켈레를 보지도 않으려고 할 거야."

　이 요상한 대화를 하면서 난 미켈레가 이상하게도 가여워지기 시작했다. 같은 동성을 사랑하며 괴로워하는 그 심정은 정확히 이해가 가지 않았지만, 이런 때에 또다시 예전 중학교의 짝꿍 미숙이를 떠올릴 수밖에…….

　나를 포함한 반 아이들 전체가 묘한 분위기로 미숙이를 좋아했던 것도 일종의 동성애일 수도 있으니. 나 역시 희미하게 동성애를 경험해본 적이 있다고 말해야 하지 않을까.

　"미워 죽~겠어~."

　여자보다 더 여자처럼 꼬집으며 몸을 비비꼬던 그 홍석천이 동성애자라고 고백했을 때, 사회의 반응은 나의 예전 이태리에서 미켈레를 만나서 가졌던 그 야릇한 호기심을 넘어 병적인 반응을 보였다.

　아예 그의 밥줄인 방송출연마저 금지하고 사람들은 그가 뭐 신종전염병 환자라도 되는 듯 난리를 떨었다. 남자이지만 여자의 성향을 지니게 되면 자연히 그의 입장에선 여성스러우니, 같은 여자보다 남자에게 관심이 가고 사랑을 하는 것은 오히려 자연스러운 일일 것이다.

　우리 눈에는 맹숭맹숭한 동성이지만 그들간에는 불꽃 튀기는 열정의 대상이 될 수도 있을 테니 말이다.

　옛날, 우리 할머니의 턱에 어느 날 갑자기 한 오라기 뾰족이 솟아나온 수염이 있었다. 병원에 간 김에 의사에게 물었더니, 별로 걱정할 일이 아니라는 대답이었다.

　사람이 늙으면 전혀 반대의 성 호르몬이 나오게 되어 있단다. 4, 50대가 되면 여자에게선 남성 호르몬이, 남자에게선 여성 호르몬이 분비된다나. 그래서 나이가 들면 대부분 여자들은 씩씩하게 되고 남자들은 좀 더 부드러운 감성을 지니게 된다고 한다.

　결국 인간은 남성이니 여성이니 떠들어대고 성에 따른 행동과 인생법이 대단히 다른 척 화성에서 왔네 금성에서 왔네, 난리법석을 떨어도 인간의 내면엔 그 두 개의 성이 뒤섞여 있되 표면상으로 나타나는 성이 그 인간을 대표하는 것인 양 보이는 건지도 모르겠다.

남들이 아무리 남자라고 우겨도 자신은 여자가 되고 싶고 여자처럼 살고 싶은 남자라면, 또는 매력적인 남성미를 가진 여자가 남자로 사는 게 낫다 싶으면 현대 과학은 됐다가 뭘 하나.

최근에 새로 등장한 단어가 있다. 젠더(Gender). 남녀를 외형적인 모습이나 생리적인 조건으로 분류하는 것이 섹스라면 이 단순한 성별의 구분법으론 뭔가 시원치 않아서 좀더 내부적인 성향으로 나누는 또 다른 성별 분류를 말한다.

그렇다면, 젠더로 구분되는 성은 신체적인 인간의 생리 이외의 좀더 눈에 보이지 않는 성향까지도 나타낼 수 있으려나?

성전환, 동성애…… 이런 것들은 아무리 생각해도 어색하고 생경하고 낯선 풍경처럼 선뜻 다가서게 하지 않는다. 내가 경험했던 미숙이와 미켈레는, 여자인데 남자인 것 같은, 그리고 남자이지만 여성적인 그래서인지 같은 남자에게 사랑을 느끼는 특별한 사람들이었다.

생경하고 낯설다는 이유만으로, 그리고 수적으로 얼마 안 되는 그들이라서 다수인 우리가 그들의 생긴 대로 살 선택의 권리에 대해 다수인 우리의 가치인 이성과의 관계만을 우기며 왜 그렇게 사느냐, 왜 너희들은 동성이 더 좋으냐고 몰아붙일 권리는 없을 것 같다.

종족 번식의 부담감이 훨씬 덜해진 현대와 미래 사회에선, 그리고 남자의 힘이 거의 필요하지 않는 디지털 세상에선 우락부락한 남자 특유의 특성이 그리 중요하지 않을지도 모르겠다.

그래서 선천적이든 후천적이든, 아마도 인간은 여성과 남성이라는 두 개의 성만이 아닌 좀더 다양한 성으로 존재하게 될지도 모르겠다. 아주 여성성이 많은 여자와 여자이면서 남성적인 여자, 그리고 남자이면서 여성성을 가진 남자와 남자이면서도 대단히 남자 같은 남자. 이런 네 종류의 인간형이 나올지도 모를 일이다.

그러면 모든 인간의 산업 종류나 활동이 더욱 다채롭게 펼쳐지게 되지는 않을까.

그런 뜻에서 자신의 삶을 당당하게 선택하고 그 선택에 최선을 다하는, 즉 예쁜 여자로서의 삶을 극성맞게 추구하는 하리수나 커밍아웃으로 눈물을 떨궜던 홍석천의 사는 방식에 사람들의 관심이 고조되는지도 모르겠다.

그러나 미숙이에 대한 나의 동성애적 경험과 동성애자 미켈레를 가까이에서 겪어본 결과로는 그들을 경계할 이유는 분명 있기는 있는 것 같다. 자신의 연인에 대한 경계이다.

이는 매력적인 연인을 가진 자로선 언제 어디서나 불철주야 계속되어져야만 하는 것으로, 행여 비극적 고백에 망연자실한 내 면전에서 두 사람의 남자가 또는 두 여자가 "사랑은 움직이는 거야……"라고 당당히 말할지도 모르니 말이다. 질투심이 치열한 사람들에겐 아무래도 연인의 동성친구도 안심이 안 될 듯하다.

여자도 열 남자 마다 않는다

"남자들의 새것 밝힘증에 대한 따끔한 경고."

이것은 작년 여름 자동차 극장에서 봤던 한 영화의 제목밑에 따라붙던 소개글이자 광고문이다.

영화가 시작하자마자 내레이션이 흘러나온다.

한우리에 넣어둔 암수 한 쌍의 젖소는 처음에는 계속 신나게 교미를 하다가 얼마가 지나면 흥미를 잃는다. 그런데 암소를 바꿔 넣어주면 또 다시 %^&*&%^**%^&**!

그래서 그들이 내린 결론은 수소에게 암소를 계속 교체를 해줘야 그들이 바라는(?) 왕성한 교미가 이루어진다나. 따라서 한 수소에게 한 암소는 지속적인 교미상대로서 따분한 존재이며 그것은 인간에게도 그대로 적용된다는 거다. 남자들이 계속 딴 여자에게 관심을 보이고 시간이 지나면 정해진 그들의 짝꿍에겐 맨송맨송해진다. 그러니 열 여자 마다 않는 남자들의 속성은 당연지사일 수밖에 없다?

여기에다가 약간 오버를 하자면…….

아아, 찬양하라! 그럼에도 불구하고 한 여자와만 사귀는 혹은 한 여자와 가정을 유지해나가는 남자들의 그 엄청난 자기 희생과 고난의 길, 어쩌구저쩌구~.

그런데 나, 나쁜 여자는 갸우뚱 생각해본다.

도대체 그 유난히 수소, 암소 교미 횟수에 관심 있는 사람들에게 묻고 싶다. 또 다른 수소를 계속 교체해주면서 암소에게 물어는 봤나?

"암소야, 암소야. 넌 주야장창한 수소가 좋으냐, 아님 참신한 새 수소가 좋으냐?"

그러나 그들은 그런 실험은 하고 싶지도 않았을 거다. 어차피 한 암소가 낳을 수 있는 새끼 수는 거의 정해져 있으니 교미의 주체행위를 하는 수소의 태도만 관심사일 수밖에.

그런 수소와 인간 남자를 동일시하는 그런 눈높이에 굳이 맞춰서 생각해보자. 아마도 암소 역시 새 수소와의 교미에 더욱더 왕성한 반응을 보이지 않았을까. 좀더 (나쁜) 암소일 경우엔 지가 먼저 수소에게 꼬리를 치고 유혹을 하지는 않을까.

좀더 많은 새끼소의 수확을 기대하는 인간들은 눈에 보이는 수소의 왕성한 교미에만 관심을 둘 뿐 결코 말하지 않는 암소의 깊은 속마음은 헤아리질 않는다. 그들의 수확량 측정에 암소의 마음은 아랑곳없으니 그런 실험은 하지도 않겠지만 말이다.

그러나 소똥냄새 풀풀 나는 외양간과 인간의 세계를 비교 분석해보자. 동물의 암컷과 여자는 한 남자와 새끼를 낳으면서 그 새끼를 양육하는 총체적인 책임을 맡게 된다.(첨부터 소 얘기로 말이 풀리니 소와 인간이 구별이 잘 안 되어 인간의 자식도 그냥 새끼로 통일하겠다.)

교미 후 가벼운 마음과 몸으로 천지사방을 헤집고 돌아다닐 수 있는 수컷과는 반대로 이 세상의 모든 암컷은 무거운 몸이 되어 뒤뚱거리고, 낳은 후에도 그들 새끼의 거처가 된다.

암수의 분업이 이루어지지 않아 자연스럽게 먹이를 자기 혼자 해결할 수 있는 야생의 동물과 농장의 동물들은 암컷의 수컷 의존도가 그리 높지 않다. 저랑 교미해서 새끼를 만들게 한 수컷이 없어도 암컷은 먹고사는 데 별 지장이 없다.

그러나 먹이를 벌어오는 일과 집안일로 눈에 띄게 남녀의 분업이 이루어진 인간의 세계에선 교미를 한 수컷, 즉 남자가 여자의 생사여탈권을 쥐게 된다. 그래서 남자는 단순한 성적 관심사를 넘어서 여자의 생존 수단이 된다. 인간에게 생존보다 더 절실한 것은 무엇인가

한 남자와 어쨌든 자알 살아보려고 몸부림치는 여자. 한 남자에게 끝없는 성실한 사랑과 충성이 미덕임을 앵무새처럼 종알대는 여자들. 그 여자의 입에서 흘러나오는 교미를 한 남자에 대한 집착, 사랑이라는 이유를 좀더 냉정하게 들여다보자.

거기엔 이미 여자 인생의 가장 중요한 부분을 차지하는 그 남자와의 공동 운명이 있다. 자신도 이젠 어찌 못하는 자신의 생존과 함께 새끼들의 생존이 숨쉬고 있는 거다.

그래서 여자는 과감하게 다른 남자를 포기한다. 더 매력적이고 더 잘생기고 친절하고 더 죽여주게 섹시한 남자들이 곁에 우글거려도 여자는 언제나 생존을 생각한다. 그녀와 새끼들의 생존을……

열 여자 마다하는 남자가 어디 있느냐구? 그럼 여자들에게 물어보라. 열 남자 싫어하는 여자 나와보라구.

이럴 때 남자가 처다봐주지도 않는 안 생긴 여자들만 엄숙히 도리도리 고개를 내저을 뿐 인간성 좋고 잘 나가는 여자들은 당연히 헤벌레 웃으며 만세삼창을 외친다.

그러나 여기서 또한 우리는 오류를 범하는 함정에 놓여 있다. 인간에게는 동물과 분명 틀린 점이 있으니, 남자와 여자는 성적 흥분을 유발시키는 대상이란 것 이외에 더 큰 것이 있다.

그것은 바로 한 대상에게서만 얻을 수 있는 정서적인 안정감이다. 한 남자와 한 여자가 차곡차곡 쌓아가는 시간과 세월 속에서 인간은 휴식을 한다. 비록 성적인 관심과 흥분은 식어갈지 모르지만 서로 함께 쌓은 시간과 경험이 든든한 공감대를 형성하기 때문이다.

결국, 인간도 동물도 늙어 기력과 체력이 없어지면 교미든 섹스든 강 건너 불이 되어지는 법. 이 다음 기력 없고 능력 없어 어쩌지 못해도 그냥 손만 마주 잡고 고개만 끄덕여도 마음이 편해지는 사람, 남자와 여자가 되는 것이 중요하다.

그러나 남자들이여, 명심하시라. 여자도 열 남자, 아니 그보다 더더 더 많은 남자 마다하지 않는다.

4

사랑은
뜨겁게,
결혼은
cool 하게

사랑엔 조건이 없다고?

사랑에 관한 결코 동의할 수 없는 모호한 이야기들의 나열들이 있다.

"사랑엔 조건이 없다. 그러니 사랑하는 이유도 묻지 마라. 사랑에 조건을 단다면 그건 아주 이해타산에 절은 주판알이 숭숭 박힌 머리통이다. 그러니 왜 그(그녀)를 사랑하느냐고 묻는다면 대답할 수 없다."

그러나 난 자신있게 힘주어 말한다.

"모든 사랑엔 조건이 있다. 그리고 있어야 한다."

난 그렇게 조건이 있는 사랑을 했고 그래서 나의 사랑은 아름다웠다.

조건 하나 : 함께 아파할 수 있는 감정의 전이

초록 뚱뚱보 공주와 괴물 슈렉이 나오는 만화 영화 '슈렉'.

디즈니 만화영화 '잠자는 숲 속의 미녀'를 완전히 뒤집은 영화 '슈렉'에 나오는 날씬늘씬한 '피어나' 공주는 밤이면 어김없이 절구통처럼 뚱

뚱하고 못생긴 초록빛 괴물공주로 '피어난다.'

(역시 한국은 미국의 대단한 영화 시장인가 보다. 우리말에 기초해서 잘 지은 한국식 이름일 것 같은 착각이 든다.)

'피어나' 공주는 못된 마술사에게 저주를 받았다.

그러나 모든 약속엔 예외가 있듯 저주에도 예외조항이 있나 보다. 공주를 사랑하는 남자의 키스를 받으면 만사 OK……. 저주가 풀리는 거다.

극성녀로 각색된 공주는 치마를 펄럭거리며 나쁜 넘들과 맞붙기도 하고, 슈렉이 구워주는 쥐새끼도 맛나게 뜯어먹는 그야말로 엽기공주다. 아름다운, 그러나 해만 지면 추한 모습으로 변하는 혼자만의 비밀을 꽁꽁 감추고 살아가던 공주는, 역시나 못생기고 범상치 않은 외모 때문에 외로움을 느끼며 살아가는 슈렉에게 연민을 느끼며 사랑을 하게 된다.

건강한 인간은 자신과 닮은꼴의 상처, 아픔, 외로움을 가진 이에게서 사랑을 느끼기 때문이다. 결국 공주는 온전한 뚱뚱보로 변하지만 그들 두 뚱보 괴물들은 더없이 행복하다.

인간은 자신의 외로움과 상처를 서로에게 드러낼 때 맘놓고 아파할 수 있고 상처를 쓰다듬어줄 수 있는 이에게서 사랑이란 감정을 느낀다. 그리고 그 상처를 공유하면서 그 둘만의 합치되는 감정은 남들의 상식적인 이해를 뛰어넘는 그 둘만의 영역인 것이다.

그러니 나쁜 여자의 사랑의 조건 첫 번째는 바로바로 '아픔의 공유'다.

조건 둘 : 이어도를 아십니까?

이청준의 소설 『이어도』에서는 배를 타고 고기를 잡으러 바다로 나갔다가 조난을 당한 지 한참 후에야 살아 돌아온 한 남자의 이야기가 기둥 줄거리를 이룬다. 그는 '이어도'라는 섬에 있었다고 했다.

그 이후로 남자는 지도에도 없는 절대 존재하지 않는 섬 이야기를 한다. 아무도 가보지 않은 섬, 그래서 아무도 믿어주지 않는 섬. 그 섬을 이야기하며 남자는 외로움에 몸을 떤다.

아무도 그의 섬 얘기에 귀를 기울이지도 않고 미쳤다며 혀를 찬다. 이런 세월이 흐르고 어느 날, 우연히 그가 가본 섬 이어도를 이야기하는 사람을 만난다.

남자는 너무나 행복하고 반가운 나머지 처음 보는 사람임에도 불구하고 눈물을 흘리며 감회에 젖는다.

여기서 이어도는 우리의 삶의 개인적인 가치, 생각, 느낌 혹은 이상향을 상징한다.

내가 생각하는 인생관, 내가 보는 관점, 삶을 대하는 가치관, 비전, 인생의 목적이 두 손바닥이 만나듯 딱~! 소리나게 마주치게 되는 사람.

이런 사람끼리 만난다면 이건 바로 사건 터지는 거다. 그래서 뺄 수 없는 사랑의 조건 하나 더는 이어도로 상징되는 가치관이다.

한참 전, 내 칼럼의 독자분 중 어떤 고민녀가 상담 이메일을 보내왔다. 자신은 연상, 남자는 연하. 요즘 한창 뜨는 연상연하 커플이란 거다. 그런데 그 고민녀, 나이 차이 엄청 많은 자신들의 문제를 어찌하오리까?였다.

왕년에 연상연하 커플로 왕창 고민하던 것을 어떻게 알고…… 참. 그 고민녀 귀신같이 용하기도 하다.

그러나 고민할 것 없다.

요즘처럼 인터넷도 안 되던 그 시절에 나는 어렵사리 온갖 역사적인 연상연하 커플 정보를 뒤지느라 고생깨나 했다. 이 모두 연하남과 사랑에 빠진 당시, 쓸데없이 위안을 삼기 위한 일환이었다.

나의 불타는 조사 결과, 의외로 금실 좋기로 유명한 세계적인 커플 가운데엔 연상연하가 수두룩 상당이란 거다.

너무너무 많지만 내가 특별히 맘에 들어 하는 커플로는 쇼팽과 조르주 상드. 쇼팽이 죽을 때까지 사랑했던 쇼팽의 연인으로 불리는 조르주 상드는 쇼팽보다 일곱 살 위였다.

루 살로메와 릴케 역시 엄청난 나이 차이가 있다.

그들은 너무 구닥다리 오래된 사람들이라구?

그러나 현재 왕성하게 연애를 하고 있는 연상연하 커플은 더 많아지고 있다.

매스컴이 이제 싫증나서 다루지도 않는 찰스 황태자가 아직도 목하 연애 중인 대상은 연상의 유부녀다. 국민의 정부 전 김대중 대통령은 이희호 여사보다 여섯 살 아래다. 이제 열 살 미만의 나이 차이는 그리 주목받을 것도 없다.

무용가 홍신자 아줌마는 열두 살 연하의 남자와 결혼해서 잘 살고, 아이를 잘 만드는 여자 김영희는 열세 살 아래의 남편과 재혼해서 애 낳고 잘만 산다.

한 연상하는 김지미 아줌마도 있지만 현재 찢어진 상태이니 관두고…….

물리적인 나이, 재력, 학력, 키, 외모…… 이런 것들이 사랑이나 결혼의 중요한 조건이 되는 것을 부인할 수는 없다.

유난히 까탈스런 이 많은 조건을 완전 구비한 멋진 사람에게 사랑을 느낀 사람이 있다 하자.

어느 날, 남들이 손가락질하는 나의 약점, 나의 아픔에 얼레리꼴레리 ~ 하며 비웃음의 손가락질을 한다거나 한술 더 떠서 주눅을 팍팍 준다면, 나의 소중한 이상과 꿈을 재활용 신문지에 낀 중국집 전단지 정도의 가치로 여긴다면, 그래서 내가 더 이상 이 세상을 살아갈 아무런 힘과 희망은커녕 절망으로 자살하고 싶게 만드는 사람이라면 그런 사랑을 버텨낼 수 있을까?

그러니 험난한 인생의 동반자를 고르는 조건으로서 앞의 간단한 두 가지 조건에 비하면 나이 차이는 그리 약발이 서는 조건이 아니란 거다.

사랑의 조건은 물건과 그에 상응하는 가격을 맞바꾸는 부동산 거래가 아니기 때문이다. 그러니 흥정을 하고 적당히 양보하고 남의 눈치 슬금슬금 보고 말고 할 필요가 없다.

혼자서 싸 짊어지고 웅크린 채 상처를 앓는 사람에게 함께 상처를 호호 불어줄 수 있는 이라면, 기쁨과 행복에 겨워 즐거워할 때가 아닌, 외로운 어께를 초라하게 들썩이고 있을 때 함께 어깨를 비빌 수 있는 이라면, 내가 꾸는 미래의 중요한 꿈을 그도 꾸고 있다면, 눈을 들어 하늘을 보며 가리키는 머나먼 저쪽 북극성을 그도 손으로 가리키고 있다면 눈 하나가 애꾸면 어떻고 말을 좀 못하면 어떻고 돈이 좀 없으면 어떻고 다리 하나를 절면 어떤가. 더욱이 나이가 어리거나 많은 것이 뭐 그리 대수인가.

과거까지 포함한 사랑

이태리 여행 중 로마에서 만난 건축가 아저씨의 집에 초대를 받았다. 그의 집은 아파트인데 거실 바깥쪽의 베란다에 커다란 정원이 있는 아주 아름다운 집이다. 정원이 넓으니 아파트가 전혀 아파트 같지 않다.

거기에 포도덩굴도 올라가고 꽃도 화초도 제법 우거져 있다.

"어서 오세요."

반갑게 맞이하는 이 건축가 아저씨의 부인은 아저씨보다 훨씬 키가 크고 세련된 중년여자다. 우리는 얼른 두에바치를 했다.

(두에바치란 사람을 만나면 양쪽 볼을 비비면서 하는 이태리식 인사다. 처음엔, 특히 남자와 할 땐 닭살이 돋는다. 그러나 잘생긴 남자와는 자꾸 하고 싶다.)

그런데 이 집 현관에 웬 큼직한 샤론 스톤 사진이 떡 하니 붙어 있다. 이들도 좋아하는 연예인들을 이렇게 모셔두나?

"어라, 샤론 스톤이네. 당신 샤론 스톤을 좋아하나 보죠?"

"아니에요. 샤론 스톤이 아니에요. 남편의 전 부인이에요. 샤론 스톤과 많이 닮았지요?"

그럼 이들은 재혼 커플? 아니, 그런데 웬 전 부인 사진을 이리 모셔둔단 말이야.

대책 없는 나의 호기심은 특히 남의 가정사에 더욱 왕성해진다. 나는 호시탐탐 샤론 스톤을 쏘옥 빼닮은 전 부인의 얘기를 어떻게 물어볼까, 이리저리 궁리를 했다.

"나 같으면 전 부인 사진을 볼 때마다 질투가 날 것 같은데……."

은근히 눈치를 떠보며 전 부인 얘기를 꺼냈다.

"그렇지 않아요. 나도 전 남편이 있었고 아이도 있어요. 지금 제 딸은 멀리 대학에 다니고 지금 남편은 아이가 둘인데 큰아들은 대학에 갔고 열다섯 살인 작은아이를 우리가 함께 길러요. 전 부인은 아들애의 생모이기도 하니 아들애는 가끔 만나러 가기도 합니다.

전 부인의 사진을 이 집에 두는 것은 그리 중요한 의미가 있지는 않아요. 원래 그 사진이 있었던 자리이고 전 부인과 헤어졌다고 해서 그 사진을 떼낼 이유는 없지 않나요? 아들애는 생모의 사진이 보고 싶을 텐데 자기 방에 조그만 사진으로 두고 볼 필요도 없구요. 게다가 남편도 볼 수 있으니 좋죠."

그러고는 남편을 쳐다보며 낄낄 웃는다. 그런 그녀의 여유로움이 가식적으로는 보이지 않는다.

"당신은 상당히 사려 깊은 부인을 두셨군요."

빙글빙글 웃는 아저씨에게 하는 나의 말에, 그녀는 사뭇 진지한 눈빛으로 대답한다.

"사람의 과거를 지워낼 수는 없어요. 과거의 기억, 과거의 사랑. 사람을 사랑한다는 것은 그 사람이 살아온 과거도 그냥 존중해주는 거라고 생각해요."

그들의 재혼 연유에 대해서 뜬금없는 궁금증을 갖는 건 사오정이겠지.

남녀의 문제는 극히 개인적인 거니까. 특히 결혼과 이혼 재혼에 있어서…….

그들 인생관, 결혼관이 우리의 상식적인 기준과는 사뭇 다름에 굳이 어느 편이 옳은지 판단하고 싶지는 않다. 이들 나름대로의 삶의 방식도 존중받을 만하기 때문이다.

사람을 사랑하면 그 사람의 과거를 오려내고 싶을 때가 있다. 그의 과거에 묻힌 사람이 나의 존재를 위협하거나 대적하는 것 같아서…….

그러나 시간을 감쪽같이 도려내지 못하는 바에 과거를 오려내려 가위를 들고 설쳐댐은 얼마나 부질없는 짓인가. 차라리 어설픈 가위질보다는 그 자리 그 위치에 사랑하는 사람의 과거를 그의 시간과 함께 영원히 흐르도록 내버려두는 것이 낫지 않을까.

한 점, 한 점 과거가 모아져 내가 사랑하는 사람이 되었으니, 사랑하는 사람의 모든 과거를 여유롭게 바라봐줄 수 있다면 세상이 좀더 넉넉해질 수 있을 것 같으니 말이다.

사랑에는 아무 조건이 없다구?

아니다. 사랑엔 확실히 조건이 있다.

단지 생텍쥐페리가 어린 왕자의 입을 통해서 말하듯, 정말 중요한 것은 눈에 보이지 않기 때문에 없는 것처럼 보일 뿐이다.

보이지 않는 사랑의 조건은 참으로 신비롭다. 남들에게 설명할 수 없

는, 설명해봤자 남들은 죽었다 깨어나도 못 알아들을지도 모를 그들만
의 은밀한 언어이며, 바로 일시적이고 맹목적인 이성의 끌림이 아닌 인
간적인 정서의 교류이다.

동거도 안 하고 결혼을 해?

"저희 결혼하고 싶습니다."
씩씩한 남자가 여자의 부모님께 찾아가 씩씩하게 말한다.
"흠, 그렇담 언제부터 동거를 할 거니?"
남자가 뒤통수를 긁적이며 말한다.
"그냥 결혼함 안 될까요?"
"아니, 울 딸애가 남자와 살아보지도 않고 애 낳고 평생을 살 남자를 고르라고? 어림없는 소리. 너희들은 어쩜 그리 대세를 따르지 않니! 그 옛날 동거도 안 하고 덜컥 결혼부터 해서 후회하는 그 구식 관습이 좋으냐?"
"저희는 정말 사랑합니다. 그냥 결혼하고 싶습니다. 허락해주세요."
"정 그렇다면 딱 6개월만 동거해봐. 남들은 1년 이상 동거하고 결혼을 허락하지만 특별히 봐주지. 하지만 6개월 이하는 절대 안 돼!"

두 남녀는 마주 보며 뛸 듯이 좋아한다.

"감사합니다! 장인어른. 그럼 당장 동거할 준비를 하도록 하죠. 우선 동거식부터……."

동거식 날이다.

양가 친척들과 친구들이 모인 가운데 두 남녀가 신성한 동거식을 하기 위해 정장 차림으로 나선다.

친구인 사회자가 환한 얼굴로 시작을 알린다.

"에～ 지금부터 사라바 군과 잘살래 양의 신성한 동거식을 거행하기로 하겠습니다. 동거남 동거녀 입장!"

경쾌한 음악 Happy together의 음악이 깔리고 사라바 군과 잘살래 양은 신나게 입장을 한다. 두 예비 동거남녀는 좌중의 손님들에게 인사를 하고 서로를 마주 본다. 사라바 군과 잘살래 양은 준비해온 다짐서를 읽는다.

"우리는 오늘부터 동거를 시작하며 우리의 사랑이 생활에서 어떤 문제가 있는지 철저히 관찰을 할 것이며 과연 그 엄청난 결혼을 함에 있어서 우리가 진정 적합한 대상인지, 과연 우리의 후손을 낳아도 될런지 실제상황을 겪어봄으로써 좀더 현명한 결혼을 준비할 것입니다. 설사 우리 둘의 동거결과 결혼이 불합리하다고 생각될 경우에 우리는 서로에게 좋은 친구로 돌아가 서로의 행복을 빌어주며 든든한 후원자가 될 것을 다짐합니다."

청아한 목소리가 울려퍼지면서 축가가 나온다.

"동거는 언제나 오래 참고 동거는 언제나 온유하며. 동거와 결혼과 이혼 중에 그～중에 제일은 동～거～."

아름다운 동거송에 분위기가 조용하고 숙연해진다. 하객들은 새로 탄생한 동거남녀에게 한마디씩 한다.

먼저 잘살래 양의 친구 잘사라 양이 귓속말을 한다.

"네 두 번째 동거를 축하해. 행복한 동거를 빈다. 그러나 이번에도 안 맞으면 빨랑 끝내. 하지만 6개월 후에 결혼식을 하길 바란다."

사라바 군의 친구 사라따 씨가 어깨를 치며 말한다.

"얌마! 넌 이번이 세 번째 동거던가? 이번엔 전처럼 바람피다 들켜서 도중하차하지 말고 착실히 잘 해, 임마. 그러다가 평생 결혼 한 번 하겠나?"

"고마워. 난 세 번째고 이 사람은 두 번째지만 이번엔 잘 살아서 결혼까지 꼭 갔음 해. 그래서 이쁜 아기도 낳고 싶어."

"저기 우리가 준비한 설탕과 프림이 마음대로 조절되는 커피와 뜨거운 물이 있사오니 하객 여러분들은 내 마음대로 조절되는 커피를 셀프서비스로 드십시오. 마음대로 조절해서 행복하시길 비는 저희의 작은 정성입니다."

동거식이 끝난 후 동거남녀는 달콤한 동거여행을 떠난다.

떠나는 잘살래 양의 엄마 지지리 여사가 딸의 손을 잡으며 말한다.

"살래야, 요즘엔 동거제도가 있어서 얼마나 다행인지 모르겠다. 우리 때에는 여자들이 바부탱이처럼 결혼부터 해서 애 낳고 지지고 볶고 싸우고 헤어지고 애들 고아 만들고 그랬는데 이렇게 살아보고 결혼을 하든 안 하든 결정을 보니 얼마나 좋은 일이냐. 우리나라 정말 좋은 나라야."

동거녀의 엄마는 연신 기쁨의 눈물을 지으며 딸을 쓰다듬는다.

동거남의 아버지 사오정 씨가 아들에게 와서 감회 어린 목소리로 말한다.

"라바야, 동거할 때 빨리 모든 걸 파악하도록 해라. 여자가 낭비벽이 있는지 바가지를 많이 긁는지 등등을……. 결혼해서 애 낳고 나서 문제를 발견함 그땐 죽음이다. 이 애비꼴 나지 말고. 평생 마누라에게 질질 끌려다니며 고생 안 하려거든 동거 시절에 잘 해야 한다. 난 내 아들 라바를 믿는다. 잘 해봐라."

동거라는 말이 불유쾌하게 들린 시절이 있었다. 마치 청춘남녀가 열정에 휩쓸린 나머지 부모형제 등지고 자기네끼리만 살겠다고 숨어사는 것, 그게 동거라는 느낌이었다. 그래서 어쩌다 잘 해야 떳떳한(?) 결혼을 하고 아니면 흐지부지 빠이빠이 하는 불장난 같은 관계, 그런 느낌의 단어였다.

그런데 요즘은?

난 이 다음에 내 자식들이 무턱대고 결혼을 한다면 당연히 되물을 거다.

"니네들 동거도 안 해보고 결혼을 하니?"

Live together… Happy together

동거식을 치른 후 동거 커플이 된 사라바 군과 잘살래 양의 동거생활. 동거의 희로애락을 엿보자.

1. 동거녀는 시어머니, 시동생, 모든 시가와의 관계정립이 간단 명료하다. 깊은 호의와 이해로 시가족과 살래 양은 사이좋게 지내지만 결코 개인적인 사생활은 서로가 침해하지 않도록 조심한다.

이를테면 궁금하다고 해서 바득바득 코 쳐들며 묻지도 않고 가족이니까 아무렇게 대하지도 않는다. 가끔 잘살래 양은 시가에 게스트로 초청된다. 따라서 시댁에 가서 소매 걷어붙이고 앞장서서 단순가사 육체노동으로 설치는 권리를 포기한다.

명절이면 그들은 의무적으로 남자 사라바 군의 집으로 향하지 않고 각자 찢어져서 각자 고향 앞으로, 자신들의 금쪽같은 형제부모와 뒹굴다가 다시 돌아온다.

아주 가끔 상대 집안의 제사나 행사 때 서로의 부모님 댁을 방문하기도 하지만 동거녀 잘살래 양은 힘들고 끝도 없는 부엌일 등 허드렛일에 함부로 나서는 무례함을 범하지 않는다.

그래도 너무 다정한 잘살래 양은 사라바 군의 어머니를 도와 앞치마를 두르고 설거지를 돕고 콩나물을 다듬는다. 이럴 때 사라바 군의 어머니는 극구 말리시며 그저 고맙고 기특해서 어쩔 줄을 몰라하신다.

이에 감동먹은 사라바 군 역시 살래 양의 집안의 행사에는 어김없이 짜잔 나타나 몸을 바쳐 음식장만 등 모든 일을 튼튼 건강한 몸으로 성의껏 돕는다.

그래서 그들은 결혼한 커플의 일방적인 여자의 책임으로 몰아붙여 생기는 명절 콤플렉스가 전혀 없다. 오히려 명절을 어릴 적보다 더 손꼽아 기다린다. 또한 며느리의 타이틀에 따라붙는 자랑스럽지만 좀 억울하기도 한 시가의 모든 뒤치닥꺼리와 시어머니와의 은근한 권리와 의무간에 생기는 심리적 긴장감이란 없다.

2. 그들은 돌아가며 식사당번을 한다. 물론 세탁과 청소 등 모든 집안 일을 당번 혹은 가위바위보로 간단히, 그러나 즐겁게 해결한다.

그래서 잘살래 양은 방정맞게 아침에 먼저 일어나서 동동거리며 식사준비를 하지 않는다. 출근준비도 각자 알아서 한다. 저녁식사 역시 완벽하게 자신이 맡은 날에 충실히 하지만, 서로 돕는 식사준비는 행복한 식사를 앞당긴다는 사실을 잘 아는 그들은 결코 당번을 혼자 부엌에 내버려두지 않고 긴밀히 협조한다.

안팎의 남녀의 일이 확연히 구분되지 않는 그들은 식사 후 남자는 뉴스데스크 보러 이쑤시개 물고 트림하며 TV 앞에, 여자는 그 시간에 설거지하고 거실바닥을 걸레 들고 헐레벌떡 닦으며 헤매는 짓은 결코 안 한다.

3. 삶을 영위하기 위한 모든 자질구레한 집안일들을 남녀 모두 나눠

서 하는 것과 마찬가지로 그들은 집밖의 일도 남녀가 각자 열심히 한다. 결코 동거남 사라 군이 일방적으로 살래 양을 먹여 살린다거나 하는 시대착오적이고 건방지고 시답잖은 생각은 꿈도 꾸지 않는다.

잘살래 양은 자신의 분야의 영역에서 좀더 나은 미래를 위하여 일하고 사라바 군 역시 자신의 동거녀와 의식주를 해결하기 위해 하기 싫은 일을 해서 스트레스 왕창 받는다거나 자신이 일하는 기계 혹은 돈 버는 기계가 아닌가 하는 결혼한 가장들이 가끔 젖는 회의에 빠지지도 않는다.

그러니 가장의 위치에 대한 과대망상도 등골이 휘는 책임감도 없으므로 사라바 군은 동거녀 잘살래 양에게 남자나 가장의 위치로 군림하려거나 하지 않는다.

동거녀 잘살래 양 또한 결혼한 여자들이 흔히 여자의 일이라고 하는 집안일을 도맡아하는 대가로 자신의 운명과 자신의 모든 의식주를 동거남 사라바 군에게 책임으로 몰지 않는다. 그녀 역시 열심히 일해서 돈을 벌고 생활비도 각자 몇 퍼센트씩 공정하게 갹출해서 쓴다.

그러고 나서 그들은 생활비를 제외한 자신의 수익은 자신이 알아서 관리한다. 형제들에게 나눠주든 주식투자를 하든, 너무 많아서 딱지를 접어서 딱지치기를 하든 각자의 권리와 책임하에 각자 자신의 재산을 관리한다.

4. 가끔 귀여운 그들의 아이를 낳고 싶은 그들. 그들은 상의 끝에 잘살래 양이 아이를 임신하고 낳아서 기르는 동안 일정한 기간을 집에서 머물거나 일을 휴직, 혹은 좀더 긴밀한 협조로 그들의 새로운 식구의 영입을 추진한다.

아이의 성은 사라바군의 '사'와 잘살래 양의 '잘' 두 개를 모두 사용한다. 그 결과 자연스럽게 여성 호주도 가능해진다. 여자와 남자가 으싸으싸 뜻과 몸을 합쳐 낳은 아이이니 두 개의 성을 사용함은 당연한 자연이

치인 것이다.

아이의 양육 역시 그들이 힘들인 협동작업 끝에 임신을 하고 낳은 것처럼 공동 작업으로 이루어진다. 더 이상 직장에서는 남자가 아이를 돌보기 위해 좀 먼저 퇴근한다거나 아이를 돌보기 위해서 술자리를 거절한다는 게 이상한 일이 아니다.

여자 역시 밤샘작업 등 과도한 일을 해야 할 경우 부담 없이 애들과 집안일을 남자의 서포트를 받으며 열심히 일을 하고 함께 휴식도 한다. 친구들과 늦은 시간 노래방에 갈 때엔 라바 군이 아이를 데리고 있는다.

아이는 그들의 아이인 만큼 여자만이 양육을 떠맡을 때 포기해야 하는 여자의 일이나 여자의 꿈에 해당되는 중요한 것들을 유지하며 사랑과 일을 그대로 양립할 수가 있다.

5. 결혼은 결혼을 해서 그들이 사회적으로 유리한 점을 더 많이 얻는다거나 동거가 너무 불리한 점으로 작용하지 않는 한 안 하고 넘어간다.

결혼의 불합리한 점 때문에 생기는 한 해의 이혼 커플이 결혼 커플보다 이미 수적으로 능가하는 추세이므로 각 사회단체와 정부에서는 동거의 좋은 점이 나쁜 점보다 더 많다는 것을 인정하여 동거를 적극 추진하는 추세이다. 그래서 각종 세금, 주민세나 자동차세, 하다못해 신문대금도 결혼이 아니고 동거라는 사실만 확인되면 깎아준다.

그러니 당연히 동거하면서 낳는 아이에 대한 권익도 남다르다.

"우리 엄마 아빠는 동거 부부야."

이 말 한마디에 학교에 가면 선생님도 친구들도 앞서가는 이 아이와 부모들이 부러워 어쩔 줄 모른다.

결혼이 남자와 여자의 역할분담을 나눠서 서로의 역할을 상대에게 강요해야 하는 제도라면, 그거 하지 않으면 안 될까?

남자가 결혼으로 인하여 아름답지만 거추장스러운 가장의 자리에 군
림하여 힘들어도 힘든 내색 한 번 못하고 휴직을 해서 쉬어보지도 못하
고 몇 달 훌쩍 배낭여행도 못 가고 가족의 생계를 책임져야 하는 위치라
면 내가 잠시 하고 싶은 다른 일, 즉 돈 안 되는 일을 한다거나 탱자탱자
놀며 여행이라도 다녔다간 금세 굶어 죽어버리는 여자, 혹은 여자 안 먹
여 살렸다고 손가락질받는 이 사회에선 내가 남자라도 아무리 사랑하는
여자가 도시락 싸들고 다니며 결혼하자고 애원해도 심사숙고할 것 같다.

결혼은 사랑하는 여자와 함께 하는 달콤함을 전제로 너무 무거운 책
임으로 다가오기 때문이다. 거기다가 나를 낳아준 엄마와 여자가 신경
전이라도 하게 되면 그때는 차라리 지옥을 가는 게 낫다.

여자 또한 마찬가지다. 과거 시집 잘 가기 위한 사랑받는 며느리, 양
가집 규수만들기 교육만을 받은 것이 아니라 유능한 사회의 역군으로
남자와 똑같이 교육받은 여자들에게 사랑하는 남자와의 결혼은 많은 상
실을 의미한다.

그래서 자신이 걷지 않은 혹은 걷다가 육아 등의 이유로 포기한 자신
의 인생 길을 아쉬워하며 그 심리적인 보상의식으로 남자에게 끊임없는
관심과 지속적인 사랑을 요구한다.

조상과 부모는 모두 존경하고 공경해야 하거늘, 며느리는 시댁의 조
상과 부모님께는 당연히 깍듯이 책임과 의무를 다해야 하는 선택의 여
지가 없는 필수가 되어 잘 해야 본전 밉보이면 돌 맞는 위치이고, 사위
는 여자의 부모를 섬김은 아주 예외적인 호의이거나 특별한 봉사활동쯤
으로 필수가 아닌 선택이 되어진다면 이건 뭐가 잘못되어도 한참 잘못
되어진 거다.

그래서 필수적인 의무를 싫든 좋든 다하는 우리 여자들 중 혹자는 시
댁 콤플렉스, 며느리와 시어머니의 아리송한 갈등을 비롯, 육아문제, 사
회활동, 소외감에 시달리고, 남자 역시 인간적이거나 개인에 충실치 못

하게 하는 가장의 무거움, 그래서 중년의 고개 숙이는 남자가 늘어나고, 과열 과외현상, 자식에 대한 실망감 등등으로 골치가 아픈데…….

이 모두를 한 방에 날려버릴 수 있는 가장 현명하고 합리적인 방법으로서의 라이프 스타일은 바로 동거가 아닐까.

결혼으로 구속할 수 없는 것을 구속하며 구속당하며 울고 짜지 말자. 행복하게만 살기에도 얼마나 짧은 인생인가.

동거하다가 결혼을 하든, 그냥 동거로 평생을 살든, 사랑해서 헤어지기 싫으면 일단 동거부터 시작해보자. 그런 뜻에서 동거식에서의 축가를 불러보자.

"동거와 결혼과 이혼 중에 그~중에 제일은 동거~."

그들만의 튀는 결혼

축 혼수대책준비위원회

결혼이라곤 난생처음 해보는 나 그리고 딸의 결혼은 처음인 울 엄마. 이 두 여자 핵심멤버 2인으로 구성된 '긴급혼수준비위원회'가 발족되었다.

간간이 시간이 남아돌아 참여 멤버로 봉사하는 엄마 친구나 내 친구들의 도우미도 가끔 합세하였으나 거의 모든 주활동과 결정은 위원회의 핵심간부 엄마와 내가 맹활약을 하는 거다.

결혼식이라면 눈같이 흰 웨딩드레스 하나만 달랑 뇌리에 떠오르는 나와는 달리, 엄마는 뭐가 그리도 할 것도 살 것도 챙길 것도 많은지……. 심플 명확한 나와 챙길 것 많고 복잡한 엄마의 캐릭터상 우리의 갈등은 불 보듯 했다.

결혼을 앞두고 신랑신부 후보인 우리 남녀는 매일 밤 히히덕 미국과 한국을 오가는 국제전화로 태평양 바다 한가운데로 전화요금을 한창 쏟아붓고 있을 때다.

물론 울 남편 음성이 좋다는 나의 칭찬에 전화할 때면 잔뜩 목소리 있는 대로 깔고 갖은 폼을 잡고, 나 역시 내가 낼 수 있는 최대한의 교양있는 목소리로 응수를 하던 그야말로 접대용 '느끼 남자' 대 접대용 '닭살 여자'가 만나는 통신의 향연, 살 떨리는 프로 접대용들의 접전이라고나 할까.

18K 링반지 하나만 결혼예물로 하자는 우리의 낭만, 검소, 심플한 약속은 엄마 앞에서 무너졌다. 울 엄마 닮아 옷고르기 까다롭기론 만만찮은 나의 웨딩드레스 고르는 작업은 아주 작은 시작에 해당된다.

시내의 웨딩숍이란 곳은 다 뒤져서 입어보면 어깨는 맘에 드는데 허리가 싫고 치마는 예쁜데 장식이 촌스럽고……. 딱히 그날을 위해 내 맘에 쏘옥 드는 드레스가 없는 거다.

까다로움의 원조 울 엄마가 맘에 들면 내가 맘에 안 들고 나는 그만하면 괜찮은데 울 엄마가 도리질을 하고, 평생 그놈의 웨딩드레스 고르다가 결혼은 못하는 게 아닌가 싶다가 결국 그 많은 시간을 허비하고 그 많은 쌈박질의 종말은 둘 다 힘 빠져서 포기하는 순간이었다.

드레스 하나만이 아니라 그밖의 모든 것이 갈등구조를 엮었다.

현대판 진시황 무덤이나 피라미드에 들어갈 부장품을 준비하는 듯 남녀가 결혼할 준비로 아침에 눈떠서 밤에 잠들 그 순간까지 필요한 그 모든 것을 준비해야 하다니 거기다가 그 준비물에 오묘한 신경전이 있었는데……. 울 엄마, 행여 코딱지만한 티스푼 하나 고를 때에도 시댁에 보여질 친정 엄마의 기호, 문화, 교양수준 그리고 경제 수준까지도 신경 쓰는 거다.

혼수준비하러 드나드는 모든 가게의 점원들은 빙글빙글 웃으며 엄마의 심리를 다 꿰고 있는 듯하다. "어머어머~ 신부님, 신부 어머님." 이러면서 결혼 분위기를 왕창 띄우고 인생에서 가장 중요한 쇼핑을 하는 듯한, 그래서 이때엔 왕창 돈을 쓰는 것은 낭비가 아니라는 듯한 멘트의 연속이다.

물론 우리는 그들의 말이 끝나기 무섭게 이미 그들에게 설득당해서 중대한 이 시점에서 한 푼도 아깝지 않다는 확고한 각오로 눈을 번뜩이며 물건을 골랐다.

그런데 사사건건 품위 위주인 엄마의 견해와 결혼 당사자인 나의 독특한 개성이 충돌을 하는 거다. 그중에서 울 엄마와 내가 가장 망신스런 해프닝을 벌인 코스가 있다.

예쁜 그릇 욕심 하면, 나나 엄마나 한 그릇 하는 사람들. 일제시대의 영향을 왕창 받은 엄마는 일제시대의 살아 있는 잔재다.

그릇점에 들어가자마자 "일제 노리다께 있어요?" 놀다가 다 깨먹는 그릇이란 뜻인지 노가리 담아 먹기에 딱이란 뜻인지. 우리집에서 엄마가 자랑스레 그릇장에 넣어두고 쓰는 일본 상표의 그릇인데, 점원이 손짓하며 보여주는 그 그릇, 촌스럽기가 하늘을 찌르고 평범하기가 바닥을 긁는 그 그릇들로는 나의 튀는 개성과 예사롭지 않은 내 멋스런 취향을 만족시킬 수가 없었다.

"그래도 혼수하면 일제 노리다께 세트 정도는 돼야지, 암."

내 맘에 드는 것은 엄마는 인상 팍 쓰며 "에잉, 너 소꿉장난 하냐?" 핀잔줄 때, 머쓱해지는 내 앞에서 무조건 엄마 장단만 맞추는 점원.

힘에 밀려서 비싸기만 하고 보기 싫어서 다 깨버리고 싶은 그 그릇들로 할 수 없이 결정봤다.

그런데 혼수 손님받는 것엔 산전수전 다 겪고 공중전 한 차례 남겨놓은 듯한 점원이 한식 그릇으로는 뭔 유명호텔에 며칠 전 납품했다는 백자 세트를 왕추천했다.

엄마는 그릇들을 들척이며 창피하게 묻고 또 묻는다.

"저기요, 이 그릇들이 그 호텔 한식당에 납품됐다는 거죠?"

"네, 그렇다니까요. 우리나라에서 제일 고급입니다. 혼수로 이 정도면 최고지요."

"엄마, 난 식당에서 쓰는 그릇 싫어!"

"얘는 식당이 다 식당이니? 그 호텔이 얼마나 고급인데……. 근데 무슨 호텔이라고 했지요?"

그 일류 호텔의 한국 전통식당에서 쓰인다는 사실에 집착하는 엄마 묻고 또 묻고…… 결국 그 무겁긴 왕 무거운 백자로 낙찰을 보려는 순간. 황혼의 중년부인 취향으로 내 꿈 많은 신혼집의 식기를 다 도배할 것 같은 불안함에 난 견딜 수가 없는 거다. 어깃장 무너지는 송곳 같은 말 한마디엔 자신 있는 나.

"아, 그럼 엄마가 시집감 되겠네. 가서 이 그릇 잘 써. 난 이런 거 가지고 시집 안 가. 엄마 축하해."

"뭐라구? 이넘 기집애. 내가 너 땜에 얼마나 돈이 드는 줄이나 알앗? 엄마가 다 어련히 알아서 고를깟! 니가 뭘 알앗? 시집올 때 가져온 혼수 보고 여자가 평가를 받는 거얏. 그릇이 다 그릇인 줄 아닛? 이런 것 모두가 다 니네 집안, 친정 엄마, 니 수준이 드러나는 거얏! 니가 맘에 드는 그런 너절한 그릇들은 니가 살림하면서 사면 될 거 아냐!"

이때 어떻게든 한 건 올려보려는 그릇장사 개입.

"맞아요. 어머님이 눈이 높으신데 어머님 말씀을 들으세요. 그래야 후회 안 합니다. 헤헤헤~."

역성 들어주는 그릇장사에 힘입어서인지 엄마는 사기충천 용기백배해서 주위를 아랑곳 않고 마치 당신은 훌륭한 엄마에 나는 못된 딸년이란 광고라도 하듯 깨지듯이 고함을 친다.

"이눔 기집애! 웨딩드레스도 그렇게 속을 썩이더니, 엄마 말 잘 들으면 죄 받을까 봐 사사건건 어깃장을 놓니?"

나로 말할 것 같으면 유리창 깨지는 목소리를 엄마에게 그대로 물려받아 평소 악쓰기론 한 가닥하니 나도 가만 안 있는다.

"난 싫다궃. 왜 내가 시집가는데. 내 맘에 드는 걸 안 사고 엄마 맘에 드는 걸 사야 하는 거얏? 나 시집 안 갓! 엄마나 갓!"

이에 사건 비약과 확대 해석 그리고 사건 유추해서 과거 울귀먹기론 프로급에 속하는 울 엄마. 겨우 그릇 하나 가지고 옛날 케케묵은 나 중딩 때 담 타넘고 다니다가 다리 부러져 깁스했던 과거까지 들먹이며 난리를 친다.

"뭐라구? 다 큰 기집애가 다리 부러져서 깁스한 애가 또 있나 물어봐라. 내가 이 기집애 땜에 속상한 일을 생각하면……."

아니, 그릇 고르는데 뭔 과거의 다리 부러진 얘기냐구~.

사람들이 흘끔거리고 무식이 난무하는 조폭 집안의 진기한 모녀 싸움을 구경한다. 에구구, 엄마보다 젊은 나. 여러 면에서 종자개량되어 교양지수 높은 내가 양보했다.

이렇게 아웅다웅 싸우면서도 엄마와 나는 매일 두툼한 돈봉투를 가지고 나가서 쇼핑으로 탈탈 봉투를 털어 보이며 그렇게 물건을 사러 다녔다.

삐치고, 화내고, 사과하고, 비위 맞추고…….

그렇게 산 물건들, 실은 그렇게 요긴하게 쓰이지 않았다.

노가리 다께인지 노리다께인지 하는 양식기 세트는 그릇장에 쟁여 두었다가 언젠가 이삿짐 쌀 때에 도와주러 오신 파출부 아줌마에게 드렸다.

물론 그거 살 때엔 대를 물리는 명품 그릇이니 뭐니 침튀기며 설명하던 점원과 그 만만찮던 가격, 울 엄마를 생각하면 정말 대를 물려 내 며느리나 딸에게 줄 때까지 끌고 다녀볼까도 생각했지만 촌스런 그 그릇 물려줬다간 성질 칼칼한 며느리라면 초장부터 구박받을 것 같다.

뭔 호텔을 들먹여서 사게 된 비싸기만 한 백자 세트는 그런 대로 한순간 요긴하게 쓰였다. 요긴한 점은 그렇게 강조되었던 그릇의 품위 때문이 아니라 그 무게 때문이었다.

신랑과의 부부싸움 도중, 점심때가 되어 휴전하고 칼국수를 끓여 그릇에 푸는 순간이었다. 그러잖아도 인격의 힘으로 버티는 내게 다가와

쪼잔하게 성질 건드리는 남편, 그리고 이성을 잃은 나.

칼국수 담긴 그 품위 만땅인 백자 그릇을 그대로 날려버려서 묵직한 그릇에 맞은 남편 머리에 주먹만한 혹이 달렸다. 그 그릇, 품위는 몰라도 역시 무게는 효과면에서 쓸 만하다.

혼수 이불 코스. 이 코스도 그냥 넘어갈 리가 없다.

침대를 쓰니 한식 이불은 절대 할 이유가 없다고 방방 뜨는 나와, 뭐니뭐니 해도 여자가 시집갈 때엔 얌전한 새색시답게 전통 이부자리도 있어야 한다고 맞서는 울 엄마.

물질만능, 황금만능으로 돈독이 노오랗게 오른 나는 전통이고 새색시고 다 귀찮으니 값도 만만찮은 그 한식 이부자리 값을 쳐서 차라리 돈으로 달라고 손바닥을 내밀었다.

이에 열악해지는 영업 환경에 위기를 느낀 주인장은 양식, 한식 각각 다 해야 한다며 앗싸, 맞장구친다.

그래서 우리는 사이좋게 모녀의 의견화합을 이뤄 전통을 계승하고 현대를 꽃피우는 침구 세트 장만. 양식 한식으로 춘하추동, 사계절용으로 몽땅 다 장만했다.

물론 각 품목마다 언뜻 비쳐질 우리집의 품위와 무게가 기본으로 고려된 건 말할 것도 없다.

하루는 양식으로 침대에서 베드신. 하루는 명주 솜, 명주호청, 다홍과 노랑 비단 갑사로 만들어진 이부자리와 원앙베개 베고 장희빈에서 본 사극 베드신 한 번 찍게 생겼다.

시댁 어른께 드리는 혼수 예물은 그야말로 엄마가 살며 한평생 닦아온 모든 교양과 인품, 우리집안의 수준을 한데 모아 집대성한 것들로, 부디 엄마의 소원대로 시댁 어른들이 한눈에 뿅 가서 우리집안의 드높은 수준을 알아보사 길이 며느리 보기를 공주 보듯이 하기를 바랄 뿐이었다.(그런데 뽕 가기는커녕 오지도 않았다.)

이렇게 숱한 투쟁과 삐침과 타협으로 장만한 혼수품. 엄마의 다리가 휘청할 만큼 오버해서 준비한 그것들은 엄마에게 미안하게도 그리 요긴하지 못했다. 베갯잇 한 장이라도 제일 좋은 것으로 제일 비싼 것으로만 돈 아까운 줄 모르고 딸을 위해, 바로 오늘을 위해 돈을 번 것처럼 바리바리 사주었던 그 혼수품들은 살림하면서 한 푼 두 푼 모아서 사모은 값싸고 자질구레한 어떤 살림살이보다 아끼게 되질 않았다.

내가 다시 결혼한다면 그런 이상한 쌈박질을 창피하게 하면서 시시콜콜한 혼수장만은 안 할 것 같다. 어떤 사람들은 그놈의 혼수와 예물로 이혼까지 한다지? 시집장가 가는 것이 한꺼번에 다 싸들고 딴 별나라 가는 것도 아닌 것을…….

이제 드라마에서라도 그 혼수, 예물 이런 시간 낭비하는 쇼핑은 그만했으면 싶다. 바리바리 싸가는 혼수품보다는 역시 돈이 최고다. 역시 현금이 만능이다.

그런데 만약 돈으로 넉넉히 받아낼 수 없는 (줄 수 없어서) 부모님이라면 아예 싸그리 잊어버리자. 부모가 우리의 뭔 빚쟁이인가? 신체 건강한 내 육신을 낳아주시고 키워준 건 기본이고 현금까지 두둑이 얹어서 시집장가 보내달라는 건 너무 심한 옵션요구 아닌가?

우리가 자동차 살 때 예산이 빠듯하면 우선 기본으로 빼고 나서 돈 생기면 옵션을 추가하곤 한다. 결혼 역시 마찬가지……. 여기에서 기본이란 결혼의 본질에 해당되는 것으로 건강한 신랑신부 두 사람이다. 결혼을 하겠다고 맘먹은 여자와 남자, 이 두 사람이면 일단 기본은 충족이된 거다.

「지붕 위의 바이올린」이란 집시들을 주인공으로 하는 영화가 있다. 거기서 결혼식 장면에 흘러나오는 결혼식 축가처럼, 해가 뜨고 해가 져서 코흘리개 작은 여자아이와 개구쟁이 철없는 남자아이가 되었고 또 끊임없이 해가 뜨고 해가 져서 그 작던 여자애가 자라서 신부가 되었고 해가 뜨고 해가 져서 남자애는 장성한 청년이 된 거다.

그 수많은 해가 뜨고 해가 지는 세월 동안 그들은 스스로 큰 게 아니라 누군가에 의해서 키워졌다. 사랑과 정성으로 어린아이가 결혼을 할 만큼, 그들의 가정을 이룰 만큼 키워놨으면 할 만큼 다한 거다.

생명을 줘서 세상 구경하게 해줘, 지극 정성으로 키워줘, 돈 들여서 교육시켜줘, 아이 키워서 지네들 좋다는 배우자 만나 결혼해서 살 살림살이, 집까지 모두를 부모가 해결해줘야 하는 거라면, 그런 걸 자식들이 당연한 듯 요구한다면…….

자식이 태어나면서 부모에게 돈 꿔준 것 있나? 싱싱한 젊음과 건강한 신체, 그 기본이 약한 결혼만이 더더 많은 옵션을 바란다.

내가 만일 다시 결혼한다면…

우선, 결혼식장.

절대 공장에서 물건 찍듯 해내는 결혼식장에선 안 한다. 그렇다고 넘 엄숙하고 경건한 교회도 싫다. 기독교는 은근히 남성 위주의 교리라서 다른 건 몰라도 결혼식에 성경구절 읽게 되면 기분이 다운되기 십상이다.

멋지고 환상적인 결혼식은 누구나 상상만 해도 입가에 미소가 번지는 일. 두 사람만의 개성과 센스로 상상초월 결혼식을 해보는 거다.

1. 결혼식의 주인공은 누가 뭐라든 신랑신부 두 사람.

주위 사람들에게 인사만 공손히 하고 나서 둘이서 몽골 평원으로 날아간다. 끝도 없이 너른 몽골 초원에서 암호처럼 반지를 교환하고 말을 탄다.

그렇게 하루종일 말을 달려 끝없는 초원을 헤매다가 밤이 되면 양가
죽 텐트를 치고 하늘에는 왕소금 같은 별들이 박혀 있는 하늘 아래서 잠
을 잔다.

2. 몽골이 너무 멀어서 힘들거나 양가 부모님 없이 단 둘이서 하는
건 노무 싸가지 없어서 미안한 생각이 든다면 우리나라의 어느 한적한
배나무 과수원을 결혼식장으로 하는 건 어떨까?

배나무 꽃이 팝콘 튀듯 필 때에 배나무 가지를 들치고 배꽃처럼 화사
한 신부가 입장하는 거다.

피로연은 라틴 살사 멜렝게 탱고 댄스파티를 한다. 신부와 신랑은 이
날을 위해 춤실력을 연마하여 하객들의 정신을 홀라당 빼놓는다.

그 다음, 웨딩드레스.

딱 한 번 입기 위해 치러야 하는 웨딩드레스.

드레스를 맞출 때는 디자인 원단 운운하며 목숨 걸지만 사실 그냥 색
이 허연 것이 그게 다 그거다. 그건 남의 결혼식 사진만 봐도 다 안다.
거기다가 그 값은 턱없이 비싸다.

값이 문제가 아니다. 누가 언제부터 만들어 놓은지도 모를 서양놈들
의 전통을 우리가 엄숙하게 지켜야 할 이유도 없지 않은가. 그리고 꼭
성적 순결을 상징한다는 흰색 드레스를 입는다는 게 웃기기도 하지 않
은가. 그럼 혼전에 사고 친 커플이나 아예 임신이라도 하고 나서 결혼하
는 사람들은 땡땡이 무늬라도 입어야 하나?

결혼식 치르고 곁다리로 어쩔 수 없어 치르는 폐백. 그 전통 혼례 예
복인 폐백옷으로 웨딩드레스를 대신 하는 건 어떨까? 우리의 전통혼례
복이 왕비와 왕의 옷인 것은 알고 있겠지. 하루쯤은 왕과 왕비가 되어보
는 우리의 전통예복이 겨우 순결 나부랭이나 상징하는 순백의 웨딩드레

스보다 더 의미 있고 고급스럽기까지 하다.

전통의 향기를 적응하기 힘든 서구 취향의 커플이라면 어떤 영화의 파격적인 포스터처럼 발랄한 청바지에 흰 면사포만 쓴 펑키 차림도 재미있을 것 같다.

혹은 빨주노초파남보, 자신이 좋아하는 색으로 마음껏 멋 부린 웨딩드레스도 입을 수 있으나 정 흰색이 좋아서 그거 안 입으면 마음이 뒤숭숭한 사람들은 대충 흰색 투피스나 원피스에 망사 커튼으로 면사포를 만들어 써도 인상적일 것 같다.

세 번째, 결혼 예물.

물론 넉넉한 부모님들께는 받을 건 다 받는다. 그러나 그렇지 못한 부모님께는 미리 말한다. "우리는 우리가 예물을 해결했어요"라고. 그리고 심플한 14, 혹은 18K 의 커플링에 서로의 이니셜을 새겨서 나눠 낀다.

그걸로 뭔가 결혼 기분이 안 난다면 지난 여름 강가에서 둘이서 주운 조그만 조약돌, 그걸 간직했다가 구멍을 내어 펜던트를 만들어 목걸이를 할 수도 있다. 보석이나 조약돌이나 돌덩이인 건 마찬가지. 두 사람이 주운 의미 깊은 조약돌이 값비싼 다이아몬드보다 못할 이유는 없다.

네 번째, 신혼여행.

결혼식의 스트레스와 주위의 지나친 관심에서 둘만이 멀리 도망가는 의미이기도 한 신혼여행.

인디언의 결혼식에서는 꿀로 빚은 술을 결혼한 신혼부부가 첫날밤 마신다는군. 그것이 허니문이란 말로 우리에게까지 전해오게 되는데, 그 허니문을 꼭 유명 관광지, 누구나 다 가는 신혼여행으로 친숙한 관광지나 너무나 뻔한 신혼여행용 고급 호텔에서 누구나와 마찬가지로 마신다는 건 좀 심심하지 않은가.

생에 단 한 번 있는 결혼식이니 화끈하게 뭐든 최고급으로 하는 건 의미 있다. 그러나 돈을 들인 만큼 감동이나, 추억이 그에 비례하길 바란다면 바보다.

만약 그대가 보통 일반적인 심심한 신혼여행에 별 의미를 두지 않는다면 둘만의 독특한 허니문을 위한 신혼여행지를 찾는 거다. 놀이동산 수준의 관광지보다는 인생의 동지애를 다질 만한 고생스러운 여행지도 썩 그만이다.

1. 몽골로 간 커플은 신혼여행을 달리 갈 필요가 없이 거기서 말달리고 놀다가 오면 되겠고, 배나무 밑에서 결혼을 한 사람들은 일찌감치 배낭을 메고 인도로 가보자. 기왕이면 마더 테레사가 운영하던 노숙자를 위한 캠프에서 자원봉사자로 그들의 고단한 삶을 잠시 겪으며 앞으로 펼쳐질 새로운 인생에 대해 겸손함을 배우는 것도 좋을 것 같다.

2. 겸손함을 안 배워도 충분히 겸손하며 봉사의 시간이 별로 달갑지 않은 커플이라면, 사하라 사막을 횡단하는 거다.

사막은 엄청난 생명력이 있다. 사막에 가면 인간은 생각이 깊어진다. 그래서인지 모든 종교는 사막이나 불모지에서 나왔는지도 모른다.

사막을 지나면서 살갗에 파고드는 모래바람을 맞으며 두 사람은 묵묵히 걷는 낙타의 긴 속눈썹처럼 길고 깊은 사려를 할 수 있을 것이다.

3. 이렇게 유별을 떤 신혼여행이 고생스러워 보여서 도저히 맘에 안 들면 남들 안 가는 필리핀의 작은 무인도나 동남아시아나 남태평양의 외딴섬 혹은 백두대간 횡단을 해볼 수 있다.

왜 이렇게 유난을 떨어야 하냐고 반문한다면…….

결혼은 결국 두 사람의 원해서 그들이 결정한 삶의 방식이다. 그러니 결혼의 의식도 두 사람만의 독특한 방법을 택할 권리가 있다. 획일적으로 로봇처럼 남들 다 하는 것처럼 해야 안도감이 느껴지는 사람들은 그리해야 하겠지만 그 획일에 숨막히는 사람들, 뭔가 자신의 존재감을 느끼고 싶은 사람들은 그런 진부한 결혼식 준비는 집어치우고 그들만의 독특하고 의미 있는, 눈감을 때까지 그 감동이 잊혀지지 않는 결혼을 해볼 만하다.

그러나 이렇게 유별난 결혼식을 해서 절약된 돈으론 일찌감치 미래를 위한 투자를 해놓은 것도 실속 있는 일이다. 정말로 내 지인 중에는 그들의 초간소한 결혼 비용으로 돈을 저축하여 신혼여행지였던 제주도에 갔다가 땅을 사두었다가 대박 터진 사람도 있다.

결혼이란 우리가 결혼식장에서 보듯 턱시도 입은 남자와 질질 끌리는 흰 웨딩드레스 입은 여자가 살아가는 과정이 아니다.

그렇다고 행복한 환상을 깰 일은 결코 아니다. 우리는 행복한 환상을 가져야 행복에 더욱 가까울 수 있기 때문이다. 그러나 행복한 환상이 현실이 되기 위해선 그만한 삶의 태도가 필요하다.

결혼은 그들 삶의 첫 페이지로서 그들만의 것, 세상엔 다시없는 그들만이 방식으로 되어져야 할 만하지 않은가. 주위를 돌아보며 누군가와 비교해서 으쓱하고 비교당해서 기분 나쁜, 어리석은 결혼이란 바로 그 사람 인생의 어리석음이다.

아름다운 환상과 영리한 현실, 두 마리 토끼를 한 번에 잡아야 하는 결혼, 그 시작은 역시 아름답고 영리하게 할 만하다.

내 남자친구의 결혼식

대학 때 나와 가깝게 지내던 친구, 그러나 그 성별은 남자인 친구가 있다.

내가 그와 가까워진 동기.

어느 날, 나른한 오후 유난히 자장가 강의로 소문난 느릿한 말투의 교수님의 강의시간.

난 눈에 잘 안 띌 것 같은 으슥한 구석 자리에 앉아 맘놓고 병든 닭이 되어 졸고 있었다.

잠자는 숲 속의 미녀가 아닌, 잠자는 강의실의 나쁜녀.

갑자기 애들의 까르륵 웃음소리가 들렸다. 그 소리에 어렴풋이 잠이 깨어 사방을 둘러보니 웃음소리에 심상치 않은 전운이 감돌았고 자장가 교수님이 내 이름을 호명하고 있었다.

난 흘린 침 닦으며 겨우 대답을 했다.

"네!?"

아, 여기에서 이상하고 야속한 나의 징크스 하나를 밝히자면…….

남들은 시험 때 컨닝페퍼는 물론이고 영어 시험에 사전까지 찾아가며 컨닝을 해도 술술 잘 넘어가고, 남들은 수업시간에 코 골며 이빨까지 갈면서 잠을 자도 안 걸리는데, 난 어째서 시험 때 큰 맘 먹고 책상에다 나올 듯한 문제를 긁적여 놔도 그런 문제는 코빼기도 내비치지 않고, 강의시간에 잠 좀 자보려고 일부러 구석 자리까지 옮겨서 졸기만 해도 걸리는 건지.

재차 부르는 호명과 애들의 좋아 죽겠다는 듯한 웃음소리에 난 엉겁결에 일어섰다.

벌떡 자리에서 일어나는 순간, "부우욱~" 야릇한 소리가 들렸다.

나의 스커트가 강의실 의자 틈새 어딘가에 삐죽이 나온 못에 걸려 그만 찢어지는 소리다.

당시는 플레어스커트가 한창 뜨고 있던 추세라 멋부리는 데 혈안이 된 나도 한창 입었었는데, 그런데 스커트가 바로 엉덩이 밑에서부터 대책없이 기역자로 부욱 찢어져 완전히 흥부 마누라 치마가 되어 있는 거다.

"야, 나쁜이 치마가 찢어졌다!"

그때나 지금이나 속없이 이렇게 여자가 난처한 일을 당하면 더 짓궂어지는 남자애들은 발까지 굴러가며 떠나가라 웃어대고, 난 다시 그 자리에 주저앉았다. 침 흘리며 졸다가 치마까지 찢어진 난 창피하고 막막해서 울고 싶어졌다.

수업이 끝나고 나서도 난 의자에 엉덩이가 붙은 채 일어서지도 못하고 안절부절못했다. 몇몇 친구들이 다가와서 머리를 짜내 대책회의를 했지만 이상한 부위가 워낙 많이 찢어진 상태라 그럴듯한 수습안이 없었다.

이때에 짜잔~ 그애가 우리 앞에 나타난 거다. 손에는 구원의 커다란 누런 테이프를 들고서……. 이토록 위대한 테이프를 발명한 자는 복 받을지어다.

아, 테이프의 접착성은 놀라워라. 그 마력에 의해 찢어진 나의 누런

색의 치마는 긴급복구가 되었다.

　일명, 태이프맨…….

　그는 이런 일 외에도 웬만한 여자보다 여자들의 요긴한 생활정보를 더 잘 알았고 여자애들에 대해 섬세하게 배려심도 많았다.

　인간성 좋고 성실하고 나무랄 데 없는 그는 아주 여성적이었다.

　위로 누나만 여섯인 그는 끝내 아들을 낳으려는 집념의 한국인인 그의 엄마의 귀한 아들이었고, 여자 형제 속에서 자란 그는 어릴 적엔 누나를 언니라고 부르며 컸다고 한다.

　아무튼 그 일이 있은 후 어느 날, 그가 아침부터 책상에 엎드려 있었다.

　자세히 보니 배를 싸안고 신음까지 하는 거다.

　"야, 테이프맨. 왜 그러니?"

　"음, 배가 아파서……."

　"아침밥 먹었니?"

　"아아니~."

　은근히 테이프로 빚을 진 것 같던 나는 뭔가 그에게 해주고 싶었다. 난 얼른 매점에 가서 우유를 사다가 그의 책상에 놓아주었다. 보은을 한 것 같은 나의 뿌듯함 그리고 그의 고마워하는 눈빛.

　그러나…….

　그는 그 우유 먹고 병원에 갔다. 수없이 화장실을 들락거리더니 결국엔 얼굴이 노랗게 되어서 병원에 실려갔다. 알고 보니 그는 장염을 앓고 있었고 장염에 우유는 독극물에 해당된다고 했다. 결국 나의 무식은 은혜를 원수로 갚게 된 거다.

　얼마 후 그는 성깔내던 그의 장을 잘 달랬는지 완쾌가 되어 학교에 나타났고, 가방에 조그만 로션까지 챙겨 다니던 테이프맨에게 그후에도 여자애들은 손 씻고 나서 로션이 없으면 그에게 달려가서 얻어쓰곤 했다.

정말 기가 막힌 일 한 가지.

우리집과 같은 방향의 동네에 살았던 그와 버스에서도 자주 만나고 친하게 지냈지만 더 이상 '친구전선 이상무'였던 것은 그 여성스러운 면모 때문이기도 했다.

그는 유난히 선머슴애처럼 덜렁대는 내게 친절하고 자상했고 난 그런 그가 요긴하고 고마웠지만 전혀 남자처럼 느껴지질 않았다.

하루는 학교 가는 아침 버스 안에서 우연히 그를 만났다. 신나게 수다를 떨며 가는데 버스가 뭔 일인지 격렬하게 급정거를 했다. 자연히 버스 안은 아수라장이 되고 그럭저럭 쓸 만한 운동신경을 가진 나는 그의 팔을 잡았다.

버스 안에서 넘어진 사람들이 일어나고 사태가 진정이 된 후 난 이번엔 진짜 깜짝 놀랐다.

테이프 맨, 그의 얼굴이 어찌나 빨갛게 상기되고 덜덜 떨기까지 하는지…….

"왜 그래?"

그는 완숙 토마토 같은 빨간 얼굴로 내가 잡고 늘어진 자신의 팔과 대롱대롱 매달려 밀착된 내 팔에만 시선이 고정되어 있는 거다. 그 무안한 시선, 금세 울음이라도 터질 듯 긴장된 얼굴.

그의 완숙 토마토 얼굴에 나도 어찌나 무안하고 어색하던지 그에게 난 마치 치한이라도 된 것 같았다. 잡았던 팔을 앗, 뜨거라 얼른 놨다.

쳇~ 정말 웃기지 않은가.

여자가 얼떨결에 잡은 팔을 보고 그렇게 더 무안하게 만들다니.

난 그 이후론 그가 말을 걸어와도 냉정하게 대했고 버스 안에서의 그 일을 내 쪽으로만 유리하게 뻥튀기하여 그의 행동을 과장해서 애들에게 흉을 봤다. 자연히 여자애들은 그 테이프맨을 좀 어딘가 이상한 남자로 봤다.

나의 은밀한 중상모략에도 불구하고 언제나 그는 내게 넉넉히 웃는 얼굴로 친절하게 대해 양심은 찔렸지만 여자에게 팔 잡혔다고 얼굴이 홍당무가 되는 그런 남자는 남자 같지도 않았다.

내게 남자란 모름지기 한 터프하고 여자들의 자질구레한 일들에 관해선 알기는커녕 관심조차도 없는 듯한 그런 남자가 멋져 보였다. 청순하게 (?) 오들오들 떠는 나의 어깨를 잡고 강렬한 눈빛으로 "사랑? 그건 내가 한다!" 뭐 이런 대사쯤 날릴 수 있는 그런 남자가 남자답다고 생각했다.

그러던 그 테이프맨이 결혼한다고 연락을 받은 것은 내가 애인도 없이 휴일이면 낮잠만 퍼자던 시절이었다.

누가 저렇게 여자도 아닌 남자도 아닌 이상한 비빔 캐릭터를 좋아하리오. 그러나 그의 아내는 세상에서 더없이 참하고 아름답고 현명해 보이는 여자였다.

아무런 특별한 사이도 아니였건만, 그가 내게 보내던 수많은 호의와 배려에 갑자기 배신감이 느껴지고 별안간 그가 아깝다고 느껴지는 짧고 묘한 순간이 흘렀다.

난 그의 결혼선물로 내가 손수 만든 은목걸이를 선물해줬다. 그가 아닌 그의 아내에게.

몇 년이 지난 나의 결혼식에 나도 그에게서 선물을 받았다.

그가 손수 만든 접시 세 개. 도자기를 하는 그는 시집가서 쓰라며 흰 백자 위에 아기자기한 꽃무늬가 그려진 접시들을 내게 선물했다.

난 그 접시들을 무척 아끼며 소중히 쓰곤 했지만, 괄세 못할 친구가 한 개는 예쁘다며 우격다짐으로 빼앗아가고 한 개는 이사통에 아깝게 깨어지고 이제 한 개밖에 남지 않았다.

각각 크기가 다른 접시 세 개 중 가장 작은 놈으로 한 개만 남겨진 거다.

얼마 전에 인테리어 잡지에 그가 사는 집이 소개되었다.

손수 짓다시피 한 전원주택인데 부엌과 거실, 서재 등을 독특하고 편리하게 설계하여 만든 아름다운 집이다. 음식할 때 양념으로 자주 쓰이는 파가 앙증맞은 화분에 심어져 부엌 창가에 놓여 있는 등, 기자는 식구들이 생활하기에 편리하도록 배려하고 멋이 어우러진 집이라며 혀를 차며 놀라고 있었다.

이제는 남편과 아들과 딸이 성성하게 있는 아줌마의 신분을 깜빡하고 또 한 번 그를 안 건진 게 아까워지는 순간이었다.

인간은 누구나 남성성과 여성성을 동시에 갖고 있다고 한다. 그러나 왠지 남자 같은 여자나 여자 같은 남자에게 그리 이성적인 매력이 느껴지지는 않는다. 남자는 모름지기 별나게 힘세고 용맹스럽고 여자는 유난히 부드럽고 섬세해야 할 것 같은 고정관념 탓일까.

그러나 여자에게 가끔 남자 같은 용맹성이나 남자에게 여성적인 섬세한 배려를 발견하게 될 때에 좀더 인간적이고 자연스러운 느낌이 든다는 것을 알게 된 것은 세상을 한참 살아내면서이다. 한 인간이 좀더 인격적으로 완성되는 것 역시 남성과 여성의 요소를 고루 갖추는 일이기도 하니 말이다.

그 옛날엔 여자 같다는 찬사와 비난을 함께 듣던 테이프맨. 어쩌면 그는 시대를 앞서 진화된 또 다른 남자인지도 모르겠다.

여자여, 뜻을 세우고 결혼하라

"여자는 20대에 인생을 승부한다."

한때, 20대 여성을 타깃으로 한 패션 브랜드의 한창 뜨던 CF 카피다. 무릎을 치며 공감을 했기 때문일까. 미혼 여성들은 정말 열심히 옷 입고 멋 부리는 데 많이 투자했고, 물론 멋내기라면 눈이 벌개지는 나는 말할 것도 없다.

나, 하늘을 우러러 한 점 부끄럼이 없이 현실적인 결혼의 조건에 자유롭지 않았다. 좀 잘 나가는 남자와 결혼하는 친구들이 부럽기도 했고 빵빵한 시댁에서 바리바리 예물을 받는 친구가 부러워서 나도 꼭 그러리라 다짐했다. 그래서 그 친구의 신랑친구들을 어찌 해보려 호시탐탐 눈독을 들이기도 했다.

쓸 만한 남자, 잘 나가는 신랑을 펴엉생 마당쇠로 채용하고 싶었던 나는 잔머리 왕창 굴려서 선을 보고, 재수 옴팡지게 없는 울 남편은 나의 마수에 결려들어 뒤늦게 신세 한탄을 하지만 이미 때는 늦었다.

그러나 마당쇠여, 그대 출세한 줄 아시라. 사실 나도 고르다가 지쳐서 마당쇠 커트라인을 한참 낮춰서 채용한 거다.

여자들의 동창모임, 풍경 하나

등장인물의 세 부류
1. 신혼의 꿈에서 아직 해롱대며 말끝마다 울 신랑, 울 오빠로 닭살 돋게 하는 새댁.
2. 애 하나 들쳐업고 혹은 걸려서, 그러나 화장은 뽀시시하게 한 약간은 헌댁.
3. 아직 미혼. 그래서 애들의 남편과 시댁 화제에 먼 산 바라보며 냉수만 들이켜는 친구.

난 언제나 동창모임에 나갈 때엔 좀 있어 보이려고 안간힘을 쓴다.

생전 잘 하지도 않는 진주 귀고리에 큼직한 보석이 한눈에 들어오는 가짜 보석 반지에 좀 불편하더라도 최대한 좀 비싼 옷으로……. 겨울 모임엔 친해진 이웃 아파트 친구에게 모피코트도 빌려 입고 나간다.

오랜만에 만나는 동창모임 안엔 유별난 시어머니에게 유명 제과점에서 시간 맞춰 갓나온 빵을 사서 매번 배달하는 천사표 며느리도, 나이 차가 많은 그러나 나이 차보다 아내에 대한 소유욕 혹은 지배욕이 강한 남자의 아내와 그런 남편에게 행복감과 긴장감을 느끼며 사는 아내가 있다. 혹은, 사업가인 남편에게 확실하게 내조를 하느라 여기저기에서 돈 융통하는 파이낸셜 서포터가 된 친구. 안 그런 척하지만 은근히 자알 나가는 남편을 과시하는 듯한 친구.

혹은 미혼의 임자 없는 친구에게 진지하게 그러나 시답잖은 결혼 카운슬링 하는 친구. 시어른 될 분들에겐 이렇게 보이는 것이 좋고 남자들은 요러한 여자를 좋아하니 선볼 땐, 소개팅 때엔 요렇게 처신하고……. 우습고 하품 나오고 간지러운 얘기지만 나름대로 우정이 깃든 충고다.

모두들 들판의 푸성귀처럼 그렇게 싱싱하게 자신의 삶을 꾸려가는 모습을 들여다보며 접시 몇 개는 족히 박살이 날, 강한 이빨의 여자들의 모임은 어떠한 화제도 불사하고 시간가는 줄을 모른다.

그들과 헤어져 집에 와서 유난히 신경 써서 한 화장을 지우며 평소엔 안 하고 모셔두던 보석 귀고리와 반지를 손가락에서 빼며 난 물끄러미 내 얼굴을 들여다본다.

허무하다.

결혼 10년차가 지난 동창모임, 풍경 두울

등장인물들에 약간의 혼선이 있다. 남편의 사회적 · 경제적 성패에 따라 동창모임의 인원구성도 달라진다.

안타까운 것은 남편 회사의 구조조정이나 사업실패로 후줄근해진 친구들의 얼굴이 안 보인다는 거다. 그러나 더욱 안타까운 것은 귀한 사모님의 풍모가 보이는 친구들이나 아니면 아직도 삶이 버거운 친구들이나 안정보수 세력으로 기득권의 기성세대로 의식과 눈빛이 달라져 있는 거다.

세월이 흐른 친구들의 모임은 그들의 얼굴에서 내가 먹은 나이와 내가 살아온 세월을 읽을 수 있어서 좋다.

어느 날, 그중 오랜만에 모습을 드러낸 한 친구가 있었다. 그애는 오래 사귀던 애인과 헤어지고 아파하다가 자신이 하는 일에 투신하듯 매달렸다. 가구회사의 디자이너로 일했는데 바로 우리들의 초기 새댁모임에서 결혼한 여자들의 남편과 시댁 화제에 할말이 없어 냉수만 마셔대던 바로 그 친구다.

그애는 미친 듯이 그녀의 일에 집착했고 경험을 쌓겠다고 별로 대우도 좋지 않은 인도네시아 지사에서 일하기도 했다. 그애를 유난히 부럽게 올려다보는 다른 애들은 그애의 현재 사회적 위치나 주부로서는 절대 벌어들이지 못할 만큼의 그애의 수입 때문은 아니다.

바로 그애가 뒤늦게 고른 남편이 그애의 일에 있어 동반자이고 적극적인 지지자이며 그녀 인생의 강력한 후원자이자 결혼과 자신의 일을 유지할 수 있는 가장 절친한 친구란 점이다.

이에 비해 다른 친구들은 남편의 직장이, 일이 남편과 가족의 생계라서 남편의 잘 나가는 직장생활이 자랑스럽기도 불안하기도 할 뿐만 아니라, 자신의 모든 생활이 남편과 아이들에게 집중 투자되어 도무지 더 나은 자신을 추스를 아무런 목적도 이유도 혹은 미래상도 없는, 약간은 속물이 된 중년의 여자들이었다.

오직 자신의 꿈과 이상이라곤 남편과 아이들이 대신 성취해줄 수밖에 없어 그들을 열심히 뒷바라지하는 것만이 그녀 자신을 위한 투자이기도 한, 이미 자신의 삶이 수동적이라고 생각되는 여자들은 애써 숨기지 않고 그애에게 부러움과 찬탄을 보냈다.

결혼에 연연해서 뭘 대입 학력고사 치르듯 일등 신붓감 되기와 일등 신랑감 고르기에 열올려서 시집갔던 여자들이 10년 후에 그녀의 세월에서 건져올린 것들이 의미 없다고 말하고 싶지는 않다.

그러나 아쉬운 것은 그토록 영민하던 그녀들의 젊음을, 시간을, 보석 같은 자신을 다듬고 드러내기보다는 그녀에게 주어진 삶의 체제를 수용하는 데다 써버린 것 같다는 거다.

결혼이라는 선택으로 아내와 엄마 그리고 며느리이기도 한 여자의 또 다른 이름을 선택했고 그 수많은 이름만큼이나 여자의 삶은 수용 그 자체인 것이다. 그래서 여자들은 '희생의 아름다운 결정체'라고 스스로 위로하기도 한다.

우리 여자들은 자신의 꿈을 접는 것에 대해, 스스로 희생하는 데 너무나 익숙해져 있지는 않을까? 꿈을 접거나 희생하는 것에 익숙한 것은 실은 도전하고 쟁취하는 것보다 훨씬 더 쉽기 때문에 포기하는 것이기도 하다.

과거의 결혼은 여자들의 의식주를 가장 제도적으로 책임져줄 만한 안전한 신분보호, 확실한 노후제도였다. 그러나 요즘 그리고 앞으로는 더욱더 의식주 해결할 방편으로 직업 고르듯 결혼이란 제도를 선택할 여자들은 없어진다.

이제 전쟁도 스위치만 탁 누르면 되는 전자동 무기로 하는 세상이 되었고, 힘깨나 쓰는 남자만이 해야 할 일들이 도태되어 버렸다.

단지 인류학적 책임감에서 볼 때에 인류의 종족보전을 위한 지상과제이기도 한 애 낳는 일, 이 위대한 과업만이 여자를 결혼에서 자유롭게 하지 못할 뿐이다.

이제 선진국의 척도는 휘황찬란한 GNP가 아니라 그 나라의 여자들이 얼마나 사회적 진출이 많고 정계에서 자신의 목소리를 내며 어떤 수준으로 여자들의 권익이 보장되는가이다.

그러나 아무리 잘 나가는 선진국의 잘 구비된 제도에서도 엄마가 되어 자신의 꿈을 성취해 나가는 것은 쉬운 일이 아니다. 아이와 가정은 언제나 엄마를 필요로 하니……

하지만 실망은 아직 이르다. 그런 와중에서 뛰어나고 공사다망한 우리 여자들에게 가장 바람직하게 자신의 계획에 다가설 수 있는 길이 있는 것 같다. 바로 최고의 인생 파트너를 만나는 거다.

그러려면 우선 나 자신의 인생 계획을 바로 세워야 하지 않을까? 뜻이 있는 자만이 헤쳐나갈 방안도 조력자도 구할 수 있는 법.

자신의 뛰어난 능력은 사장시키고 인생 계획은 백지인 상태에서 참한 색싯감으로 남자에게 자신의 인생을 엎어서 '사랑밖엔 난 몰라'를 옹알거리는 여자에게 조력자로서의 파트너는 없다.

그에게 그리고 나에게 일방적으로 기대지도 부담주지도 않고, 그리고 누구에게도 희생을 당하지도 강요하지도 않고 서로에게 힘만 되어줄 수 있는 파트너십으로서의 결혼.

그러니 여자들은 먼저 뜻을 세울 일이다. 자신의 인생 계획을 그대로 성실하게 걸어나갈 일이다. 그러면 희생으로 섬기고 모실 남편도, 안전하게 수입원이 되는 마당쇠 남편도 아닌 인생의 파트너십을 공유할 수 있는 남편을 만들 수 있을 것 같다.

남자 때려잡아 결혼하기

'나쁜 여자님.

제게는 약 3년 동안 사귄 남자친구가 있는데요. 아니 정확히 말하면 애인이라고 할 수 있죠.

제 나이는 스물아홉 살이고 남친은 서른한 살입니다.

그런데 이 남자가 결혼 애기만 나오면 슬슬 말꼬리를 회피하고, 저희 집에선 결혼을 하라고 자꾸 그러십니다. 실은 저도 나이가 나이니만큼 결혼을 해서 안정된 가정을 꾸리고 싶구요.

그는 성격도 좋고, 직장생활도 잘 하고 저를 끔찍이 사랑하고 우리는 이제껏 다툼 한 번 없이 잘 사귀어왔는데, 왜 결혼을 회피하는 걸까요? 여자로서 자존심도 상하고 너무 속상해요.

나쁜 언니가 저라면 어떻게 하시겠어요?'

'나쁜 언니.

저 지금 무척 고민 중입니다.

정말 사랑하는 남자를 결혼으로 목을 죌 바에야 헤어지자고 했습니다.
그는 저랑 결혼할 마음이 없다고 해서 화가 나서 헤어지자고 했습니다.
너무나 괘씸하고 배신감이 들었어요. 참고로 그는 너무 이성적이고
제가 제일 화가 났던 건 그가 사람을 잰다는 거죠.'

위 사연들은 최근 독자들이 보내온 나쁜 여자의 이메일 함에서 발췌
한 내용이다.
오지랖 넓은 나쁜 여자는 자기 앞가림도 못하면서 남의 고민엔 더 왕
고민한다.
여자의 마음은 정말 모르겠다며 혀를 끌끌 차는 남자들. 그러나 여자
입장에서 남자 마음 역시 아리송한 것임엔 마찬가지다.
결혼을 앞두고 생기는 일종의 심리전은 특히 더 하다. 왜 어떤 남자들
은 결혼해달라며 악 쓰며 쫓아다니는 반면에, 어떤 남자들은 여자를 사
랑하면서도 결혼은 안 하려는 것일까.
그렇다면 여기에서 남자의 입장에서 결혼의 의미를 생각해보자.
남자에게 결혼은 뭘 의미하는 걸까. 사랑하는 여자와 밤늦게 헤어지
지 않고 같이 살 수 있으며, 사랑하는 여인의 손으로 차려진 식탁을 대
하고 자신을 닮은 아이들과 함께 행복한 웃음이 만발한 가정.
이것은 TV 제품광고에서 자주 등장하는 결혼의 이미지로, 보기에 썩
그럴듯하지만 남자에게 부과되는 현실에 대해선 언급이 없다.

가장으로서의 책임에 대한 불안감

전통적인 결혼관에서의 남자의 역할은, 남편과 가장으로서 가정을 외
부로부터 지키고 가족의 먹이를 구해와 그들을 먹여 살려야 한다. 행여

밥벌이를 제대로 못한다거나 자신의 경제적 활동의 무능으로 인해 가족이 볼멘 소리를 하면 그건 몽땅 가장인 자신의 책임이다.

까딱 잘못하면 주위 사람들에게 제 식구 책임도 못 진다는 손가락질도 받는다. 아내와 아이들, 그들의 의식주 및 문화생활의 수준마저도 가장인 남자의 책임이 되는 거다.

이러한 무시무시한 책임이 수반되는 결혼이라는 제도가 남자 입장에서 그리 반갑기만 할 수 있을까. 일생 동안 자신을 포함한 또 다른 사람의 먹이와 생존을 책임진다는 것은 사랑과는 별개로 큰 중압감임엔 틀림없다.

그러니 결혼이라는 피할 수 없는 과제에 대해 시간을 좀 벌어보고자, 불안한 남자일수록 자신보다 나이가 아래인 여자를 여자친구로만 대하려고도 한다.

옆구리가 시려서 부드럽고 따뜻한 애인이 필요하지만, 너무나 사랑스럽고 헤어지기 싫은 여자친구이지만, 남편, 가장, 아버지 그리고 결혼함으로써 자신이 속한 사회로부터 요구되는 경제적 독립 및 책임감은 선뜻 사랑한다는 이유만으로 남자로 하여금 결혼을 서두르게 하지는 않을 것이다.

사랑은 여자에게 결혼할 수 있는 최고의 이유가 되지만, 가장이 되는 남자에게 사랑은 결혼의 의무로 무겁게 다가갈 수도 있기 때문이다.

가족에 대한 불안감

우리의 결혼은 전통적으로 남녀 개인끼리의 사랑의 연장선으로서의 개념보다는 가족과 가족, 가문의 세를 확장하고 이어나가는 의미로서의 결혼이었다. 그래서 나이가 차면 부모님이 알아서 혼처도 혼수도 아예 살 집도 마련해주는 결혼 관습으로 굳어져 왔다.

그러나 개인의 행복을 우선시하는 요즘에는 가문의 영광과 대를 이어 나가기 위한 의미의 결혼은 점점 희미해진다. 자연히 결혼은 두 사람의 애정의 결실이 되는 추세인 거다.

그런데 우리를 둘러싼 주위 환경이 그렇게 식성에 맞게 변하지 않는다.

아직도 자신에겐 섹시하고 절대 싫증나지 않을 만큼 사랑스러운 아내, 부모님에게는 싹싹하고 일 잘하는 며느리로, 그분들의 손주들을 잘 키워낼 만한 굳건한 엄마여야 하는 조건들을 충족시키는, 그야말로 일인 다역의 역을 척척 소화해내는 다목적 멀티 플레이어로서의 여자와 결혼을 해야 한다고 생각한다. 그래야 부모에게도 형제에게도 '장가 잘 갔다'라는 일종의 칭송을 들을 수 있지 않은가.

하지만 특히 부모님의 만족도를 중히 생각하는 남자의 경우 자신의 행복과 가족을 위하여 이러한 섹시, 덕성 등등을 두루두루 겸비한 여자를 어디 가서 찾는가 말이다.

그러니 한 남자이며 동시에 그의 부모님의 아들이기도 한 남자 입장에서 결혼을 한다는 것, 아내를 맞는다는 것은 히딩크 후임으로 국가대표 축구감독을 뽑아오던 것보다 더 어렵고 복잡해서 결국 골치 아픈 일이 되고 만다.

나라도 그 어려운 결혼을 하느니 차라리 맘에 드는 여자와 가끔 데이트나 하며 사는 게 더 나을 것 같다.

자유의 속박에 대한 불안감

꼭 바람둥이라서가 아니다. 이 세상 모든 여자를 다 만나보고 싶어서도 아니고, 사회에서 용인이 안 되는 해괴한 짓을 하고 싶어서는 더욱 아닐 거다.

딱 한 여자와 평생을 살면서 이유 없는 외박을 절대 해서도 안 되고, 기분이 좀 우울하다고 멀리멀리 혼자서 어디론가 훌쩍 떠나서도 안 되고, 돈벌이가 되는 일이 아니더라도 꼭 간절히 해보고 싶은 일을 내 맘대로 할 수도 없다.

아내에게 허락 혹은 보고를 해서 승인이 떨어져야 뭐든 할 수 있고, 아내가 원치 않는 곳을 간다거나 아내 몰래 하고 싶은 일을 했다가 발각되면 집안이 시끄러워진다.

해만 지면 어김없이 들어와서 밥 먹고 잠자고 아침이면 오뚝이처럼 일어나 일터로 가는 생활. 그래야 나를 바라보는 가족들의 생계가 유지되고 더불어 자신이 존재하게 되는 결혼한 남자의 극히 기능적 입장에서 볼 때 결혼은 누가 봐도 속박을 의미한다.

이미 결혼을 하면 남자는 약간의 자유를 잃게 되는 거다. 아무리 사랑하는 여자가 있더라도 결혼 후의 속박된 민족으로서 살아가는, 먼저 간 남자들의 발자취에 심히 자극을 받은 남자들은 결혼이란 쇠창살 앞에서 망설이게 된다.

하긴 여자와 함께 한지붕 아래 살고 한이불 밑에서 평생 자는 대가로 자신의 자유를 담보로 한다는 것은 심하다는 생각이 들기도 할 것 같다.

거기다가 혼자 살면 구질구질하지 않게, 문화생활 등 그런 대로 여유 있게 살아갈 수 있는 재정은 결혼으로 말미암아 식비, 생활비 등의 가장 기본적인 것으로 충당되어 삶의 질이 마구 떨어진다.

여기서 잠시, 결혼 후 철딱서니 없는 우리 남편의 예를 소개하자면.

아이 기저귀 사들고 오면서 "내 총각 때 같음 이 돈으로 근사한 레스토랑에도 갈 텐데" 하면서 시시때때로 남편은 화려한 싱글 시절을 회상하며, 결혼 후 생활에 급급해서 계속 떨어지는 삶의 질에 대해 한숨을 쉬었다.

이때 난 한 방 날리고 싶었지만 인격의 힘으로 참았다.

그러니 머리 좋고 눈치 빠른 남자들은 우리 남편처럼 덜컥 결혼하지 않고서도, 가히 결혼 후에 벌어지는 자유의 속박 등 삶의 여유에 관한 것에 대해 이미 알고 있을 것이다.

사랑하면서도 결혼을 회피하는 남자, 주저하며 망설이는 남자의 심리는 이렇게 분석해보니 당연하게 느껴지지 않는가.

그런데 남자들은 우리 여자들과 조금 다른 면이 있다.

가장으로서 남편으로서 부담스러움과 어려움을 말하면 왕멍청이가 되는 줄은 알고 있어, 절대 남들 다 지고 있는 자신의 책임에 대해서 엄살 부려선 안 된다고 생각하는 듯하다.

참 신통하고 다행스러운 일이다.

여자들이 결혼생활의 불만을 하소연과 눈물 콧물 수다꽃으로 피울 때에 남자들은 자신들의 결혼생활에 대한 불만을 가시 삼키듯 꿀꺽 삼키고 말도 없이 눈만 껌뻑인다.

결혼 안 한 영리한 총각들은 아마 그 사실, 삼키기엔 좀 힘든 그 가시가 도사리고 있는 결혼에 대해 이미 눈치챈 게 아닐까.

그런데 이런 남자들의(사랑을 하면서도 결혼을 겁내는 남자들의) 심리를 백분 이해한다 해도 이 남자 아니면 안 되겠다 싶은 여자들은 그러면 어떻게 할 것인가.

죽어도 이 남자 아니면 처녀귀신으로 살려고 생각되는 정말 좋은 남자가 나타났다면 이럴 때에 여자들의 양상은 크게 두 가지로 나타난다.

1. 착하고 미련한 여자

비련의 여주인공과 슬픈 사랑노래 가사 모음집 같은 얼굴로 눈물만 주르르, 밥도 안 먹고 혹은 신경질을 내며 주위 사람을 못살게 군다.

2. 나쁘고 쿨한 여자

상황 타개의 전략을 짜느라 잔머리를 마구 돌린다. 머리 돌리느라 힘들어서 밥도 많이 먹고 힘도 세진다.

그럼 착하고 미련한 여자는 슬픈 노래가사나 만들게 놔두고, 쿨한 나쁜 여자가 '맘에 드는 남자 때려잡아 결혼식장에 끌고 가기'를 위한 대연구를 해보자.

1. 질투심을 일으켜라

그저 뭐니뭐니 해도 남녀 사이를 확실하게 불붙게 만드는 것은 질투심.

확실한 예를 들어보라구?

나 대학 졸업하고 나서 백수시절을 즐길 때에 인간성 좋은 친구에게 남자친구를 소개받아서 일요일이면 친구 커플과 네 명이서 놀러다녔다. 내 친구의 남자친구는 인물도 훤하고 늘씬하고 그랬지만 소개받은 내 남친은 전혀 남의 시선 신경 안 쓰고 안 생긴 남자였다.

그래도 그 당시 최고의 회사에 다니는 엘리트 직장인이라는 점이, 남자의 인물보다 그외의 요소들을 은근히 중히 여기던 영악한 나의 호기심에 걸려들어 일요일이면 어김없이 만나서 놀러다녔다.

그렇게 여름과 가을을 산과 들로 네 명이 신나게 다녔는데 하루는 내 친구가 근심스럽게 내게 고백한다.

"나쁜아, 나 청혼받았어. 어떡할까?"

뭐라구? 으윽, 이럴 수가⋯⋯. 벌써 청혼을?

언제나 넷이서 다니느라 자기네 둘이 가질 시간도 없었거늘, 난 나의 안 생긴 남친과 나 사이처럼 그냥 맹숭한 사이인 줄 알았는데, 그들은 벌써 프로포즈를 하는 사이?

그런데 놀라움과 함께 은근히 약이 오르는 거다.

아니, 이 화상은 뭐 하고 있는 거야. 인심 써서 일요일마다 함께 들로 산으로 다녀주고 있는 내게 프로포즈도 안 하고 뭐 하는 거냐구.

그러니까 똑같은 기간 동안 데이트를 하면서 내 친구는 잘생긴 남자에게 열렬한 청혼을 받고 난 안 생긴 남자에게 그나마 못 받은 거다.

그야 물론 그 인간이 청혼한다고 결혼할 의사는 전혀 없지만 그래도 기분이 나빴다. 쓸데없이 착하지는 않지만 쓸데없는 데 질투심이 많은 나는 청혼받은 친구가 부러워서 속이 부글부글 타올랐다.

마치 똑같은 기간 동안 과외공부를 하는데, 한 아이는 성적이 쑥 올라가고 난 빵점 시험지에 도로아미타불인 것 같은 기분이다. 남자에게 청혼받으면 갑자기 공주가 되기라도 하는 것처럼 철딱서니 없는 나는 친구의 고백에 부러움과 함께 자존심도 파삭 구겨지고 있었다.

난 홧김에 언제나 일요일이면 만나는 네 명의 약속에 안 나갔다. 영문도 모르는 짝 없는 남친은 어디 아프냐며 우리집에 전화를 했다.

"아니, 나 오늘 중요한 소개팅 있어!"

"······."

그러고 나서도 다음 일요일도 함께 가자는 친구의 성화를 뿌리치고 일요일 우아하게 고독을 씹었다.

그런데 그 다음 일요일 저녁. 그 남친은 혼자 우리 동네 근처에 와서 약간 심각하고 낮은 목소리로 만나자고 전화를 한다. 난 거만하고 우아하게 느지막이 그가 기다리는 집앞 동네 카페에 갔다.

아니, 그런데 이 인간, 술을 벌컥벌컥 마시고 있질 않은가.

"나쁜아, 저번 주에 소개떵한 넘자 마메드러~?"

혀도 약간 꼬인다.

"응, 그런 것 같애."

난 거기다 한술 더 떠서 하지도 않은 소개팅 얘기며 온갖 명랑 푼수를 다 떨었다. 남친은 아무 말 없이 묵묵히 앉아 있더니 드디어 입을 연다.

"그넘 만나지 마~. 우리 결혼하자."

"미쳤어? 벌써 무슨 결혼을……."

"나쁜아, 사랑해. 제발 나랑 결혼하자~."

(음음허허, 나도 이제 청혼받았다. 낼 친구에게 자랑해야지.)

그래도 이런 경우엔 영화에서 보면 여자들이 진지하고 사뭇 놀라듯, 그러나 사려 깊어 보이더구면. 난 청혼을 받은 승리의 기쁨에 너무 신나서 웃음이 키득키득 나오는 걸 참느라고 내 허벅지 살을 꼬집어 뜯었다.

그때 그 남친, 그후에도 제법 진지하게 결혼하자고 해서 나를 즐겁게도 미안하게도 했었는데, 이 모두 내가 다른 남자 만나서 잘 나가는 줄 알고 약 오르고 질투가 나서 그랬던 거다.

그러나 결혼에 대해선 아예 관심도 없었던 난 그걸로 됐다. 그걸로 난 청혼 못 받은 나의 열등감을 해소하고 속 끓던 것도 말끔히 없어졌다.

물론, 나는 그와 결혼을 안 해서 더 좋은 남자 만나 결혼해서 떵떵거리고 자~알 산다.

(이 글을 읽을지도 모를 남편의 반응을 의식한 것이 절대 맞음.)

먹기 싫은 과자도 누가 먹으려면 더 먹고 싶은 심리는 음식도 진로도 연인도 마찬가지다. 결혼 생각 없이 어리버리하게 구는 남자, 그러나 놓치고 싶지 않은 남자에게 이런 질투요법을 한 번 써보는 건 어떨까나.

2. 구원의 여신상처럼 군다.

나도 이 방법은 안 해봐서 자신이 없는데, 남자보다 더 능력있고 속이 깊어서 남자의 정신적 지주가 되는 거다. 남자가 완전히 정신적으로 물질적으로 의지해서 나 아니면 못 살아가게 만들어버린다.

그러나 일단 남자와 결혼만 하고 나면 완전히 본색을 드러내도 좋다.

3. 혹은 시댁 식구와 시부모님을 내 편으로 만든다.

시댁 식구들 맘에 쏘옥 들게 참하고 싹싹하게 굴어서 시부모님이 결혼하라며 압력을 가하게 만든다. 물론 이번에도 결혼하고 나면 싸가지의 본색을 드러내며, 이에 실망하는 남편과 시댁 식구에게 강력한 배째 정신으로 임한다.

4. 그도저도 안 되면 애를 하나 낳는다.

별로 권하고 싶은 방법은 아니지만 위의 1, 2, 3의 방법을 다 써도, 그래도 정 말을 안 듣는 독한 남자라면 마지막 비장의 카드를 쓸 수밖에.

어느 날, 날 잡아서 은밀히 기절하는 약을 먹여서 끌고 가서 함께 잔다. 그리고 임신한다.

(임신이 잘 안 되면 몇 번 더 약을 진하게 먹여서 그 남자와 자꾸 잔다.)

애를 낳아서 들쳐업고 "애기 아빠~" 이러면서 남자를 매일 따라다닌다. 이래도 결혼 안 하는 남자 있으면, 그 다음엔 나도 잘 모르겠다.

엄청난 부작용이 따르는 위험이 있으니 방법 4번까지 가기 전에 딴 남자 알아보는 것이 나을 수도 있다.

Sweet Home은 과연 sweet한가

가화만사성.

수신제가 치국 평천하.

Oh! My Sweet Home.

가정의 행복은 모든 것에 우선한다는 무수한 표어는 실은 우리에게 스트레스다. 행복한 가정을 이루지 못하는, 이혼을 하거나 부부 사이가 안 좋은 사람들을 싸늘한 시선으로 대하는 근거가 되기도 하며 가정에서 불행한 사람들은 가정에서의 스트레스와 함께 사회적인 스트레스까지 감내해야 한다.

결과는 가끔 원인을 만든다

직장이나 사회에서 실수를 하거나 분쟁이 생겨 좀 모질게 군다 싶으면 성질이 저러니 부부 사이가 안 좋지……. 역시 가정이 원만하지 못

하니 성격에 문제가 있다니깐. 쟤네 부모는 이혼했다지 아마? 어쩐지, 애가 좀 이상하고 정서가 불안해.

엉뚱하게도 문제의 해석을 지네들 멋대로 가정에다 꿰어맞춘다.

그래서 웬만해선 집안의 시끄러움을 사회에 알리지 마라가 된다. 그러나 과연 제 집안 잘 다스리고 남는 시간에 치국평천하할 사람이 어디 있으며, 가화가 만사성이라 해서 집안 화평할 일에만 매달리면서 다른 일을 어찌할 수 있을까?

그렇다면 집안 못 다스리기로 유명한 소크라테스나 링컨 대통령은 어떻게 그들의 업적을 이뤘을까.

오히려 통계적으로 볼 때 불행한 가정에서 어려움을 겪으며 훌륭하고 위대한 업적을 이룬 이들이 평화롭고 행복한 가정의 평범한 이들보다 훨씬 많다. 혹은 정상적이고 화목한 가정의 아이보다 편부편모 슬하에서 자라도 더 독립적이고 사려 깊은 애들이 많다.

따라서 가화만사성, My Sweet Home은 우리의 지향하는 바이지 사회적 성공이나 인간완성의 조건이 되지는 못한다.

그렇다면 왜 우리는 온전한 가정과 스위트홈을 그리도 목청껏 외치는 걸까? '온전하고 화목한 가정(적어도 외부에선 그렇게 보이는)'에 숨어 있는 음모를 찾아보자.

우리의 과거 지배체제는 유교에 기반을 두었다. 그 이유가 그 시대에 가장 효과적인 지배체제이기 때문인 것은 누구나 다 아는 사실.

그 시대에는 가부장제도로 잘 정리된 가정이 국가체제를 유지시켜주는 국가의 기본단위 구실을 했다. 그래서 가장에게 막대한 권위를 실어 줬고 지배체제는 각 가정의 대장격인 가장 하나만 잘 꿰고 있으면 되는 거다. 따라서 가정을 유지하고 화목하게 하기 위해선 가장에게 가정 구성원의 생사여탈권 같은 도덕적인 권력까지 부여했다.

그 가정을 유지하기 위한 일련의 행동강령이 있었으니…… 칠거지악,

출가외인 등 대개 여자들이 인고의 세월을 견뎌야 유지되는 것들이었는데, 그것은 이 시대까지 우리의 문화적 유전자를 타고 내려와 가정이 유지되기 위해선 무엇보다도 여자의 희생과 인내가 필수가 되고 말았다.

물론 아직도 국가는 가정이란 최소단위의 세포로 구성되어 있음은 변함이 없다. 그러기에 국가 입장에서 원만한 세금징수와 노동력 확보 및 국가유지에 여전히 각 가정의 가화가 중요하고 수신제가가 필요하다.

Sweet Home이라는 허상

서양의 Sweet Home이야말로 가장 최근에 만들어진 말이다. 산업혁명 이후 서양의 산업은 대량생산 체계로 들어섰고 이는 대량소비를 불러내야만 했다. 그 대량소비를 불러내는 최적의 단위로서 가정이 있었다.

수없이 쏟아지는 가전제품, 자동차, 각종 공산품들을 소비시키기 위해선 가정이란 단위는 필수불가결했기 때문이다. 그래서 행복한 결혼, 가정의 이미지는 소비재 광고의 최적의 모델이었던 것이다. 따라서 아무렇지도 않은 Home 위에 달콤하고 즐거운 Sweet를 얹어서 Sweet Home이란 멋진 단어를 만들어낸 것은 서양의 대량생산과 맞물리는 일이다 .

우리는 교육에서 수신제가해야 한다고 배워왔고 연일 TV에선 Sweet Home을 노래하는, 남녀간의 사랑을 지상최대의 낙으로 그리는 드라마를 보고 있으며 그렇게 세뇌되어서 살아간다.

그래서 행복하지 못한 가정 앞에서 수신제가를 하지 못한 죄책감에 떨어야 하고 Sweet Home이 아닌 자신의 가정에 불행감을 더욱 느껴야 하며 더욱 초라해지고 더욱 자신의 무능함에 어깨가 늘어진다.

그런데 정말 달콤한 것에는 '달다'는 수식어가 붙지 않는다. Sweet Honey, Sweet sugar라고 하지 않듯 길가의 과일 파는 아저씨만이 자신의 과일을 꿀맛 참외, 설탕수박 운운하며 팔고 있다. 대개가 이런 과일 먹어보면 달지도 않다.

역시 Home은 달지도 쓰지도 시지도 않은 맹물 맛이건만 산업사회의 얄팍한 상혼은 맨송맨송한 Home에 Sweet란 달콤함을 얹은 합성어를 만들어내 엄청난 마케팅 전략을 펼쳤다.

우리는 그들의 Sweet Home 작전에 말려서 자신의 조그마한 가정의 불만이나 가정불화에도 울고불고 치고 패고, 그 불행에 몸을 떤다.

행복하려면 자격을 갖춰라

사막에서 사는 동물 중 기막히게 알뜰히 수분섭취를 하는 동물이 있다. 비라곤 한 방울도 없이 햇빛만 내리쬐는 열사의 사막에서 그놈은 새벽이면 모래 위에서 움직이지도 않고 한참을 가만히 서 있는다. 일교차가 큰 사막에서 새벽에 내리는 서리를 온몸에 맞기 위해서다.

그리곤 혓바닥을 날름거려 한 방울의 물기라도 싸그리 싹싹 핥아먹는다. 자신의 눈꺼풀에 달라붙은 서리의 수분마저 알뜰히 닦아 먹고는 수분에 배가 그득 불러서 사막에서 행복하게 살아간다.

거기다 그놈은 한낮에 볼일 보러 다닐 때면 열기 때문에 뜨거운 모래 위를 한 발로 서 있다간 얼른 다른 발을 내려놓고 번갈아 가면서 깽깽이로 모래 위에 서 있다.

사막의 뜨거움을 이겨내는 법, 바로 통점을 최소화하는 거다. 결론은 그 동물은 사막에서 살 자격이 있다.

그러나 새벽녘 물기를 핥아먹을 알뜰한 혓바닥도 없다면, 지지리 궁상맞게 깽깽이로 발을 바꿔 서 있는 짓은 죽어도 못 하겠다 싶으면 짐 싸서 사막을 떠나는 방법도 있다.

세상은 참으로 선택의 길이 무궁무진하다.

그래서 내 체질에 맞는 물 좋고 기후 좋은 곳으로 가면 된다.

그러나 나 하나 행복하기 위해서 사막을 강물이 철철 흐르는 그런 곳으로 바꾸는 것도 불가능하지만 내 체질에 따악 맞춰서 배고프면 입 쩌억 벌려서 음식이, 목 마르면 맑은 물이 쏟아지는 그런 낙원을 찾기도 힘들다. 마치 내가 살아가기에 딱 좋아서 집에만 들어서면 온가족이 나를 무척 사랑스러워하며 내 맘처럼 내 말을 잘 듣는, 나라면 끔뻑 죽는 가정은 그저 이상적인 것처럼.

따라서 행복한 가정을 갖추기 위한 자기 계발을 좀 해두는 게 좋을 듯 싶다. 불행을 느끼는 감각은 좀 무디게, 그래서 통점을 최대한 누그러뜨릴 것이며 행복을 느끼는 감각은 최대한 예민하게, 그래서 조그만 기쁨도 내게 행복으로 다가와 오래오래 느낄 수 있게……. 바로 사막의 그 작은 동물에게서 한 수 배우는 거다.

치사하게 동물에게서 배우는 게 좀 자존심 상하다면, 요즘 세탁기 광고에서 나를 약간 닮은(?) 고소영의 말에서 한 수 배우는 건 어떨까.

그녀가 흰 털스웨터를 품에 안고 하는 말, '오래오래 느끼고 싶어서'처럼 불행을 느끼는 감각은 좀 무디게, 그래서 통점을 최대한 누그러뜨릴 것이며 행복을 느끼는 감각은 최대한 예민하게, 그래서 조그만 기쁨도 내겐 행복으로 다가와 오래오래 느낄 수 있게……. 고통이나 불행은 최대한 안 느끼고 행복만 오래오래 느끼면 되는 거다.

누구의 탓인지 잘 안 된다 싶어 가정이 삐걱거릴 때 그래서 외로워질 때 그 삐걱거림에 그리 생난리를 치며 절망과 불행을 느낄 필요는 없다고 본다. 가정의 행복은 개인의 이상일 뿐 개인의 목적은 아니기 때문이다.

개인의 행복. 그것은 행복한 가정 안에서 찾을 수 있지만 결코 같은 것은 아니다. 개인의 행복은 극히 개인적이기 때문이다.

그러니 속지 말자, '수신제가'. 다시 보자, '스위트홈'.

5

Main Game

- 결혼 그 이후

결혼행진곡과 멈춰진 시계

지금은 엄청 중하게 여기는 남자의 외모와 돈. 미혼의 나에겐 이런 건 별로 중요치 않았다. 내가 그 분야에 신경 끊은 줄을 어찌 알고 인연의 끈은 내게 우연히라도 돈 많고 잘생긴 남자에겐 이어주질 않았다.

미팅에 나가도 내게만 제일 후줄근하고 빈티 팍팍 나는 남자만 걸렸고 따라서 나와 차라도 마신 인간들은 거의 가난뱅이에 키는 난쟁이 똥자루. 얼굴은 눈 두 개, 코, 입 각각 한 개씩. 개수만 충실히 겨우 채운 화상들이었다.

그러나 그런 억울함에도 불구하고 꿋꿋이 처녀 시절을 보낼 수 있었던 이유가 있으니, 오로지 내가 남자에게 돋보기 바짝 주워들고 눈여겨 본 것은 그 남자의 머릿속이었기 때문이다.

여름 한철 수박 고르듯이 머리통을 두들기고 굴려봐서 속이 꽉 찬 수박통 고르느라 재력과 외모의 조항은 별 신경을 쓰지 않았지만 가난뱅이에 못생긴 것, 키 작은 건 용서해도 무식한 건 용서가 안 되었다.

대충 말을 나눠봐서 함량과 성분이 부족하다고 생각되면 뒤도 볼 것

없이 굿바이를 고하거나 그런데도 눈치없이 따라나서는 남자에겐 무안을 줘서 "이쁘지도 않은 주제에 성질도 더럽다"는 뒤통수치는 소리를 간간이 들어야 했다. 물론 내 쪽에선 가슴이 쿵당거리며 호감을 가져도 나를 밥맛 없어하는 남자들도 더러 있었다.

이런 특이한 수박 취향의 나는 그 동의할 수 없는 '결혼 적령기'란 것에 접어들면서 우연히 연하의 남자와 연애를 하게 되었고 당연히 이를 결사반대 하는 울 엄마. 도저히 나를 자연발생적으로 시집가게 놔뒀다간 동네 창피하고 기절할 만한 이상한 결혼을 할 거라는 판단 아래, 그동안은 별 관심 없던 울 엄마는 머리에 띠만 안 둘렀지 딸년 시집보내기 프로젝트에 목숨 건 듯 보였다.

그래서 난 도살장 가듯이 질질 끌려 다니는 가면무도회, 즉 이름하여 '선'이란 걸 보기 시작했다.

그 길고 긴 두세 달 가량의 '나쁜 여자 시집보내기 범국민운동'은 전국의 중매쟁이 네트워크가 총동원되었고 울 엄마는 오전 내내 마담뚜와 전화통을 끌어안고 통화하는 새로운 취미생활의 장르를 개척했다.

살짝 엿들어보면 웃다가 뒤집어질 내용들이었는데, 울 엄마왈, "우리 애는 순진하고 연애 한 번 안 해봐서 남자라곤 암 것도 모른다우……."

불쌍한 울 엄마. 딸을 어떻게든 시집보내려고 아부도 하고 사기도 치고 당신이 좋다고 생각하는 거짓말은 모두 발라서 나를 양가집 규수라고 뻥치고 있었다.

아마도 어떤 연예인 안 부럽던 호사스런 시절은 다시 오지 않으리. 난 그 시절 평생 내 돈으론 투자하지 못할 패션에 대한 아낌없는 지원을 엄마에게 받았다. 구두, 핸드백, 옷, 액세서리, 화장품, 거기에 디데이를 앞둔 날은 피부미용실과 미장원 행차가 있었고 엄마는 혹여 내가 기분이라도 상해서 도망이라도 갈까 봐 생글생글 이쁜 소리로 내 비위를 맞췄다.

하긴 그도 그럴 것이 우리집은 아들도 없는 딸만 달랑 둘 있는 집이었고, 어쩌다가 친척 어른들이라도 모이는 날이면 언제나 귀아프게 듣는 말들은 "에잉～ 저것이 고추라도 터억 달고 나왔으면 얼마나 좋았을고…… 쯧쯧"이었다.

울 할머니는 엄마가 남동생을 낳기를 바라서였는지 어릴 적 내게 남자애들 옷을 주로 입히셨다. 짧은 쇼트머리에 바지. 운동화도 아톰이 그려진 남자아이 취향의 것으로. 언뜻 보면 영락없는 사내애였던 고로 뜀박질을 하다가 넘어져서 울면 뒤에서 길 가던 아저씨의 소리가 들렸다.

"사내녀석이 벌떡 일어나야지! 계집애처럼 울긴!"

여하튼 아들도 없는 우리집에 울 엄마는 내가 번듯한 남자를 만나서 아들 없는 대신 사위로 보상을 받으려고 했을 거다. 그러니 엄마에게 있어서 나의 결혼은 비장한 부동산 매매, 그 이상이었다.

난 엄마의 기대에 부응하는 것이 딸인 내 인생에도 도움이 될 뿐더러 엄마가 만족해하는 얼굴이 보고 싶었다. 그래서 내가 없는 고추로 아들 노릇을 못하는 대신 엄마의 맘에 드는 남자와 결혼하는 게 장녀된 도리이기도 할 거라고 생각했다.

조건 좋은 남자와의 결혼으로 난 안락한 일생, 엄마는 뿌듯한 딸장사. 이를 일컬어 꿩 먹고 알 먹고, 누이 좋고 매부 좋고, 딸 좋고 엄마 좋고가 아닌가.

주말이면 때때옷 차려 입고 호텔 커피숍으로 행차하는 나날들이 이어지고 울 엄마도 나쁜 여자 엄마 아니랄까 봐 별 거지 같은 조건들을 다 들고 나왔다.

"신랑감은 괜찮은데 그 엄마되는 사람 눈 봤니? 에그그, 너 그 집에 시집갔다간 시애미 등쌀에 죽어나겠더라."

내 보기엔 멀쩡하게 앉아 있던 남자 쪽 엄마가 맘에 안 들어서 안 되고 어떤 남자는 너무 키가 작아서 안 되고(울 엄마는 나와 반대로 무지 외모에 신경을 쓴다. 따라서 울 아빠는 캡 미남이시다.)

그러다가 선보는 것도 이제 이골이 나서 제법 세련된 맞선매너를 터득하게 될 무렵 팔자 사나운 남자가 하나 걸려들었으니 울 남편이다.

울 남편은 미남도 아니고 체격도 왜소한 편인데 울 엄마가 한눈에 뽕 간 걸 보면 역시 인연인 듯하다. 울 엄마는 당신이 시집이라도 가는 듯 울 남편을 맘에 들어했고 난 그런 엄마에게 인심이라도 쓰듯이 결혼을 결정했다.

그 당시 내게 있어 결혼은 누구나 거치는 할례와도 같거나 병역의 의무처럼 싫든 좋든 해치워야 하는 행사와도 같았다. 유학생과 결혼해서 미국으로 훌훌 날아가서 나도 공부하고 더군다나 남편의 전공은 앞날이 창창한 분야였고 말을 나눠보니 그런 대로 내가 밝히는 수박도 잘 익은 것 같았고 나를 보자마자 좋아하는 걸로 봐서 여자 보는 눈도 쓸 만한 것 같고.

울 남편이 나를 보자마자 헤벌쭉 입이 벌어진 이유인즉슨, 내가 그리도 참하고, 예쁘고, 교양 있고, 명랑하고, 지적으로 보이더라나. 하긴 장가가게 하는 마법의 콩깍지를 뒤집어쓴 남자가 오죽할려고. 그러니 내안에 감춰진 뻔뻔스런 배째정신과 음흉한 꼬장정신 그리고 뒤통수 잘치는 나의 숨겨진 취미생활까지는 확인하지 못한 것 같다. 으흐흐흐흐흐~.

그러나 콩깍지 뒤집어쓴 건 나도 마찬가지였다.

선에서 결혼식까지의 거리와 속도를 최대한 생략, 초스피드를 자랑하며 또한 나는 내 신랑감으로 엄마를 만족시켰다는 효도의 극치감을 느끼며 울 남편은 자기가 좋아하는 스타일의 여자에게 장가든다는 야무지고 허황된 착각을 하며 그렇게 웨딩마치는 울렸다.

그. 런. 데……·.

그렇게 요란뻑적지근한 결혼을 하고 난 후, 난 비로소 내가 택한 결혼을 통한 여자의 삶이 어떤 것인가, 스스로의 질문과 답을 하는 모노 드라마를 시작하게 되었다.

이제껏 왕수다를 떨어서 잘 알다시피 우리는 죽도록 사랑해서 결혼을 한 사이가 아니다. 난 좀더 안락하게 살아보겠다고 사랑하는 남자를 패대기치고 장래가 유망해보이는 유학생 하나 잡아서 후다닥 올린, 머리 굴린 결혼이었고 울 남편은 총각으로 외국에서 남의 여편네 짝사랑하다가 그 여자와 비스무리하게 생긴 나를 만나서 꿩 대신 닭 잡는 심정으로 했을 터이니 우리의 신혼은 사뭇 분위기가 서먹했다.

그런데도 아이는 결혼식만큼 초스피드를 자랑하듯 찾아왔으니 우리 부부는 둘 다 생식 방면에는 성능이 꽤 우수했던 것 같다.

남편은 열심히 공부했다. 나 역시 이 땅의 여자들 혈관에 흐른다는 현모양처의 유전자가 내게도 있었는지 남들에게 추앙받는 착한 아내와 아이 잘 기르는 엄마의 길을 걷고 싶었다. 내가 누구의 아내로 불리는 것이 새삼스럽고 주부의 일이 재미있었다.

내게 이제 시계나 달력은 특별한 의미가 없었다. 매일 색다른 요리로 식탁을 차리고 남편을 놀래줄 집안 단장으로 하루가 멀다하고 몇 개 안 되는 가구를 낑낑거리며 옮겨보고 그러다가 삐끗해서 어깨에 허리에 파스 붙이고 누워서 엄살떠는 나의 새댁 시절은 그렇게 물 흐르듯 흘러갔다.

애틋한 연애감정 없이 시작한 결혼생활이지만 난 핑크빛 신혼을 만들려고 노력했다. 남들이야 부르르 떨며 닭살을 긁건 말건 유치가 찬란한 하트 모양 주먹밥을 만들어 남편의 점심을 배달하고 시도 때도 없이 뱃속에 든 아이에게 그림책 읽어주던 그 시절의 기억은 특별하다.

난 그 시절 멈춰져 버린 시계와 절대 넘어가지 않는 달력을 붙인 채 평생 산다 해도 별지장이 없을 듯했다. 왜냐하면 시간이 내게는 그리 중요한 게 아니었으니까.

째깍거리며 초침과 분침이 수없이 돌아가서 달력을 한 장씩 넘기고 남편은 모든 어려운 과정을 무사히 마치고 박사가 되었다. 아이는 이제 종알거리며 팔딱팔딱 뛰어다녔다. 남편은 남들이 부러워하는 직장도 생겼고 아이는 또래 애들보다 성장도 빠르고 영리했다.

그런데 나는? 내게는 어떤 변화가 있었을까? 난 처녀때보다 극성 맞아졌고 생활에 더욱 민감해졌고 요리를 잘할 수 있게 되었고 아내이고 엄마가 되었다. 그러나 그동안 내 안의 시계는 멈춰져 있었다.

남편과 아이가 나의 멈춰진 시간을 먹고 그 위에서 공부를 하고 자라났을까? 나의 멈춰진 시간이 그들의 피와 살이 되었으니 그들은 나의 화신이며 분신일까?

그럼 당연하고 말고. 나의 수고가 없는 남편과 아이는 고무줄 없는 팬티, 고기 없는 햄버거, 새우 없는 새우버거라고 나를 추슬렀다.

그러나 매일 똑같이 반복되는 나의 일상들은 가끔 나를 우울하게 만들었다. 식사준비와 집안청소, 빨래, 장보기. 특별하게 생색낼 수 없는 일들이면서 조금이라도 소홀하면 그 결과는 심각해지는 일들뿐이었다.

그들에게 나는 일용할 양식을 차려주는 사람이고 아침이면 양말과 속옷을 집어주고 그외에도 나열하면 밤을 지새울 만큼 치사하고도 중요한 것들을 책임지는 사람이었다.

그렇게 멈춰진 시간 속에서 십 년이란 세월은 금세 갈 것이고 이십 년도, 삼십 년도, 휘리릭~.

난 지금 이 상태에서 내가 중년의 아주머니에서 팍삭 꼬부라진 할머니가 되는 날들이 훤히 보였다. 세월이 흐르면 남편과 아이는 그의 쉼 없는 시간 속에서 자신의 영역을 확보하고 나름대로 자리를 잡아갈 테고 특히 아이는 저 혼자 우뚝 설 것이다.

그들이 나를 더 이상 필요로 하지 않는 그때 즈음, 그때 가서 나의 시계에 태엽을 감는다면, 그때 다시 나의 시간이 주어진다면 난 무엇을 할 수 있을까?

세월과 이미 유리된 존재인 내가 그때 가서 나만의 나를 다시 찾는다는 것은 아마 잔인한 현실이 될 것이다. 내 쇠잔하게 사그라진 육신과 멈춰진 내 성장점은 나를 위한 어떠한 시도를 하기엔 아마 벅찰 것이다. 난 자신이 없어지고 내가 그린 안전한 동그라미 안에서 움직이고 싶지 않을 것이다. 우물보다 작은 내 세계 안에서 답답하더라도 그 이외의 세계는 겁이 날 테니까.

그때가 되면 내 스스로의 존재감을 느끼기 위해서라도 남편과 아이에게 끊임없이 내가 필요해지길 바라지는 않을까? 그래서 난 조그만 일에도 남편과 아이에게 서운함을 느끼고 소외감을 느끼게 되지는 않을까?

별 개코같은 일에도 예전 같지 않게 쓸쓸해하던 울 엄마와 할머니를 주책이라고 손가락질했었고 노망이라고 몰아세웠던 기세등등하던 나는 그제야 하나씩 퍼즐 조각을 맞추듯 할머니와 엄마의 그 이상한 우울을 이해해나갔다.

그들의 인생이 그들이 주체가 아니었음을, 세월이 비껴간 후에 오는 세상으로부터의 소외와 상대적으로 작아지는 자신의 존재감에 그들은 서글퍼했으리라.

난 안톤 체홉의 『귀여운 여인』이 떠올랐다. 사랑하는 남자가 그녀의 인생의 주체가 되어, 언제나 그의 가치와 사고로 사물을 판단하던 그녀는 남편이 죽자 그 주체가 아이로 바뀐다. 귀여운 여인, 그녀의 인생에서 주인공은 남편과 아이였고 그녀는 언제나 조연이나 관객이었을 뿐 그녀의 인생에는 그녀가 없었다. 붕어빵엔 붕어가 없고 밀가루와 앙꼬만 있듯이.

루이제 린저의 소설 『다니엘라』. 난 한때, 행복이 예정된 약혼식에서 샴페인 잔을 집어던지고 갑자기 가출해버리는 여자, 다니엘라를 팔자에 없는 고생 사서 하는 정신나간 여자라고 생각했었다.

그러나 이젠 절절이 이해가 되었다. 할머니도, 엄마도, 귀여운 여인도, 다니엘라도. 그들은 내가 가는 똑같은 길을 먼저 걸었던 선배들이었다.

그들의 결혼 후 멈춰진 벽시계는 내 집 거실에도 걸려 있었고 따라서 그들의 사그라진 육신과 좁아드는 세상은 내 앞날의 예고편이었다.

난 남편이 없이도 아이가 없이도 '나'이다. 그들이 나를 필요로 하고 나 또한 그들을 필요로 하며 동아줄처럼 억센 사랑으로 연결된 사람들이라 해도 그들이 나는 아니다.

날마다 나 이쁘다고 엉덩이 두들겨주는 남편과 유난히 잘난 내 아이를 내 인생의 주인공으로 삼고 혹여 어느 날 갑자기 이쁘다던 내 엉덩이가 오리궁둥이라며 변덕부릴지 모를 남편, 다 커서 이젠 엄마 없이도 잘 살 수 있으니 간섭 말아 달라고 반항할 수도 있을 아이를 보며 인생의 허무와 절망을 느끼고 싶지 않았다.

여자는 남자에게 무엇을 바라는가. 여자는 남자에게 그녀 대신 사회적으로 성공하고 부와 명성을 얻어내어 그녀가 스스로 얻어낸 것처럼 누릴 수 있기를 바라고 또한 남자에게 변함 없고 꺼지지 않는 애정을 얻어내고 싶어한다.

그런 요행이 주어진 여자의 일생과 주인 잘 만난 애완견의 일생과는 어떤 차이가 있을까. 불행히도 별 차이는 없어 보인다. 그럼 여자란 애완동물의 일종으로 남자에게 사랑받는 기술 하나만 터득하면 성공한 인생이 될지도 모르겠다.

그렇다면 난 재미 더럽게 없지만, 편하긴 왕 편안한 애완동물의 삶도 좋지만, 고생스럽더라도 내가 주인공을 하는 주체적인 내 인생을 택하고 싶다.

그러나 솔직히 말하면 나는 내 안에 지닌 심각한 애완동물 성향에 놀라곤 한다. 그래서 난 남자에게 사랑받는 것에 너무나 연연하는 통에 가끔 내 갈 길을 내 할 일을 엉성하게 한다.

여자는 남자에게 무엇을 바라는가. 남자에게 전혀 바라는 것 없고 독립적이며 남자의 사랑 없이도 씩씩하게 잘 살 수 있다고 해야 이 시대의 의식 있는 멋진 여자가 되려나.

그러나 난 남자에게 여전히 바라는 게 많다. 남자의 찐하고 숨막히는 사랑도 그리고 그의 손에 쥐어진 다른 것도 다 원한다.

그런데 그것을 얻기 위해 내 안의 중요한 것을 대가로 치러야 한다면, 그 대가로 내 인생의 거실에 멈춰진 시계를 걸고 살아야 한다면 난 그런 남자의 이기적인 사랑을 못내 아쉬워하며 안타까운 마음으로 사양하겠다.

싸가지 남편 대처하기

그렇게 요란적적한 선을 봐서 나는 유학생이던 남자와 결혼을 했는데, 정드는 건 고사하고 어찌나 집에서 등 떠밀어 후다닥 간 시집인지 결혼 후에 한참은 낯설어 신랑이 방으로 들어오면 부엌으로 가고 부엌에 따라 들어오면 거실로 어색해서 피해 다니곤 했다.

그런 와중에 임신을 했다. 남편은 자신 하나 추스르기에도 힘든 학생 신분에 결혼이랍시고 하고 거기다가 결혼식 하자마자 아이까지 떠억 생겼는데 딴 남자들은 드라마에서 봐도 다들 좋아하더만 이 남자는 알 만큼 아는 여자가 피임할 줄도 모른다고 나의 무식에 두 발을 들며 고함을 쳐댔다.

우리 둘 다 무식하긴 마찬가지인 것이 한 번도 가족계획에 대해 상의조차 안 해본 것이었다.

일명 허니문 베이비로 우리의 첫 아이는 그렇게 반갑지 않은 손님으로 우리에게 왔다. 남들은 축하 샴페인을 터뜨리는 일에 우리는 고래고래 쌈질을 하고, 난 화가 나서 한국으로 오는 비행기를 탔다.

김포공항에 도착할 때까지 쉬지 않고 울어서 눈은 퉁퉁. 아버지가 반기지 않는 아이를 품은 여자가 되었으니 이 세상의 어떤 비극도 이보다 슬프진 않으리……. 물론 친정에는 입덧 때문에 집에 왔다고 하니 별로 이상해 보이지 않았다.

행여나 난 이 끔찍한 불행을 친구들이 눈치챌까 봐 연락도 안 하고 영화관의 조조 상영만 신나게 다녔다. 그거 말고 딱히 할 일이 없기 때문이다.

역시 백수를 대낮에 반기는 곳. 그리고 백수들이 안전하고 오랜 시간을 보낼 수 있는 곳은 영화관이다. 그때 나의 인생에 획을 그어주는 영화가 있었으니, 바로 「아웃 오브 아프리카」.

주인공 메릴 스트립은 그리 사랑하지 않지만 우연한 인연으로 아프리카에서 농장을 하는 남자와 결혼을 하게 된다. 서로 죽고 못 살아서 결혼한 게 아닌 것이 결혼동기도 나와 비슷했다.

메릴은 약혼남이 사고로 죽고 어영부영하다가 대타로 만난 남자와 급작스럽게 결혼을 한 거다. 그런데 결혼 후 남편을 따라 아프리카에 가보니 이놈의 신랑이 사냥 한 번 가면 6개월 후에나 오고, 거기다가 무서운 성병까지 걸려 우리의 메릴이 아이도 못 갖게 만드는 그야말로 갖출 걸 다 갖춘 불량남편이었다.

그 비극에 우리의 메릴은 절망하지 않았다. 남편이 내팽개치고 사냥을 떠난 커피농장을 일구고 원주민 아이들을 위한 학교도 만들고 열심히 그녀의 몫으로 내던져진 농장을 위해 불철주야 일을 했다.

그러던 중에 잘생긴 로버트 레드포드가 그녀 앞에 나타난다. 모차르트의 호른 협주곡을 배경음악으로 깔고 둘은 밥도 먹고 산책도 다니고 친구가 된다. 언제나 로버트는 메릴의 이야기에 귀를 기울여주고 메릴과 로버트는 둘도 없는 친구, 연인이 된 거다.

그러나 운명은 썩 인과응보에 충실하지 않아 보인다. 그녀의 굳은 의지에도 불구하고 커피농장은 불이나 잿더미가 되어버리고 나중에 메릴은 그녀의 농장에서 일하던 농부를 인수하는 조건으로 커피농장을 팔고 그녀의 고향으로 다시 돌아가게 된다.

그런데 내가 가장 슬펐던 부분은 그 다정하고 잘난 우리의 로버트가 비행기 사고로 죽은 것이다. 관객인 내가 봐도 슬퍼 죽겠는데 우리의 메릴, 그 의젓함, 그 당당하고 침착한 태도는 가히 금메달감이었다.

웬만한 영화 같으면 눈물, 콧물 찔찔 짜게 만들 대목이 부지기수로 많았건만 전혀 음악조차 청승맞지 않았고 오히려 나른할 정도로 아름다운 호른 협주곡을 배경으로 영화는 씩씩하게 슬프다고나 할까.

난 그 영화를 꼼짝도 않고 앉아서 두 번을 연속해서 봤다. 그리고 여자의 행복에 대해 생각했다.

영화 속의 메릴 스트립은 현실 세계의 나라는 생각이 들었다. 나 역시 지금 결혼, 임신을 했고 남편은 결혼한 여자의 당연한 임신을 악다구니 써가면서 반대하는 일명 불량남편이지 않은가.

난 스스로에게 아이를 낳아서 혼자 기를 수 있을 것인가를 질문했다. 때는 바야흐로 임신 3개월. 임신 3개월에 접어든 나와 아이를 반가워하지 않는 남편…….

이 상황에서,

1. 애를 낳아서 애를 들쳐업고 일하며 혼자 기를 것인가?

2. 아니면 애를 낙태를 하고 아무 일도 없었다는 듯이 '여보야, 나 다시 홀몸이야. 나 이뻐?' 하며 남편에게로 돌아갈 것인가?

3. 그것도 아니면 기왕 혼인신고에 잉크도 아직 안 마른 것, 화이트로 샤샤샥 지워버리고 싹수없는 남편 차버리고 도로 처녀로……. 이혼을 해버릴까?

생각이 많았다.

그런데 그 세 가지 해결의 실마리를 잡고 늘어질 때마다 마음속에 생기는 처음 경험하는 이상한 감정이 있었으니 다름 아닌 아이에 대한 애

착이었다. 입덧을 하고 신체에 이상한 변화가 생기는 것이 다 아이로부터 온다고 생각하니 아이는 뱃속에서 3개월이면 달걀만 하다고는 하지만 이미 나에게는 진짜 아기와 진배없는 것이었다.

친정에 와 있는 내게 남편은 미안했던지 애는 나중에 가질 수 있다면서 은근히 나의 색다른(?) 결단을 바랐다.

그러나 아침에 자고 일어나면 "아기야, 잘 잤니?"로 시작하는 나의 어설픈 엄마 수업은 이미 시작됐고 난 남편이 원치 않아도 애를 낳기로 결심했다. 임신은 나의 몸에서 일어난 현상이고 난 그 현상을 함께 만든 남편의 의사를 존중할 필요는 있지만 나의 몸은 역시 나의 것이었다. 그래서 또한 내 몸에 생긴 새 생명은 나의 의사에 전적으로 의지하는 것이다.

그럼 만약 이혼이라도 하게 되면 난 어찌 애를 키우며 살지? 까짓것, 내가 애 하나 못 먹여 살리겠어?

영화에 본 로버트 레드포드가 나타나면 얼른 잽싸게 결혼도 하고 나의 로버트는 공짜로 부록인 내 아기까지 얻는 것이니, 좀 좋아?

만약 애 때문에 나를 싫다는 남자라면? 그런 인간성은 살아봐도 별 볼 일이야. 내가 먼저 차버리면 돼.

그후로는 고민을 안 하기로 했다.

난 애를 낳기로 결심한 후로는 애한테 좋다는 것은 우적우적 뭐든지 먹었다. 울컥울컥 입덧을 하면서도 오히려 체중이 늘어났고 난 뱃속에 있는 애에게 책도 읽어주고 산수도 가르치는 유별스런 태교도 하고 임신 5개월이 된 후 남편이 있는 미국으로 다시 갔다.

친정에 있는 게 몸과 마음이야 편하지만 배부른 것도 보여주고 그래야 애에게 없던 정이라도 들 것 같아서다.

그러나 웬걸, 남편은 아직도 쩝쩝 입맛만 다셨다. 나이가 서른이 넘은 신랑은 "에잉~, 겨울에 스키도 못 타잖아. 애 물건 준비하느라 괜찮은 레스토랑도 못 가잖아. 에잉~ 근데 니 배는 다른 임산부보다 왜 그리

나온 거야? 혹시 쌍둥이 아냐? 그런데 니 걸음은 왜 그리 오리걸음이니?" 나의 불량남편은 이미 낳기로 한 애를 가지고 이젠 나에 대한 인신 공격까지 하고 있었다.

「아웃 오브 아프리카」 저리 가라의 슬픈 스토리가 진행되고 임신했다고 남편의 축하한다, 고맙다는 소리 한 번 못 들어본 난 가슴의 부싯돌에 칼을 갈았다. 내가 애만 낳아봐라. 다이어트 열심히 해서 저기 가는 잘생긴 미국 남자를 후려 배신을 때리리라! 배신만 때리겠니? 너보다 더 잘난 남자 만나서 애 아빠를 바꿔주리라. 아기야, 우리 꿋꿋하게 살아남아서 더 나은 아빠를 찾아보자꾸나.

냉장고엔 칼슘이 많다는 요구르트, 우유를 쟁여놓고 영양제 챙겨먹고 우리 둘은 그렇게 불량아빠, 불량남편의 구박에도 살아나갔다.

드디어 애 낳는 날, 내가 진통하는 동안 남편은 울었다.

"그렇게 아픈 줄 몰랐어, 나쁜아. 흑흑! 엄마에게 전화할래?"

"으윽! 미쳤어? 전화요금 아깝게 웬 전화야! 전화하면 엄마가 애 대신 낳아준대?"

가난뱅이 유학생과 결혼생활을 하면서 나는 이미 '굳세어라 금순아'가 되어 있었던 거다.

싸가지 없는 남편은 여자의 보약

그렇게 남편의 모진 구박 속에서 우리 불굴의 두 모자는 어렵사리 살아서 만나게 되었다. 낳아놓으니까 내 참 기가 막혀서……. 세상에 아이는 자기만 가진 것처럼 아이를 귀여워하며 으스대는 것이다.

좌우지간, 임신 기간 중 내내 결혼과 동시에 그 결혼이 파경이 될지도 모르는 상황과 파경이 되면 아이를 나 혼자 기르게 될지도 모른다는 돌발적인 사태에 대한 대응과 그 준비에 대한 생각은 나를 성숙하게 했다.

사실 나는 처녀 때에는 결혼 후의 여자의 인생에 대해 특별한 생각을 해본 적이 없었다. 예식장 광고처럼, TV 드라마처럼 그렇게 결혼을 하면 누구나 슈퍼마켓의 공산품처럼 고만한 행복과 고만한 생활을 들여다가 사는 줄 알았다.

그리고 보면 철딱서니 없는 남편은 나를 곤란하게도 했지만 나를 성숙시킨 장본인이기도 하다. 아주 일찍 결혼 초기에 결혼생활에서 벌어질 수 있는 최악의 상황에까지 간 나는 미리 예방주사를 맞은 거라고나 할까?

난 남편 없는 나의 인생을 신혼 초부터 준비도 하고 내가 혼자 살 때의 경우까지 촘촘하게 준비한 셈이다. 뭘 해 먹고 사나도 생각하고 나 혼자만의 생이 아닌, 아이의 생까지도 함께 책임져야 하는 연방독립체라는 생각을 했다.

그렇다면 내 몸은 최고의 최후 무기. 혼자 기를 경우 당장 애를 골골하게 낳아놓으면 나만 돈 들고 속 썩을 일을 생각하니 정신이 번쩍 들고 내가 만약 애 낳고 비실대도 비정한 남편은 내게 조금도 관심이 없을 테니 나만 죽어 넘어갈 테고……. 나 스스로를 돌보는 것이 최선이었다.

그러니 고민할 시간도, 남편 욕할 여유도, 야속할 틈도 없었다. 고통이나 슬픔은 기쁨보다 더 인간을 키운다. 달콤한 신혼의 행복은 내게 주어지지 않았지만 철저한 외로움과 슬픔 속의 예기치 못한 사태에서 난 조그만 선물꾸러미를 받아든 셈이다.

결혼은 당연히 핑크빛, 아름답고 행복함으로 빛날 줄 확신했던 나는 결혼을 한 후, 남자가 주는 행복에 대한 의심을 하게 하는 사건이 된 것이다.

나의 현실적인 노력 때문인지 아이는 병원 갈 일이라곤 때맞춰서 예방주사 맞을 일밖에 없는 건강한 애로 태어나고 자라났다.

애를 낳은 후 다행히 남편의 자세는 전과 달라졌지만 한번 자라에게 놀란 사람은 솥뚜껑에도 놀란다고 했던가, 여전히 긴장은 계속됐다.

남편의 아이 사랑은 날로 더해갔고 자신이 한 아이의 아버지가 되었음을 자랑스럽고 행복해하는 것 같았다. 그러나 난 남편이 보여줬던 그 암울한 얼굴이 결코 잊혀지지 않았다. 임신을 바라지 않는 남편의 그 비극적인 행동이 내게는 뇌리에서 지워지지 않았기 때문이다. 난 자세가 달라진 남편을 믿고 경계를 풀 수가 없었다.

난 아이와 나를 위해 8개월 간 모유를 먹이고 이젠 임신으로 흐트러진 나의 몸을 가다듬기 시작했다. 헬스클럽에서 썩 반가워하지 않음에도 불구하고 애를 유모차에 태워서 날이면 날마다 운동을 하러 다니고, 칼로리, 영양에 맞춰서 식사를 하고 예전 처녀 때처럼 입맛과 기분에 따라 건너뛰기도, 기분 나쁘면 밥 안 먹고 고집 피우고 기분에 따라 한밤중에 폭식하기도 하는 아마추어 식사법은 졸업했다.

차후 내게도 로버트 레드포드가 나타날 때를 준비하지 않더라도 행복하기 위해선 몸은 망가지지 않아야 했고 건강해야만 했기 때문이다. 애 하나 낳고 애에게 매달려 나 자신은 돌보지 않아 푹 퍼진 몸매가 되어 할 수 없이 죽지 못해 남편과 아등바등 살아갈 수는 없지 않은가.

다음은 틈틈이 영어를 공부하고 미국에서 직장을 가질 수 있는 그런 정보를 모으기 시작했다.

그런데 우리는 그 이후에 애를 또 하나 더 낳았고 아직까지 함께 살고 있다. 물론 로버트 레드포드는커녕 그 비슷한 사람도 안 나타났다.

그 이후로 우리는 아직까지 독립채산제이다. 내가 번 돈과 남편이 번 돈을 구분해서 따로 통장을 만드는 것부터 자기 사업상 쓸 일은 자신의 재정조건 안에서만 해결하도록 한다. 물론 서로 꿔주고 받기도 하지만 돈 계산은 칼같이 한다.

또한, 상대방이 번 돈에 대해선 그 돈으로 주식투자를 하건, 여행을 하건, 누굴 주건, 딱지를 접어 딱지놀이를 하건, 그것도 심심하면 종이배를 접어 한강에서 보트놀이를 하건 그건 각자의 소관이다.

난 자연스레 결혼 초부터 남편에게서 독립적으로 생활하고 생각하는 기회가 있었지만 많은 여자들이 그걸 세월이 흐른 후 나중에 생각하게 되는 것 같다. 난 남편의 원치 않던 임신이 이유였지만 예를 들면 남편의 외도라든가 기타 등등의 이유로 인해⋯⋯.

난 가끔 첫 아이를 임신했을 때의 나를 추억한다. 남편 없이 혼자 배 불뚝이가 되어 동네 한 바퀴를 돌면서 외롭고 슬프던 시절을⋯⋯.

그러나 난 이내 길 가는 잘생긴 남자들을 힐끔거리며 보기도 하고 배를 쓰다듬으며 뱃속의 아이와 대화도 하고 나의 미래, 전문직 여성으로서의 화려한 꿈을 꾸기도 했다. 이 모두 나를 사로잡는 슬픔과 불행함을 이기기 위한 필사의 방편이자 애써 행복을 준비하려 했던 몸부림의 시간이기도 했다.

남편의 외도 등 갑작스런 남편의 불량성 등 결혼생활의 파탄으로 속 터져 하는 친구들에게 이미 나는 이혼과 그 이후까지 준비했던 사람으로서 말해줄 게 분명 있다. 지금이, 바로 남편이 속 썩이는 지금이 자신이 바로 서야 되는 시간이고 아내와 엄마로만의 내가 아닌 진정한 내가 서야 하는 이유를 깨닫는 시간일 거다.

'정상과 보통'이란 말은 실은 엄청난 폭력이다. 대체 뭐가 정상이고 보통이란 말인가. 보통 사람을 표방하고 나선 대통령이 보통이라서 그렇게 엄청난 비자금을 해먹었단 말인가.

'가정은 이래야 된다'라는 것은 없다. 남들 가정처럼 자상한 아빠와 남편이 지켜주는 가정이 바람직하기야 하지만 그렇지 않은 남편이라 해서 우리 씩씩한 여자들은 불행에 지치지 말자. 바로 자신의 감정에 지치는 것이야말로 차가운 이성을 덮혀 판단을 흐리게 하고 싸구려 삼류 방화를 만든다.

남편이 싸가지 없이 굴 때가 여자에겐 또 하나의 기회다. 남편도 내게서 자유로울 기회도 줄 겸 나도 남편에게서 자유로워지면 된다.

아무리 생각해도 남편이 불량이라면 선택의 수는 별로 없다. 깨끗이 이혼을 하거나 이혼을 선택할 수 없다면 고개를 팍 돌리고 개인적인 행복을 추구하는 거다. 굳이 불량남편과 다정하게 지낼 것을 시도한다거나 혹은 그렇게 안 되는 것을 슬퍼하고 비관할 필요도 없다.

부드럽고 포근한 사랑과 이해로 불량한 남편이 정신차릴 때까지 보듬고 기다리라고? 제발 이런 시대착오적인 미련한 조언은 하지도 말고 듣지도 말자. 무조건 여자가 참으면 해결된다고 생각하는 것은 인생을 낭비하는 지름길이다.

싸가지 남편이지만 이혼할 정도가 아니라면 혹은 이혼할 수 없다면 굳이 불량남편과 다정하게 지낼 것을 시도한다거나 혹은 그렇게 안 되는 것을 슬퍼하고 비관할 필요도 없다.

싸가지 없는 남편은 조개의 생채기가 진주가 되듯 그대 인생의 또 다른 발판이 될 수도 있다. 자신이 해보고 싶은 일을 시작하는 것도 좋고, 혼자 여행을 떠나보는 것도…….

이뻐 죽을 것 같은 남편의 성실함이 있을 땐 상상도 못 해보는 새로운 일을 하는 거다. 나만의 꿈을 다시 꾸고 다시 시작하는 거다. 나를 위한 일, 나의 미래를 준비하는 일은 언제나 즐겁다.

그리고 그렇게 나의 세계가 있는 나를 남편은 결국 존경하게 된다. 물론 남편에게 존경받는 게 최후 목적은 아니지만 말이다.

아이들도 아빠에게 피해만 입는 가련한 엄마보다 웬만한 건 끄떡도 않고 자신의 세계에 몰입하는 엄마를 보면서 용기를 갖는다. 우리가 부모로서 애들에게 진정 주어야 할 것은 부모로서의 배려 이외에 인간으로서 건강하게 삶을 대하는 모습이다. 아이가 어른이 돼서 닥칠 감정적인 어려운 환경을 이기는 법은 부모가 보여줄 수 있는 미덕이기도 하니까.

결혼한 여자의 행복과 불행은 남자의 손에 달렸다구? 아니다. 나의 행복과 불행은 여자인 내가 결정짓는다. 그래서 여자의 행복은 남자에게서 오지 않는다. 남자가 감히 나의 운명을 불행으로 몰고 갈 것인가.

내 인생의 진로를 달리는 자동차의 키는 내가 쥐고 있다. 그런데 그 키를 남자에게, 남편에게 쥐어주고 나는 조수석에서 그의 순탄하고 멋진 운전솜씨를 기대하며 그의 운전 솜씨에 따라 울고 웃는 것은 바로 코미디가 아닐까? 아주 슬픈…….

돈버는 장치, 가장

아들놈을 낳은 직후 우리는 경제적으로 어려웠다. 남편은 대망의 박사학위를 받으려면 아직도 첩첩산중이다. 남편은 겨우 조교 월급으로 결혼이랍시고 했고 미국에서의 한 달 생활비가 얼마나 드는지 신랑의 수입이 얼마인지도 모르고 결혼했던 난 성능 좋게도 허니문 베이비까지 낳은 거다.

아이를 낳으면 모유를 먹이니 우유 값 안 들어 돈 안 들 줄 알았던 나. 그러나 아기는 우유만 먹고 크는 게 아니란 걸 난 나중에서야 알았다.

알고 보니 남편은 미국에서 겨우 혼자 빠듯이 살 수 있는 돈으로 결혼을 했고 엎친 데 덮친 격으로 삐약거리는 아기까지 생겼으며, 거기다 남편의 소비성향은 고급이었으니 가정 경제는 그야말로 악화일로인 거다. 그래서 남편은 임신을 반가워하지 않았던 것 같다.

나는 살림도구나 아이 것을 이웃 한국 유학생들에게 얻어다 입히거나 개러지 세일만 보면 눈썹이 흩날리도록 달려가 헐값에 사다 쓰는 걸 좋아했는데 신나게 남들 입고 쓰던 중고품만 들입다 안기는 나와, 첫 아이랍시고 뭐든 좋은 것, 새것만 해 주고픈 남편의 주장은 언제나 어깃장이 났다.

다른 집은 여자가 남편이 원치 않는 쇼핑을 하다가 쌈질이 났지만 우리집은 그 경우가 뒤바뀌었다. 난 언제나 남편의 소비성을 불평했고 남편은 욕구불만으로 언제나 입이 댓발은 나와 있었다. 우리는 영화 구경, 외식은 꿈도 못 꾸고 오로지 달랑달랑한 돈으로 집세와 식비도 빠듯하기 때문이다.

아무리 절약해도 아기가 자라나면서 스멀스멀 돈이 들었고 자동차도 없는 우리는 당장 시장 보는 것도, 아기가 어쩌다가 병원에라도 갈 때면 이 집 저 집 태워다 달라고 귀찮게 해서야 갈 수 있었다.

남편은 미국의 다른 주에 계신 형님에게 도움을 요청하려 몇 번이나 전화를 들곤 했지만 우린 그럴 때마다 또 한 차례 부부싸움을 하곤 했다.

"그럼 어떻게 해. 돈이 부족하잖아!"

"우리가 어린애야? 생활비 부족하다고 돈 보태달래게? 그러게 쓸데없는 거 사지 말고 아끼라 했잖아! 누가 결혼기념일에 꽃 사달랬어? 차라리 꽃 대신 배추를 사왔어야지. 꽃을 데쳐서 무쳐먹을 수도 없고 말려서 우거지국도 못 해 먹는 걸 어쩌자고 그 비싼 놈의 꽃을 덜컥 사~ 사길?"

그 당시 우리에겐 먹지 못 하는 것은 뭐든 사치스럽고 분에 맞지 않았다.

"결혼기념일이라고 생각해서 꽃 사다주니 꽃 받고 그렇게 말하는 여자가 어디 있니? 매너 없이! 정말 너처럼 지독한 여자하곤 못 살겠어~!"

결혼기념일이라고 히죽거리며 꽃과 딸기 아이스크림 통을 들고 들어선 남편……. 그러나 그 꽃을 화병에 꽂고 아이스크림 퍼먹고, 그 다음날부터는 쌀이 떨어져도 살 돈이 없어서 감자만 오븐에 구워먹고 지냈다.

있는 돈 탈탈 털어서 결혼기념 한다고 그 비싼 꽃을 덥석 사고 아이스크림을 산 결과다. 뭐든 잘 먹는 난 감자도 구수하니 먹을 만하더구만 남편은 그런 처지를 한심하고 답답하게 생각했다. 한심하기 싫음 꽃을 사오지 말든가, 꽃 사고 돈 없음 구워주는 감자나 잘 먹든가, 아님 꽃을 뜯어먹든가…….

그래서 우리는 대판 싸움을 함으로써 일주년 결혼기념 세레모니를 거하게 치렀다. 거기다가 남편은 형님들에게 돈 부탁한다고 해서 내가 절대 안 된다고 펄펄 뛰면 마누라인 나라도 한국의 친정에 전화해서 원조를 부탁하는 것을 은근히 바라는 눈치이기도 했다. 난 그런 남편이 너무 실망스럽고 속상했다.

어느 날 이웃의 좀 잘사는 유학생 집에서 그 집 아이의 옷을 몇 벌 얻어다 입혔는데 보답을 못 한 난 미안하고 고마워서 몸이 약한 그 집 여자를 위해 구석구석 대청소를 해줬다. 그 여자는 또 고맙다는 뜻으로 아직 작아지지도 않은 애 옷이나 장난감을 내가 부득부득 사양해도 거둬주었는데 난 아무리 사양한 거지만 집에 가져오니 너무 신이 나는 거다. 나는 자는 애에게 옷을 입혀보곤 좋아했는데, 평소엔 멀뚱하던 남편이 갑자기 왕짜증이다.

"나, 공부 그만두고 취직할래. 더 이상 안 되겠어."

"뭐라구? 공부 그만둔다구? 왜? 왜 그러는데?"

남편은 더 이상 공부에 매달려서 자신의 떨거지인 우리가 구질구질하게 사는 게 지겹다고 생각하는 거다.

난 그날 밤, 생각이 많아 잠을 못 이뤘다.

분명, 난 남자 하나 꿰차서 호의호식하러 결혼한 거 맞다. 그런데 내 남편은 나를 먹여 살릴 사명 이외에 그의 이상이 있고 하고 싶은 일도 있다. 결혼이 뭔 죄라고 처자식 먹여 살리기 급급해 자신이 가던 길을 도중하차하는 것은 남편 입장에서 볼 때 좀 억울할 것 같았다. 내 아들과 나는 그의 아직 여린 날갯죽지에 무겁게 올라탄 셈이다.

아침은 다시 찾아왔고 남편이 학교에 가고 난 후, 난 남편에게 편지를 썼다.

여보게 신랑! 나, 자네 지어미 나뿐이일세.

그간 결혼해서 나 먹여 살리느라 고생 많이 했네. 우리 모자를 좀더 잘 먹여 살리기 위해 자네 학업을 도중하차하겠다니 그 정성은 갸륵하나 난 용납할 수가 없네.

내 비록 마당쇠 하나 잡아다가 평생 부려먹을 계획이 없던 것은 아니었으나 내가 아들을 낳고 보니 생각이 달라지네.

내가 귀한 아들놈 키워 자네 나이 되어 장가들여, 여우 같은 마누라 데려다가 새끼 낳아서 그 여자와 자식새끼 먹여 살리느라 내 아들 가슴에 묻은 포부를 못 편다면 난 한이 맺혀서 죽어 저승에 가서라도 벌떡 일어날걸세.

내 아들이 소중하니 남의 아들 소중한 것도 알게 되네.

그러나 난 이미 성인인 우리가 부모, 형제에게 돈을 보태달라고 혀 짧은 소리 하거나 꾸는 것은 아주 싫네. 결혼이란 독립된 가정인 만큼 부모에게서 경제적인 독립도 한 것이 아닌가. 거기다가 결혼 초부터 돈 꾸어 빚쟁이로 시작하는 것은 정말 싫으이. 난 꾼 돈도 싫고, 꾼 돈 갚는 것도 싫다네.

그러나 난 자네 지어미일세.

지어미란 무릇 낳아준 어미는 아닐지언정 어미와 같은 마음을 갖는 사람이라네. 우리 모자 걱정일랑은 말고 자네 가던 길을 마저 가게나……．

돈 꿀 것 없이 무상원조를 청할 것도 없이 나는 은근슬쩍 당분간 자네 공부가 끝이 보일 때까지 한국에 가 있겠네. 우리 부모님께 기대면서 친정 기둥이라도 갉아먹고 굳건히 살아 있을 테니 행여 우리를 자네 가는 길에 짐으로 생각지 말게.

그리곤 가장 빠른 비행기표를 사서 어안이 벙벙한 남편을 남기고 모국 방문길에 올랐다.

살기가 어렵네 마네, 자존심 상하게 깨갱거릴 것 없이 고국에 계신 팬 여러분에게 인심쓰는 척 아들을 앞세워 고국 위문공연을 한다는 구실로 친정에 머무는 거다.

우리 모자는 시골에 있는 친척에게까지 가끔 장거리를 뛰면서 지방순회공연을 했는데 지방공연 때에 거둔 수확도 짭짤했다. 대개 외국에 거주하는 연예인들이 한국 공연을 왜 그리 정기적으로 오는지 그제야 이해가 갔다. 그러나 아무도 우리가 생활비 없어서 미국에서 날아와 버티고 있는 줄은 몰랐다.

우리 모자 공연단의 대표 스타 아들놈의 활약은 놀라웠다. 식구들의 넋을 빼놓는 아들놈 재롱은 날이 갈수록 진기명기를 더했고 팬들의 열화와 같은 성원은 우리의 공연을 자연스럽게 장기전으로 끄는 데 성공적이어서 우리는 반년을 그렇게 보낼 수 있었다.

그렇게 반년이 흐르고 남편은 득달같이 들어오라고 성화를 하기 시작했다. 시험을 그럭저럭 끝내고, 논문만 남아 취직을 했는데 그 액수가 만만치 않다고 이젠 들어와도 좋다며 들뜬 목소리다.

난 전에 임신해서 집에 왔을 때엔 한 고상 떨며 아무리 싸줘도 안 가져가던 것들을 이번엔 지지리 궁상떨며 살아갈 우리를 위해 악착같이 바리바리 챙겨서 오만 가지 밑반찬부터 자질구레한 것들을 다 싸짊어지고 미국으로 향했다.

공항에 내리자 남편이 우리를 반긴다. 우리를 데리고 주차장으로 가는데 남편이 웬 시뻘건 신형 스포츠카 앞에서 키를 부스럭거리더니 차문을 연다.

"누구네 차야? 누구한테 빌렸어? 와! 이 차 죽이는데!"

언젠가 임신했을 때에 차가 없는 우리는 한 달에 한 번 가는 병원엘 걸어서 갔다. 택시 타자니 돈이 아깝고 걷자니 다리가 아파서 징징거리니까 남편은 내게 업히라고 했다. 물론 낭만적인 사랑타령 끝에 업어준 게 아니라 내가 워낙 징징거리니까 왕짜증을 내면서 마지못해 업히라고 한 거다.

난 말이 끝나기도 전에 달려들어 달싹 업혀서 금세 기분이 좋아졌는데 길가에 빨간 스포츠카 한 대가 서 있었다. 앞좌석 두 개가 앙증맞은 것이 땅에 달라붙듯 날씬한 새빨간 스포츠카. 저런 차 한 번 타봤으면……, 우리는 둘 다 목이 돌아가라 그 차를 부럽게 쳐다보곤 그렇게 갔다.

남편이 으흐흐~ 웃음을 지으며 말한다.

"내가 돈 벌면 빨간 스포츠카 사준다 그랬지?"

"그럼 이 차가 우리 거란 말이야?"

그런데 차는 이상하게 우리가 살던 동네를 지나쳐 어디론가 가고 있었다. 그러더니 이상 야릇한 길을 들어서서 낯선 고급 아파트에 떡하니 선다.

"내려. 너 오는 거 맞춰서 이사했어."

팬트 하우스는 아파트의 꼭대기층으로 전망도 좋고 가장 시설이 좋다. 그래서 임대료도 제일 비싸다. 남편은 그런 곳으로 이사를 혼자서 다 해놓고 냉장고도 그득 채워놓고 옷장엔 나를 위해 옷도 한 벌 장만해 놨다.

"넌 절대 안 살 것 같아서 내가 미리 사둔 거야. 예쁘지?"

예쁘긴~ . 정신연령 70대인 우리 남편은 언제나 아주머니 스타일 옷을 좋아한다.

"미쳤군. 미쳤어! 대체 받는 월급이 얼마나 된다고 이런 집에 자동차에……."

난 변해버린 환경이 도무지 불안하고 어지럽기만 했다. 남편은 내가 한국으로 간 후 열심히 공부했고 시험이 끝나자마자 직장을 구하러 동분서주 안간힘을 썼다. 그리곤 하이웨이로 한 시간을 달려서 가야 하는 직장을 이번에 얻은 거다.

수입은 괜찮았지만, 그 수입을 얻기 위해 매일 새벽에 일어나 줄곧 하이웨이로 달려서 한 시간 후에야 도착하는 직장에서 일하고는 저녁 때 파김치가 되어 학교도 간다. 그것은 너무나 피곤한 일상이었고 그는 그래서인지 짜증도 잘 냈다.

"너무 피곤하면 하지 마."

난 집을 나서는 그의 등뒤에서 걱정스럽게 이런 말을 날렸고 그는 그럴 때마다…….

"그럼 어떡해! 이게 다 니네 둘을 위한 거야. 난 너의 머슴이다."

그러나 그는 자신이 그렇게 해서라도 가장의 역할을 충실히 한다는 데 만족하는 것 같았고 자신이 충실한 만큼 내게서도 뭔가 봉사와 희생을 원하는 눈치였다. 희생과 봉사는 귀한 가치가 있으나 세상의 어떤 가치 있는 것도 강요받는 것은 별로 유쾌하지 않다.

난 가장의 역할에 대해 생각했다.

남자들은 결혼하면서 가장이라는 왕관을 쓴다. 그 왕관은 가장이라는 권위와 책임, 의무로 촘촘히 만들어져 그걸 쓴 남자는 가정을 지키는 모든 것과 어우러져 경제에 대한 책임도 뒤집어쓴다.

행여 힘들어도 그걸 쓰고는 엄살하면 남자답지 않다는 어릴 적 들은 얘기는 있어서 결코 자신의 힘든 속내를 드러내지 않는다. 그리곤 자신의 힘든 인고에 대한 가치를 여자에게 심술맞게 요구하기도 한다. 이를테면 자신은 힘들게 밖에서 일하는데 여자는 집에서 대체 뭘 하는지 모르겠다는 둥 집안의 기둥뿌리를 자신의 어깨 하나로 받치고 있음을 과시하기도, 위세를 떨기도 한다. 그러곤 자신에 대한 대접이 좀 소홀하다 싶으면 가장 알기를 옆집 똥개 취급한다는 둥 남자가 돈버는 기계니, 마당 쓰는 마당쇠니, 스스로 자학증세를 보인다.

쳇~ 그럼, 여자는 결혼해서 뭐 출세한 줄 아나? 여자도 신세 왕창 다 운된 건 마찬가지다.

처녀 시절, 문화적이고 우아한 라이프 스타일은 알뜰하고 잽싼 아줌마 스타일로 바뀌었고, 특히 나는 아기 젖 먹이느라 OK목장의 젖소부인이 되어 몸매도 확 구겼으니 인생 끝난 거다.

그런데 왜 우리가 요 모양 요 꼴이 난 거지?

맞다. 그놈의 결혼이 원인이었다. 우리는 처녀총각 때엔 각자 지던 스스로에 대한 책임을 둘 다 뭉뚱그려서 한 덩어리로 만들어서는 그걸 분업으로 갈랐다. 넌 돈 벌고, 난 애 낳아 키우고 살림하고…….

분업으로 가른 만큼 호시절엔 불만이 있어도 그냥 넘어가지만 일단 돌 뿌리가 나타나면 서로에게 책임을 추궁하기도, 스스로 위축되기도 한다. 거기다가 인간의 사회에선 먹이를 벌어들이는 역이 우선권을 지닌다. 그 우선권이 가장이란 타이틀을 만들어주고 책임과 동시에 엄청난 지배력을 부여한다.

여자는 남자에게 편안하고 안락해 뵈는 보호란 걸 받으면서 안정을 누리고 결코 인정하고 싶지 않지만 점점 사회적으로 무능해지고 남자에 비해 열등인간이 되어간다.

남편은 곧 여자에게 사랑하는 대상뿐 아니라 그 여자의 생존을 책임지는 이름이 되고, 여자는 그런 남편이 행여 생계와 관련 없는 일에 빠지거나 혹 다른 여자에게 마음을 뺏겨 사랑과 돈의 손실이 날까 봐 걱정한다.

남편이 그녀의 삶을 지탱해주는 귀한 존재임을 굳이 사랑하기 때문이라고 사랑이란 낭만적인 덮개로 씌우곤 합리화하며, 자신의 사랑밖에 모르는 사랑 지향적인 성향에 도취한다. 이를테면 여자가 남자보다 결혼기념일에 더 집착하고 남편의 사랑을 수시로 확인하는 것이 여자에겐 생활의 안전점검이 되기도 하는 거다.

사랑에 대한 안전점검이 좀 부실하다 싶으면 여자에겐 그럴듯한 무기가 하나 있다. 바로 결혼과 함께 남편의 머리에 눌러 씌워준 가장이라는 왕관이다.

그 왕관이란 것이 실은 예수님 쓰고 돌아가신 가시관과 같아서 꾹꾹 누르면 엄청 아프다. 가장이란 그렇게 휘황한 권위의 대명사이자 남자의 책임이며 섣부른 이탈을 감시하고 고문하는, 천상에서 지옥까지의 가장 넓은 범위를 넘나드는 대명사인 거다. 그래서 '가정을 위해 돈버는 장치'의 약어로서 '가장'인지도 모르겠다는 생각이 들었다.

그런데 오늘날 남녀평등을 외치고 여권을 주장하는 우리가 결혼에 있어 가부장적인 권위와 책임을 그대로 고수한다는 것은 가시가 목에 걸리면 큰일난다고 호들갑을 떨면서도 치명적인 가시가 박힌 관습이란 생선을 통째로 우적우적 씹어먹는 건 아닐까?

이즈음에서 가장이라는 그놈의 왕관이자 가시관을 벗겨낼 만하지 않은가. 사회도, 개인도, 남자도, 여자도, 바깥일 집안일 나누지 말고 적당한 개인의 사정에 맞춰서 통괄적으로 함께 하는 총체적 시스템이 되도록, 그래서 결혼이 남자에겐 무거운 가장이란 왕관을 쓰고 뒤뚱거리게 하고 여자는 운동 부족으로 빈약한 다리가 되어 제 발로 서지도 못하고 비실비실하지 않도록, 이젠 한 번쯤 관습이란 생선가시 그거 발라먹음직도 하지 않은가.

경쟁심, 부러움 그리고 친구

여자의 우정

아직 미혼이며 외국회사에 근무를 하던 내 친구 그애는 결혼을 한다며 불러대는 나를 따라서 웨딩드레스도 구경하러 다니고, 결혼준비로 이것저것 분주한 나를 도와 열심히 같이 다녀주었다.

그리고 나는 결혼하자마자 유학생 남편의 아내, 허니문 베이비의 엄마, 그리고 밥집 아줌마의 탄탄대로를 달렸고, 그애는 남들이 부러워하는 외국회사의 직장과 함께 학업을 계속하는 열성 커리어 우먼의 길을 걸었다.

미국에서 열심히 밥하는 전업주부 나쁜 여자에게 그애는 가끔 그녀의 승진과 대학원의 졸업소식을 전해왔다.

"어머나, 잘됐구나. 축하해~!"

난 뛸 듯이 기뻐하며 남편에게 자랑스럽게 친구 소식을 전해주면서도 가슴 한켠에는 쓸쓸한 바람이 한 가닥 지나감을 느꼈다. 왠지 자꾸만 나는 이대로 푹 퍼진 아줌마가 되고, 친구는 점점 발전하고 더 멋진 세계로 나아가고 있는 것 같은 생각 때문이었다.

몇 년 후, 나는 한국에 돌아왔고 아들놈과 아웅다웅 사는 우리집에 그애가 가끔 놀러왔다.

그런 날이면 나는 내 모습을 다시 돌아보게 되곤 했다. 점점 더 실력 있고 우아하고 더욱 세련되어지는 그애와는 달리 하루가 갈수록 점점 더 부스스해지는 나의 모습이 그애를 통해서 확연하게 느껴졌다.

그리고 얼마가 지나 그애는 프랑스 회사에 취직했다며 파리로 떠났다.

그애가 다시 서울에 다니러온 것은 그애가 떠난 지 가을을 두 번 넘기고 나서였다. 더욱더 멋진 파리지엔느가 되어서…….

학교 다닐 때도 밤을 꼴딱 새워 수다떨기를 즐겨했던 2인의 왕수다는 또다시 뭉쳤다. 남편은 당분간 아들 방으로 몰아내고 두 여자는 지난 얘기와 키득거림으로 며칠을 지냈다.

그애는 그 회사에서 돈도 많이 벌고 휴가 때면 유럽 곳곳을 여행 다닌다고 했다. 난 그애의 소지품 하나하나조차도 너무나 부러운 나머지, 그애가 잠시 시내에 일 보러 외출을 하면 친구의 벗어놓은 프랑스제 옷을 입어보고 그애의 구두를 신고 살 것도 없는데 괜히 슈퍼에도 다녀왔다.

그날 밤도 접시 몇 장은 너끈히 깨뜨리고 남을 만큼 밀린 수다와 키득거림으로 피곤해진 우리는 불을 끄고 침대에 누웠고, 어두워진 천장을 바라보며 난 나지막이 말했다.

"나도 너처럼 멋지게 일하고 싶어……."

나의 부러움 섞인 말에 그애는 내 가슴에 대못을 팡팡 때려박는 말을 했다.

"나쁜아, 넌 이제 힘들어. 결혼 후에 너처럼 긴 공백기간을 거치고 나서 다시 사회생활에 진입하는 건 불가능해. 그러니 살림이나 열심히 하고 남편 비위나 잘 맞추며 살아……."

"뭐, 남편 비위?"

갑자기 잠이 확 달아나도록 비위가 팍 상했다.

내뱉듯이 아무렇지도 않게 한 그애의 말에 아무 대꾸는 안 했지만 난 그애가 깊이 잠든 후 날이 밝아오는 새벽녘까지 뜬눈으로 새웠다.

그애는 다음날 짐을 꾸려 떠났고 난 떠나는 그애에게 다음해엔 파리로 내가 가마고 했다.

"그래. 남편에게 애교 많이 부려서 놀러와."

남편 비위? 남편에게 애교나 부리라구?

속좁은 여편네인 내게 그 말은, 즉 너는 능력이 없으니 남편 비위나 맞추며 살라는 말로 아프게 들렸다.

그때까지만 해도 막연하게 뭔가를 해야겠다고 생각을 하긴 했지만 게을러 터져서 언제나 반복되는 일상에 묻히던 내게 미혼 친구의 남편 비위나 맞추며 살라는 그 말 한마디는 자다가도 벌떡 일어나서 생각에 잠기게 했다.

난 그 이후 매일 밤 꼬박꼬박 묵주기도를 했다. 기도 내용은 창피할 정도로 유치하다.

'나도 뭔가 중요한 일을 하게 해주소서. 그리고 나도 내 힘으로 유럽을 싸돌아 다니게 해주소서.'

이런 유치찬란한 기도를 할 때마다 내 저 안에서 들리는 목소리가 있었다.

'너도 지금 중요한 일을 하고 있잖아. 아들을 기르고 알뜰하게 살림하고 더 이상 뭘 바래?

혹시 너 유명해지고 싶은 거야? 아님 돈을 많이 벌고 싶은 거야?'

'아니, 아니야~.'

도리질을 마구 하면서 생각에 빠졌다.

'정말 내가 원하는 게 뭘까?'

'전업주부는 아무나 하나? 주부보기를 물로 보지 마~.'

그해 여름 우리집에 묵으며 자고 갔던, 그러면서 내게 남편 비위란 말로 속을 확 뒤집어놓고 갔던 그애는 학창 시절 절친했던 친구다.

난 그애를 보내고 나서 결혼 이후 달라진 우리의 모든 걸 생각하게 되었다.

학창 시절. 공부도 고만고만, 성격도, 생각도 고만고만해서 경쟁심은 커녕 맞장구치며 웃고 까불 일만 많았던 우리였지만, 그러나 나의 결혼은 유리벽처럼 그애와 나를 이쪽 세상과 저쪽 세상으로 갈라놓은 것 같았다.

가끔 우리는 얘기 도중 뜬금없이 상대에 대한 부러움을 표하곤 했는데…….

"넌 멋지게 네가 하고 싶은 일, 공부 다 해서 너무너무 좋겠어." 탄식하듯 말하는 내게 그애는 "넌 남편도 아들도 있어 좋겠다. 더 이상 뭘 바라니?"라고 받아쳤다.

여전히 처녀인 그애는 분위기 그럴싸한 카페를 좋아했고 난 그런 카페에 들어서면 메뉴판의 비싼 커피 값이 저녁상에 올릴 고등어 서너 마리의 값, 아들놈에게 안기면 뛸 듯이 좋아할 장난감 값으로 환산되어 우물쭈물…….

친구를 만나 길을 가다가 동네 슈퍼보다 조금이라도 싼 과일을 팔면 전쟁터에서 전리품이라도 본 듯 허겁지겁 낑낑대며 사서 챙기는 나.

그애는 나의 이렇게 현실에 찰싹 다가간 억척스러움을 아줌마라 칭하며 비아냥거렸고 난 그애에게 세상물정 모르는 철딱서니라고 혀를 찼다.

미혼과 기혼의 친구는 이런 과정을 지나 공통분모가 점점 없어져 나중엔 서로에게 아무런 이해나 공감이라는 용융점을 못 만나 어스럭거리는 얼음덩이와 기름처럼 따로 놀게 되는 건지도 모른다.

그런데 난 그애가 준비하는 진급 시험과 퇴근 후의 영어 클래스가 부럽다 못해 샘이 났고, 그애가 점점 날씬, 세련되어지는 것에 비해 아들놈 먹다 남긴 물 만 밥까지 후루룩 먹어치워 군살만 느는 내 자신이 싫었다.

거기다가 이젠 파리에서 '패션 머천다이저'란 이름도 좀 거해 보이는 직업을 가지게 된 친구는 내게 '남편 비위나 잘 맞추고 살라'는 엄청난 메시지를 남기고 떠난 후 꿈속에서라도 어쩌다 만나면 혀를 날름 내밀며 내게 '메롱~'을 날리는 거다.

이런 친구에 대한 부러움과 열등감은 내 마음속에 묘한 화학반응을 일으켜 경쟁심이라고 하는 호르몬 분비를 왕성케 했다.

난 그애와 약속한 1년 후, '여자의 변신은 죄가 아닙니다'라는 광고카피처럼 불쑥 그애 앞에 나타나 그애가 남기고 간 남편 비위에 대한 그애의 언급을 후회하게 하고 싶었다.

그러나 이런 밴댕이 소갈머리에도 불구하고 나에게 그애는 변함없이 소중한 친구였고 3개 국어를 우리말처럼 잘하고 머나먼 파리에서 활동하는 내 친구가 자랑스러웠다.

정확히 1년 후 가을.

그애에게 미리 전화를 할까? 전화 수화기를 몇 번 들었다 놨다 망설이다가 그애가 준 파리의 주소만 달랑 들고 찾아가기로 했다. 비행기 안에서도 몇 번을 그애의 주소와 전화번호를 들여다보며 그렇게 갔다.

파리의 공항에 도착하니 아침 6시 반쯤, 떨리는 손으로 전화를 했다.

"나야. 나쁜이! 나 파리에 왔어. 곧 너희 집으로 갈게."

택시를 집어타고 간 그애의 집은 파리의 시내 한적한 아파트.

채 잠이 덜 깬 친구는 미친 듯이 놀라워하며 반가워했다.

"이 도깨비야! 어쩜 그렇게 엉뚱하게 사람을 놀래키니?"

깔끔한 그애답게 화사하고 심플하게 꾸며진 그녀 혼자 사는 아파트는 아름다웠다.

직장을 다니는 그애를 위해 난 낮에는 혼자 파리 시내 구경을 다녔다.

파리의 뒷골목과 카페는 그림엽서보다 더 아름다웠고 난 나의 일과 관련된 볼거리를 열심히 눈요기하며 다니느라 혼자 다녀도 외롭지도 다리가 아픈 줄도 몰랐다.

저녁에는 시간 맞춰 그애의 퇴근 무렵 집으로 들어갔다.

난 그애에게 내가 그동안 1년 동안 한국에서 한 일들을 자랑을 하기 시작했는데 폼 나라고 약간의 살을 발라 더 멋지게 떠벌리기도 했다.

잠도 안 자고 그애를 붙들고 밤새도록 계속되는 나의 무용담 및 일화에 대한 내용에 친구는 조용히 웃으며 가끔 킬킬대기도 하며 들어줬는데 가끔, 아주 가끔 그애의 눈에는 쓸쓸함이 새어나왔다.

아, 우정의 탈을 쓴 비정함이라니~!

난 잠깐 쓸쓸함으로 흐려지는 그애의 눈빛에서 남편의 비위로 무너진 내 자존심이 회복되는 듯했고 그만큼 행복했다.

그런데 왜, 왜? 모든 비밀은 밝혀지는 걸까? 난 슬픈 친구의 비밀을 알게 됐다.

약속한 1주일이 지나고 떠나기 마지막 저녁을 근사한 레스토랑에서 저녁을 사주며 그애는 나직한 목소리로 고백을 했다.

친구는 직장 때문에 파리에 있는 게 아니었다. 그애의 애인은 유부남이고 모기업의 돈 많은 사장님이었다. 그애는 주위의 이목을 피해 파리로 와 있었고, 그 남자는 한 달에 1주일쯤 파리에 와서 그애도 볼 겸 사업차 머무르는 거다.

그애는 아무런 직장도 없이 그의 애인에게 생활비도, 한국 오는 것도, 여행 다니는 것도 다 지원을 받는다고 했다. 유명 프랑스 회사에 취직해서 잘 나가는 커리어 우먼이 아니라 일명 세컨드생활을 하고 있었던 거다.

그때의 내 표정관리 능력은 참으로 내 능력 밖이었다.

시선을 어디다 둬야 할지, 뭐라고 해야 할지, 혹시 내가 온 게 그애에게 실례가 된 게 아닐지, 갑자기 난 뜨거운 철판에 발을 데인 애처럼 안절부절못했다.

그날 비싸기만 하고 맛이 뭔지도 모를 프랑스 요리를 먹고, 다음날 런던으로 가는 비행기를 타기 위해 일찍부터 서둘렀다.

공항으로 가는 리무진 버스를 태워주며 친구는 쓸쓸한 미소를 지었다. 난 그래서 일부러 장난질을 하고 말도 안 되는 농담을 하며 그애를 즐겁게 해주려고 애썼다.

그러나 런던으로 가는 비행기 안에서 난 숨죽여 울었다.

웨딩드레스를 가봉하는 나를 보고 눈물이 나 뛰쳐나갔다는, 결혼식날 부케를 받으라는 내 말에 극구 사양하던 그애는 내가 아이를 낳았을 때 제일 먼저 아기 옷을 부쳐줬었고, 그때 그애는 이미 그 남자를 애인으로 사귀고 있을 때였다.

내가 온 집안을 난장판으로 만들고 애를 기르고 있는 그 모습이 너무나 부러웠다는, '남편의 비위나 맞추라'는 말은 너무나 부러워서 그랬다는 그애.

쓸쓸했을 그애를 생각하니 이름모를 설움에 복받쳐 어찌나 비행기 안에서 울어댔는지 스튜어디스가 어디 아프냐고 물어왔다.

숨겨진 여자로 몇 해를 살았을 그리고 앞으로도 살아갈 그애.

그동안 아무것도 모르고 나 혼자 상상으로 그애에 대한 열등감으로 속을 부글부글 끓였던 내가 한심하기도 하고, 꿈속에서도 만나면 언제나 부럽게 내 앞에 우뚝 서 있던 그애가 자꾸만 측은하고 서러웠다.

어설픈 나보다는 훨씬 이지적이고 외국어를 유창히 말하고 주부 티 팍팍 풍기는 나와는 비교가 안 되는, 그래서 왠지 기죽는다고 생각했던 내가 그애의 집에 머물며 떨었던 나의 왕푼수를 떠올렸다.

그애 앞에서 떠벌린 내 알량한 무용담과 은근히 홍보듯이 한 남편 자
랑, 그리고 푸념처럼 한 아들 자랑……. 그걸 듣고 가슴이 시렸을 친구
를 생각하며 통곡을 했다.

왜 나는 생판 모르는 사람보다 가까운 친구를 경쟁 상대로 삼은 걸까?
결국 싸워야 하고 극복해야 할 것은 내 자신 안에 그득한데 말이다.

이제 절대 나보다 나은 친구 질투 안 하기, 샘 안 내기. 그 시간과 그 정
열로 내 안의 문제를 더 열심히 풀기. 그래서 쓸데없이 시샘한 친구에게
미안하고 어리석지 않기……. 건강한 경쟁은 결국 나와의 경쟁이니까.

마침내 난 스튜어디스가 갖다주는 휴지로 코를 팽~ 풀고 훌쩍거리며
그애에게 편지를 썼다.

착한아, 자랑스런 내 친구야.

네가 어떤 방식으로 살든지 난 네가 택한 방법이 최선이었을 거라고 생
각한다.

왜냐하면 너는 신중하고 더없이 현명하고 좋은 애니까…….

그래서 난 네 사랑법 그리고 네 삶의 방법을 존중해. 어떤 일이 있어도
난 네 편인 걸 잊지 마.

―나쁜이가

하고 싶은 일은 허락받을 필요 없다

파리에 살며 프로페셔널 직업을 가진(그 당시엔 그런 줄 알았던) 내 친구가 우리집에 왔다간 후, 온종일 아들놈과 씨름하며 똑같이 반복되는 나날을 보내던 나는 평화로운 벌집을 쑤셔놓은 듯, 물결 하나 없는 거울 같은 호수에 짱돌 하나 집어던진 듯 그렇게 마음이 어수선했다.

뭔가 하고 싶지만 오직 의욕만으로 그녀처럼 뭔가 나의 일 나의 세계를 이제 와서 구축하고 싶단 것은 달나라에 별 다섯 개짜리 호텔을 짓겠다고 벼르는 것과 같았다. 내게 있는 거라곤 내가 모시는 두 상전 어른인 남편과 아들놈과 목돈 하나 없이 털면 먼지 폴싹이는 빈 주머니뿐이다.

그렇다고 돈 되는 일이면 뭐든지 달려들어 하고 싶지는 않았다. 돈도 벌고, 나도 즐겁고, 발전성도 있고 그 무엇보다도 나 자신만이 가장 잘할 수 있는 일이어야 했다. 이렇게 복잡한 필요조건을 모두 다 수용할 수 있는 일을 찾는 것이 그리 어렵지는 않았다.

나의 전공을 팍~ 살려서 멋들어진 쥬얼리 상점을 하는 거다. 은수저와 벽시계를 벽에다 죽 내다 걸고 형광등 밝힌 진열장 꿰차고 앉아서 아줌마들 순금반지 계모임이나 예물 손님에게 아부 떨어 왕창 바가지 씌우는 그런 금은방말고 독특하고 멋스러운 나만의 디자인으로 만들어진 패셔너블한 하이패션 쥬얼리. 그래서 쥬얼리 디자이너 나쁜이가 되어 파리지엔느 친구처럼 유럽도 싸돌아다니고 세계여행도 핑계김에 할 수 있는, 이런 거라면 할 만했다.

문제는 내가 할 일의 자본금이 되는 돈이다. 우선 가장 처량한 얼굴과 불쌍해 보이는 목소리로 엄마에게 부탁을 했다.

"엄마! 나 돈 좀 꿔 줘."

"뭐하게?"

"사업하게……."

"우하하하, 냉수 먹고 정신 차리고 살림이나 열심히 해라. 애 키우다가 뭔 사업을 한다 그래? 다 털어먹으려고……."

엄마는 야속하게도 내가 뭔 일을 한다는 것에 대해 철없는 아이 대하는 듯한 태도다. 호적상 정확한 모녀관계인 우리 엄마가 이러는데 남편 상전은 말할 것도 없다. 옆집 강아지 풀 뜯어먹다가 재채기하는 소리쯤으로 듣는다.

그들은 내가 현재 하고 있는 나의 기능만 바랄 뿐, 정작 내가 하고 싶거나 되고 싶은 것엔 관심이 없었다. 그렇다면 이런 이들과는 어떠한 상의도 할 필요 없다.

무리하지 않으면 되는 일이 없다. 압구정동. 지금은 고딩들이 설치는 영계 동네가 되었지만 1990년대만 해도 싸가지는 없고 돈은 엄청 많은 오렌지족들, 가끔 낑깡족들도 모이던 사치스런 동네다.

그런데 일단 이곳에서 상점을 오픈하려고 하니 보증금은 물론 권리금이 장난이 아니다. 우선 내게 호의적인 복덕방 아저씨를 구워삶아 눈물겨운 역적모의로 권리금 없는 싼 장소를 잡기는 잡았는데 그놈의 돈이 없는 거다.

무엇을 하든 '무리'는 금물. 차근차근, 꼼꼼히, 빈틈없이 자알 생각해서……

하지만 '무리'하지 않는 태도는 무리하지 않아도 되는 사람이 취할 태도다. 그저 뭔가 부족할 때엔 '무리'하는 게 딱이다. 무리하지 않고 세상에 무얼 할 수 있을까? 무리란 도사님들이 외우던 신통한 주문 '수리수리~~마하~수리~'의 약자. 바로 무리인 것이다. 그래서인지 무리를 하면 뭐가 되든 된다, 된다.

그래서 내가 생각해 낸 '무리'는 일종의 사고로써 일석이조(一石二鳥), 즉 돌 한 개를 날려 두 마리의 새를 잡는 것이었다. 그것은 바로 살고 있는 아파트 전세금을 빼서 가게와 집, 두 개를 해결하는 것.

남편과 이렇게 참신한 일석이조(一石二鳥)를 상의했다간 돌로 새 잡기 전에 내 머리에 먼저 날아올 수도 있으니 엉큼하고 은밀하게 혼자서 프로젝트를 진행해야만 했다. 왼손이 하는 일을 오른손이 모르게 하라란 말은 모든 일의 수행원칙이다.

난 일석(一石)에 해당하는 빠듯한 우리 아파트 전세금을 뽑아 이조(二鳥)에 해당하는 가게와 집, 두 개를 계약했다.

새로 이사하는 집은 말이 압구정동이지 매우 오래되고 낡아서 집을 팔면 집값은 하나도 못 받고 땅값만 받을 그런 단독주택이었다. 마음에 드는 거라곤 기가 막히게 싼 전세금뿐이다.

이삿날, 그날 이사하는 줄도 모르고 룰루랄라~ 남편이 출근한 후에 영광의 대탈출, 민족대이동 이사 대작전이 벌어졌다. 그럭저럭한 아파트에서 비좁고 후줄근한 집으로 이사를 하니 이삿짐 나르는 아저씨들이 말만 안 했지 무척 나를 동정하는 눈치다.

이사 후 남편의 안락한 퇴근길을 위해 난 그 바쁜 와중에도 남편에게 팩스로 새로 이사한 집을 찾아오는 친절하고 상세한 약도와 주소를 보냈다. 그런데 남편은 그 팩스가 잘못 온 건 줄 알고 보지도 않았다나?

그날따라 친구와 술 마시고 느지막하게 비틀비틀, 우리가 이사 나온 그 아파트로 갔다는데……. 술 먹고 문 두드린 사람과 이사온 집에서 첫날 잠을 자던 사람들의 해후는 그리 다정하진 않았겠지.

남편은 쥐도 새도 모르게 전세금 빼내 이사하고 가게 얻은 나의 앙큼함에 분개해서 방방 뛰었다. 그러나 어쩌랴! 우리의 아니, 나의 프로젝트는 이미 끝난 것을…….

그러나 모든 완성은 또 다른 시작이다. 가게는 권리금 없는 곳이라 싸서 좋긴 한데, 으악, 쌀집이 이사 가고 남은 그 폐허 위에 쥬얼리 상점을 세우다니. 달나라에 레저타운을 건설하고 말지. 오직 아파트 전세금이 전 재산이었던 난 보증금을 물고 나니 다시 먼지 폴싹이는 빈털터리가 되었다.

그때 다행히 내가 알바로 집에서 하던 일이 있었는데, 아들놈 영어도 가르칠 겸 아파트 동네 애들을 모아서 영어 그룹지도를 하고 있었다.

내 아들놈과 함께 가르치니 건성으로 할 수는 없고 지극 정성으로 가르쳤더니 엄마들에게 소문이 나서 애들이 한 놈, 두 놈 늘어서 그룹이 셋이었다. 1년이 넘도록 아이들을 가르치니 야금야금 쓰기도 했건만 4, 5백만 원은 족히 되었다.

이 영어 과외비를 언젠가 요긴하게 쓸 때가 있을 것 같아서 안 쓰고 모아두었던 건 아니다. 그냥 난 돈을 모으는 습성이 있다. 돈으로 뭘 사느니 돈으로 갖고 있는 게 더 뿌듯할 때가 많다.

그러나 삑적지근하게 유명한 인테리어 회사에게 의뢰해서 난 손 하나 까딱 안 하고 고개만 까딱거리며 쥬얼리 상점을 할 만한 돈은 안 되었다. 그래서 내 손으로 하기로 했다.

때는 겨울날, 11월 말이었고 매일매일 폐허인 가게에 나가서 막노동을 했다. 이럴 때, 약간 두꺼운 나의 얼굴 피부와 비위 좋은 빈대 근성이 도움이 되었으니 인근의 유리 새시 가게의 총각이나 구멍가게 아저씨,

세탁소 아저씨, 복덕방 할아버지, 길가는 학생 등 힘 좋아 보이는 남자들은 보이는 대로 다 불러대어 무거운 것, 키 안 닿는 것을 다 해결했다.

진열장은 집에서 쓰는 콘솔에 유리진열장을 맞춰 씌우니 아주 고급스럽고 독특한 쥬얼리 진열장이 되었고 그렇게 침대 옆의 사이드 테이블도, 거실의 티 테이블도, 유리상자만 만들어서 어디서도 살 수 없는 나만의 진열장을 만들었다.

옆집 옷가게의 새로운 인테리어 변경으로 폐품이 된 마네킹도 끌어와서 디스플레이에 이용되었고 심지어 그 집에서 버린 도톰하고 제법 널찍한 천 조각도 다 걷어와 재활용 쓰레기에 버려진 나무상자에 꼼꼼히 씌워 물건들을 올려놓고 조명을 비추니, 오우, 예~!

돈 주고 이 모든 걸 준비하려면 억수로 들여야만 하는, 혹은 돈 들여도 절대 안 되는 것들인 거다.

결코 값비싼 여느 보석집의 그렇고 그런 진열장보다 백 배, 만 배 훨훨 멋졌고 사람들은 나의 가게를 들어와 보고 싶어했고 즐거워했다. 그러나 내가 스스로 만들어낸 나의 인테리어와 진열장의 아름다움에 도취될 필요는 없었다.

우아한 샤넬 패션에 고무된 사람들은 우아는커녕 극성맞고 억척스러웠던 디자이너 '샤넬'의 이미지를 떠올릴 수 있을까? 그녀는 제품 이외에 자신의 가게의 인테리어 심지어 시시콜콜한 계단 난간마저 그녀가 직접 디자인하고 만들었다.

그녀 이외에도 많은 창의성 있는 사람들은 자신의 주변과 공간은 자신이 만들어낸다. 그래서 그 사람이 있는 공간은 곧 그 사람의 문화라는 말도 있나 보다.

난 내게 쉼없이 떠오르는, 어떤 때엔 귀찮기도 한 이미지들과 남들에겐 쓸모 없는 물건들을 내겐 더없이 요긴한 물건으로 용도변경했다.

돈도 배경도 아무것도 없는 사람에게도 있는 게 있기는 하다. 최소한을 최대한으로 극대화할 지혜와 그리고 자신감이다.

내가 하고자 하는 일에 대한 집중은 자나깨나 그 일에 매달리지 않으면 아무런 낙도 없었고 그 일의 진척만이 나의 유일한 즐거움이었다. 그러나 내가 반 미친 사람이 되어 그 일을 하고 난 후의 그 다음 일, 물건을 팔고 돈을 버는 일은 실은 나의 영역이 아니었는데, 신은 자신의 창조성을 조금은 닮은 내가 마음에 들었는지 아니면 불쌍해서였는지 그 다음의 일은 그가 알아서 해주었다.

난 눈코 뜰 새 없이 바쁘고, 즐겁고, 그리곤 나의 물건은 잘 팔려 나갔다.

다음해, 난 내가 번 돈으로 비행기표를 사서 내가 번 돈으로 삼소나이트 트렁크도 장만하고 파리지엔느 친구에게 줄 선물도 사고 그리고 친구에게 기죽지 않으려고 멋들어진 원피스도 사 입었다.

그리곤 자랑스럽게 1년 동안 내가 한 일이 자랑하고 싶어 근질거려서 깜짝 파티하듯 그렇게 파리의 친구에게 날아갔다.

돌이켜 생각하면 일석이조(一石二鳥) 프로젝트는 그리 위험한 것이 아니었다. 내가 만약 실패했다 해도 집과 가게의 보증금은 그대로 남아 있으니, 실상 엄마나 남편이 우려하는 것처럼 날릴 일은 없었다. 날린다 해도 문짝이며 유리 달고 바닥재 간 금액, 내가 1년 동안 영어 과외해서 번 돈뿐이다.

그러나 난 다행히 날리지 않았고 오히려 돈도 벌었다.

만약 남편과 예의 바르게 상의했다면 가능했을까? 조신하게 무리하지 않고 그에게 허락을 구했다면 그는 허락했을까? 오히려 그는 나를 설득하거나 누그러뜨릴 다른 명분을 내세웠을 거다.

나는 남편의 그럴 만한 논리에 설득당해서 끄덕거리면서도 패배감에 젖어 나의 현실의 한계에 다시 온몸을 부딪쳐 고통스러워했을 거고 다시 또 뭔가 하고 싶은 허튼 생각이 날 때엔 머리 굴리지 못하도록 내 머리통을 쥐어박았을 거다.

그러니 하고 싶은 일은 누구에게도 허락받을 필요 없다. 혹은 허락이 떨어지기 그 이전에 먼저 하고 보는 게 상책이다.

6

나쁜
여자,
cool한
여자

감자로 때린 당신, 콩밥 드시옵소서

한때 내가 치맛바람을 휘날리며 유치원 다니는 콩알만한 아들넘 스즈끼 바이올린 그룹레슨을 시키던 때다.

어느 날 그녀는 레슨 날에 애를 데리고 울어서 부은 듯한 얼굴과 시퍼런 눈두덩을 애써 선글라스로 가리고 우리들 앞에 나타났다. 아이만 데려다주고 그녀가 도망치듯 휘리릭 가버리고 난 후 말 많은 참새 엄마들은 한마디씩 했다.

그녀와 가깝게 지내는 어느 엄마의 입에서 나온 이야기에 의하면 눈두덩이 퍼런 그녀의 남편, 그녀가 은근히 자랑하던 잘 나가는 남편, 법을 수호한다는 변호사 남편은 가끔 그녀에게 주먹질을 한다고 한다.

여느 집처럼 부부싸움의 주제가 그렇게 찬란하듯 그네도 그건 마찬가지. 문제는 그 다양한 주제의 치사한 부부싸움이 주먹질로 이어진다는 것이다.

처음엔 친정으로 달려가서 남편이 백기 들고 와서 싹싹 빌 때까지 머물곤 했었는데 그것도 애를 둘씩이나 낳고 보니 친정에 가기도 눈치가 보인다고 한다. 처음엔 펄펄 뛰던 친정 식구들도 이젠 자신을 무시하는 것 같은 눈치고 시댁의 반응도 마찬가지. 일 년에 한두 번씩 사고가 터지면 애들을 남기고 먼 지방에 있는 친구집에 가서 며칠을 지내기도 했지만 애들 때문에 할 수 없이 돌아오곤 한다고 한다.

그녀의 남편은 주먹질을 한 후 화가 풀리면 외식을 하자, 미안하네 어쩌구 하는데 그녀는 처음엔 그런 행동에 맘을 열곤 했지만 이젠 안 된다고 한단다.

난 그녀가 유난히 자신의 뭔가를 과시하는 과잉행동이 그래서 나오지 않았을까 추측을 했다.

그 안 들어도 될 얘기까지 자세하게 전해들은 여자들은 자못 진지하게 매맞는 여자에 대해 시끄러운 수다를, 아니 토론을 시작했다.

여자 1 "여자 패는 넘은 가만 놔둠 안 돼. 여자가 짐승이야?"
여자 2 "여자가 좀 밉살맞지 않우? 우리에게도 저리 거만하고 못되었으니 남편에게도 그런가 보지."
여자 1 "그래도 그렇지 여자를 때려요? 배울 만큼 배운 사람이."
여자 3 "그러니 쌈을 해도 여자가 넘 끝까지 박박 대들면 안 돼요. 남자는 욱하는 성질이 있으니."
여자 4 "울 신랑은 암만 내가 바가지 긁어도 절대 손 올리는 법이 없어. 울신랑 넘 착해."

우리가 느끼는 모든 행복은 가끔은 상대적이다. 여자들은 매맞은 여자를 두고 전혀 그런 일과 해당 안 되는 자신을 돌아보며 다행스러워하기도 했는데……

순간 난 잠깐 우리가 혹시 주인 잘 만난 애완견의 모임이 아닐까 생각했다.

푸들 우리 쥔장은 내가 웬만큼 짖어도 안 때리고 과자만 준다우.

치와와 옆집 발발이네는 툭하면 주인이 패서 언제나 개 짖는 소리가 시끄러워요.

푸들 2 참 안됐어요. 개팔자는 주인 만나기 나름인데.

마르치스 주인 사랑받는 건 개 하기 나름이죠, 홍홍.

요크샤 그 똥개, 가만 보면 넘 못났지 않우? 에그, 개는 뭐니뭐니 해도 주인을 잘 만나야지. 울 주인 넘 착해.

부부싸움 찐하게 하는, 「장미의 전쟁」이라는 영화. 꽤 쓸 만한 집안을 쑥대밭을 만들어놓고 결국 두 부부가 육탄전 끝에 죽는 그런 갈 때까지 가는 폭력적인 부부싸움을 그린 영화다.

그걸 보면 부부란 그렇게 애증이 복잡하게 교차되는, 뜨겁게 사랑한 만큼 증오도 그에 못지않게 비이성적일 수 있지 않을까 생각하게 한다.

인간이란 동성이건 이성이건 그렇게 적대감정이 극대화되면 동물의 왕국처럼 강한 놈이 약한 놈을 신나게 두들겨패는 양상이 되는 게 당연한 걸까?

에잉~ 모르겠다. 남의 얘기만 하려니 영 시원하지가 않다. 내 얘기는 안 쓰고 우아하게 남의 얘기만 하면서 매맞는 여자를 풀어가려 했지만 남의 얘기만 울궈먹으려니 양심이 조금 따끔따끔하다.

감자로 맞았어요~!

그럼 이번엔 계획에 전혀 없던 더 뜨끈한 내 이야기 하나. 우리 부부, 그러니까 미국에서 유학생과 그의 밥집 아줌마 시절의 이야기다.

미국 감자, 어른 주먹보다 더 크고 무식하게 생겼다. 난 그 사건 이후로는 감자가 싫다. 한동안 우리 부부는 장보러 가서 감자 고르며 주워들

었다가 서로의 얼굴을 쳐다보곤 슬그머니 들었던 감자를 내려놓게 되었
다. 그리곤 스르르 카트를 돌려 이내 감자 코너를 뜬다. 일종의 감자 알
레르기가 생긴 거다.

악몽의 감자 사건을 들려주리?

미국에서 남편이 공부하던 시절이니 나도 유학생 마누라 하느라 밥집
아줌마 하던 시절. 생각도 나지 않는 별 시답지 않은 일로 싸우다가 학
교 갈 시간이 급한 남편은 현관으로 뛰어나가면서 마침 현관에 봉지째
놓여 있던 감자를 거실에 있는 내게 날렸다.

물론 맞아서 간지러우라고 장난으로 던진 게 아니니 감자의 크기와
날아오는 속도면에서 감자는 이미 식용감자를 넘어선 짱돌에 버금가는
전투 살상용 무기였다.

난 그만 그걸 정통으로 머리에 맞고 말았다. 거의 뇌진탕에 버금가는
충격으로 난 그만 쓰러졌다. 그러나 남편은 자신이 투척한 수류탄대용
감자탄이 적을 그리도 쉽게 쓰러뜨린지도 모른 채 학교로 룰룰랄라 가
버렸다.

바닥에 엎드려 한참을 꼼짝도 못한 채 있던 난 드디어 여자가 남자에
게 매맞는 그 비극의 현장이 나를 덮쳤음을 알게 되었다. 난 세상의 모
든 악몽의 예외가 나를 비껴가리라고 생각했던 걸까? 아픔도 아픔이지
만 그보다 더 그 참담하고 자학적인 그 아픔이라니……. 기진을 하도록
한참을 우니 막 돌이 지난 아이가 덩달이로 함께 운다.

한참을 엎드려 울다가 이대로 지나쳐서는 안 되겠다고 생각했다. 난
이멀전시에 전화를 했다. 그 다음에 더 놀란 건 무섭게 달려온 경찰이었
다. 앰뷸런스와 함께 대동해서온 대여섯 명쯤 되는 무장 경찰들이 무전
기를 들고 뭐라고 쏼라거리면서 한 여자 경찰이 이젠 멀쩡하게 걸어다
니는 내게 상냥한 목소리로 사건의 자초지종을 물었다. 내가 부부싸움
끝에 감자로 맞았다고 하니까 이 여자 약간은 웃긴다는 눈치다.

그 순간 학교에서 돌아온 남편. 그는 그 자리에서 수갑을 차고 구속이 되었다. 멀쩡하게 잘 걸어다니건만 그들은 나를 극구 들것에 실어서 앰불런스에 태웠고 남편은 영화에서나 보던 은색 수갑을 찬 채 경찰차에 실렸다. 삐요삐요~ 소리를 울리며 가는 앰불런스 뒤로 경찰차가 뒤쫓아왔다.

주먹만한 혹이 나서 떵한 머리에 엑스레이를 찍고 오만 가지 검사를 다했다.

난 모든 게 끝나고 집으로 돌아왔지만 남편은 그날 집으로 못 왔다. 그 다음날도 못 왔다. 그 다음다음날도……. 그러니까 감옥에 간 거다. 나중에 보석금을 내고 풀려났는데 재판도 있다고 했다.

그 사건으로 인해서 나는 새로운 사실에 접하게 됐다. 발도 없는 나쁜 소문은 그토록 빨리 퍼져나간다는 것.

더 기가 막힌 것은 남편을 쇠고랑 차게 한 나, 나쁜 여자는 정말 몹쓸 여자가 된 거다. 감자로 맞아서 약간은 코미디스럽긴 하지만 정말로 아픈 건 나였는데 수갑차고 감옥 간 남편만 동정을 받고 이 소식을 어찌어찌 전해들은 큰동서에게 눈물이 나도록 혼쭐이 났다.

"남편에게 한 대 맞았다고 남편 콩밥 먹이니 속이 시원해? 보기보단 참 독하네~!"

"저, 형님, 콩밥이 아니라 콩빵일 텐데요……. 미국 감옥에선 밥 대신 빵을 주거든요."

이런 푼수엽기스런 조크는 못 했다.

대신 난 이내 꼬리를 내렸다.

"잘못했어요. 훌쩍훌쩍~."

남편에게 얻어맞아 머리에 혹 나고 이웃에게 손가락질받고 시댁에 혼나고. 그러니 앞으로도 남편에게 맞으면 찍소리도 없이 혼자서만 꽁꽁 숨기며 외부에는 일체 알리지도 말아야 하는 거다. 생명이 위독할 정도로 두들겨맞는 게 아니라면.

그리고 더 좋은 방법으로는 남편에게 맞을 만한 행동을 미리 안 하는 거다. 남편이 뭘 던진다거나 주먹을 들썩일 정도로 화가 안 나도록 부드럽게 말해야 하고 그래야만 안 얻어터지고 남자에게 안 터지니 이웃에게도 좋은 여자, 남편 사랑을 듬뿍 받는 참하고 복스러운 여자가 되는 거다.

따라서 남편에게 두들겨맞는 여자는 교양 없고 지지리 주변머리도 없고 남편 비위도 못 맞춰서 남편 사랑은커녕 얻어터지며 구박만 받는 세상의 애물단지로 되는 거다.

사람들은 남자의 폭력을 처음엔 나무라면서 이내 그 여자와의 이해관계에서 허점이 발견되면 심심한 일상에서 건져올린 요긴한 간식인 양 그날의 폭력사건을 이렇듯 말할 거다.

"그 여자 잘난 체해도 맞고 산다지, 아마."

"하는 짓이 오죽하면 남편에게 얻어터지고 살겠냐구, 쯧쯧."

난 감자로 맞아 아픈 머리보다는 내가 발견한 새로운 사실에 더욱 경악했다.

물론 제 마누라 두들겨패는 남자가 존경받는 사회는 아니다. 그러나 남자에게 맞고 그에 따른 여자 스스로의 모멸감말고도 사회로부터 받는 멸시를 담은 눈길은 여자 패서 쑥스러운 일 당하는 남자의 그것과는 비교가 안 된다.

피해자와 가해자의 대우는 어느 나라 어떤 법에서건 그 처우가 분명하다. 피해자는 그 피해에 상응하는 보상과 법적인 우선권을 갖게 되고 가해자는 응당 책임을 져야 한다.

그런데 왜 여자는 남편에게 맞은 사실을 부끄러워해야 하고 심지어 맞은 여자의 인격이 평가절하되며 또는 맞은 여자에게서 남편 폭력의 그 원인을 찾는 이상한 시각을 경험해야 할까?

그런 시각, 남자와 여자의 사고가 터진 다음 여자에게서 사고의 원인을 찾으려는 시각은 성폭력사건에서도 여실히 보여진다.

여자가 남자에게 밤거리 으슥한 곳에서 억울하게 강간을 당했다면 법적인 처벌 이외에 사회는 그 여자의 행동에서 남자에게 우발적인 충동을 일으키게 한 동기부여를 은근히 물고 늘어진다. 오히려 당한 여자가 이웃의 곱지 않은 시선을 맞아야 하는 것은 여자와 남자 간에 벌어지는 모든 불미스러운 사태, 성폭력이나 가정폭력이나 같은 신세이다.

겉으로 드러나는 법적인 처벌은 남자에게 갈지 모르지만 그에 버금가는 후유증은 고스란히 여자의 몫이 된다. 그래서 성폭력을 당한 여자나 남편에게 맞은 여자는 차라리 공공연히 이웃에 알리는 것보다는 스스로 제 가슴을 치고 그런 사고가 재발하지 않도록 스스로 조심하려는 소극적인 자세가 되어진다.

이것은 체력이 강한 남자를 섣불리 건드리면 체력 약한 여자가 오히려 손해본다는 공식이 된다. 충동적인 남자를 건드리지 않는 범위에서만 여자들은 멋을 부릴 것이며 화가 나면 여자와 달리 불끈불끈 주먹이 올라가는 튼튼 씩씩한 남자의 감정을 건드리지 않는 한도 안에서 여자는 남자와 쌈박질을 해야 한다?

감자로 머리통 얻어맞은 그 사건이 미국에서 났으니 경찰이라도 부르지 만일 한국에서 '거기 경찰이죠? 남편이 감자로 때리고 학교 갔어요!' 이랬다간 경찰 아저씨가 내게 뭐라고 했을까?

"그래서 어쩌라구요, 누가 죽었슈? 아님 피났슈?" 이럴 게 뻔하다.

우리가 간과하는 매맞는 아내에 대해 보여주는 극적인 시선 하나를 찾는다면 가끔 TV 코미디에서 그려내는 우스운 여자 모습의 단골 메뉴에서다.

다름 아닌 남편에게 시퍼렇게 얻어터져서 눈탱이가 밤탱이된 뽀글 파마를 한 아줌마의 모습이다. 달걀로 얼굴을 부비며 배시시 웃으며 그녀가 하는 말이 더 웃긴다.

"나도 맞을 짓을 했지!"

사람들은 그걸 보며 박장대소를 하고 웃는다.

과연 그게 웃을 일인가 울 일인가. 그걸 보고 웃는 우리는 매맞는 여자의 적인가 이웃인가. 성폭력과 가정폭력의 동기를 여자에게서 찾는 이 사회는 정상인가 비정상인가.

이태리에서 만난 특별한 친구 독일여자 앨케는 왕년에 이태리에서 공부하고 독일 고등학교에서 주욱 이태리어 선생을 하다가 정년 퇴직하고 피렌체에서 사는 독일 여자다.

어느 날, 피렌체의 서점카페에서 내 옆에 앉은 그녀와 나는 서로 같은 제목의 책을 집어들고 있는 걸 발견하곤 자연스레 친구가 되었다. 현재 그녀는 페미니스트 독일의 여러 신문에 여성과 사회에 관한 칼럼을 싣고 있는 프로 칼럼니스트이기도 하다.

그녀가 대뜸 어느 날, 만나서 하는 말.

"나쁜아, 넌 하녀야 마녀야?"

"엉?"

"여자는 중년이 되면서 하녀가 되든지 마녀가 되든지 변하게 돼.

여기서 내가 말하는 하녀란 자기 인생이 자신의 의도대로 살아지지 않고 자신의 주위에 의해 끌려서 살아가게 되는 여자, 혹은 남자 위주로 만들어진 사회 의식에 순종하는 여자, 그래서 기꺼이 혹은 억지로 순응하며 사는 여자야."

"그럼 마녀는?"

"마녀란 하녀의 삶은 아니되 주위 사람의 특히 남자의 따끔하고 곱지 않은 시선은 받는 여자, 남자 위주의 가치관과 사회에 대해 반항 혹은 저항을 하고 자신에 의한 자신의 삶을 개척하고 싶은 여자라고나 할까?"

"난 마녀가 더 멋지다고 생각은 하지만 하녀도 그렇게 나쁘진 않을 것 같은데. 왜냐하면 여자인 난 남자의 사랑을 받는 게 아주 중요하다고 생각하거든요. 사랑하는 남자와, 그와 함께 낳은 아이들의 하녀가 되어 사는 것은 그 안에서 자신이 행복과 만족을 느끼기만 한다면 행복하고 멋진 하녀로 살 것 같아요."

"하하하, 맞아. 나쁜아, 불행히도 여자는 결혼에 대한 환상, 즉 남자가 주는 행복에 대해 염증을 느끼지 않고서는 마녀가 되기 힘들단다. 여자가 결혼생활이 행복하거나 아직 남자에 대한 미련이 남아 있다면 말이야. 냉정하게 말해서 결혼생활에 불만이나 불편을 느끼지 않으면 가정 밖으로 관심을 갖거나 사회생활을 하려고 하지 않지. 특히 미혼인 여성, 즉 20대나 30대 초의 여자들은 사랑하는 남자가 자신을 변화시키는 가장 큰 변수라고 생각하게 된단 말야. 그래서 그 시절엔 여자가 사랑에, 남자에 목숨을 걸게 되기도 해. 나도 그랬거든. 나쁜이 넌 어때?"

"히히히, 당근이 말밥이지요. 맞아요, 그 시절엔 나도 그랬죠. 사랑과 연애의 중병을 앓느라 결혼 후의 생활, 혹은 결혼 후의 나 자신에 대해선 별 생각을 안 했어요. 오직 사랑하는 남자와의 드라마 같은 결혼을 꿈꾸었지요."

"맞아, 맞아. 나도 그랬어. 온통 가장 중요한 일은 남자였어. 사랑하는 남자가 없는 내 삶은 생각할 수도 없었어. 더 정확히 말하자면 내가 사랑하는 남자보다는 나를 끔찍이 사랑해줄 남자가 더 필요했었지. 그렇게 사랑받는 나를 느낄 때가 가장 행복하고 자랑스러웠어."

"앨케, 여자는 사랑하는 것보다 사랑받는 자신을 느낄 때에 더 만족해하는 것 같아요. 또한 삭막하고 답답한 현실에서 구원자로서의 남자를 찾기도 하지요. 그러나 백마를 탄 기사나 혹은 백마 마구간지기를 만나서 사랑을 하고 결혼을 하면서 여자는 현실의 구원자였던 남자에게 다시 갇히게 된 자신을 발견하지요."

"흠, 맞아. 그 남자에게 갇히는 기분은 여자마다 약간씩 다르지만, 그걸 느끼는 건 시간문제지. 결국 남자의 사랑은 여자에게 구원이 아닌 셈이야."

"앨케, 처녀 시절 내가 이상적으로 바라던 배우자는 아버지의 또 다른 비슷한 형태였던 것 같아요. 내게 의식주를 주야장창 무조건 제공하고 따뜻한 눈길로 봐주고 나의 경제적·세속적 욕망을 적당히 해결해주는 스폰서로서의 존재. 그럼 남편은… 젊은 아버지가 되나?"

"젊은 아버지……라. 하긴, 그럴 수도 있겠네. 결혼을 하기 위해 남자는 여자 아버지의 공인을 얻는 절차를 거치지. 예식에서는 신부의 아버지가 딸의 손을 잡고 나아가 신랑에게 신부를 인도해주며 이제부터 네가 내 딸의 보호자이며 임자다란 무언의 암시를 하고, 여자는 늙은 아버지에게서 젊은 아버지, 즉 남편에게 양도되는 거야. 그러니 아버지에게 순종하듯 결혼 후엔 남편에게 순종을 하는 게 당연한 셈이지."

"한국에서도 결혼 승락받을 때에 좀 지나간 표현이지만 이런 말들을 남자가 하지요. '아무개를 사랑합니다. 딸을 제게 주십시오. 행복하게 해주겠습니다.' 그럼 여자의 아버지는 이렇게 말하죠. '내 딸을 절대 못 준다.' 혹은 '오냐, 내 딸을 네게 줄 테니 잘 살아라.' 줘라, 말아라(던져라가 없으니 다행인가?) 여자가 짐인가, 노예시장의 만만한 노예인감, 지네들끼리 주고받게. 쳇~ 가만 생각하니 열 받네."

"흐흐흐, 그런 식의 결혼을 앞둔 대화는 서양에서도 마찬가지야. 여자는 남자의 소유물로서의 개념이었고 관리해야 하는 또 한 명의 하인과도 같았어. 결혼이란 남녀의 결합이고 결혼의 주된 목적과 가치는 아이를 낳는 일. 그러니 여자의 사회적 위치는 아이를 생산하는 자로서 가장 확고하게 자리매김을 하는 것이지. 세상은 남자의 것이고, 그 세상을 유지시켜 나가는 데 절대 필요한 것은 여자의 생산능력이거든.

세상의 온갖 영광스럽고 지배자로서의 위치는 남자의 것이고 여자는 그 남자의 그늘을 용케 누리는 것이 여자의 사는 방법이기도 하지. 그래서 여자는 남편을 혹은 자신의 아들을 좀더 높은 위치에 출세시키고 나면 자신의 신분이나 명예, 부마저도 누릴 수 있는 반면, 자신이 아무리 뛰어난 재능이 있는 여자라 해도 남편과 아들의 능력이 자신만 못하면 그 여자의 위치는 남자들을 그대로 따를 수밖에. 그래서 유능한 여자들보다 유능한 남편과 아들을 둔 여자가 더 행복하고 많이 누릴 수 있었지.

단, 공들인 남편과 아들의 배신이 없는 상황에서만 가능한 일이긴 하지만……."

"그건 한국도 마찬가지예요. 아니, 오히려 더하지요. 전통적으로 바람직한 한국의 여성은 자신의 뛰어난 능력을 발휘하기보다는 그 능력과 아이디어를 남자에게 제공하고 자신은 뒤켠에 다소곳이 겸손하게 있는 여자예요. 요즘도 그래서 남편에게 현명하게 내조를 잘하고 아이들을 좋은 대학에 보내는 것이 결혼한 여자의 가장 일반적인 모범적인 상이기도 하답니다. 결국, 결혼한 여자의 시간과 에너지를 자신의 재능이나 이상을 위해서가 아니라 가족의 안락한 삶을 위한 밑거름으로 쓰이는 걸 많이 봐요."

"나쁜아, 그게 바로 내가 말하는 하녀의 삶이란다. 설사 어떤 여자의 꿈과 이상이 행복한 하녀라 해도 그녀가 행복할 수 있는 조건은 남자들이 쥐고 있어. 다행히 그녀가 봉사하는 남자들, 가족이 그녀의 헌신적인 사랑의 노동을 감사하게 받아들이고 만족해하며 사회적으로도 발전하며 그녀를 사랑해준다면 그녀는 자신의 존재감을 느끼며 만족스런 하녀로서 별 불만 없이 살아갈 수도 있을 거야. 그러나 그건 그녀만의 노력으로 되는 건 아냐. 하녀로서의 행복은 주인을 누굴 만나느냐에 달려 있으니 말야."

"흠, 듣고 보니 그렇군요."

난 잠시 내가 하녀인지 마녀인지에 대해 곰곰 생각해보았다. 둘 중에 좀 그럴싸해 보이는 걸 골라들고 싶지만 아무래도 하녀도 마녀도 후줄근하고 무시무시하고 다 피곤한 여자들이다.

"그런데 말예요, 앨케. 참 이상하지 않아요.? 여자와 남자가 사랑하는 건 못 말리는 자연현상이고, 사랑하면 결혼하고 결혼하면 애 낳고 남자는 돈 벌어오고 여자는 애 키우고 살림하게 되고, 그런데 그 자연스러운 과정을 거치면서 여자는 자연히 하녀가 되는 게 아닌가요? 하녀가 되기 싫은 여자는 결혼도 하지 말고 결혼을 안 하려면 아예 사랑도 하면 안 되니 남자도 만나면 안 되겠네요. 에구, 하녀 되기 싫음 남자도 애인도 없이 여자는 뭔 재미로 한평생을 살꼬~."

"나쁜아, 넘 민감하게 생각할 건 없어. 여자는 사랑도 하고 결혼도 하고 행복하게 살 수 있어. 사람들이 결혼제도의 모순과 문제점을 직시한다면 말야. 아주 힘들고 복잡한 일이긴 하지만 그 사회의 제도와 관습을 합리적으로 고치면 돼."

"으윽~ 점점 더 머리가 아파지네."

일단 불같은 연애를 하면 물불 안 가리고 결혼하게 되고 애 주렁주렁 낳게 되는 건 안 봐도 비디오지, 뭔 넘의 제도가 바뀔 때까지 기다려서 결혼을 하남?

나의 쥐똥 씹은 듯한 알딸딸한 표정을 읽었는지 앨케가 빙긋이 웃는다.

"그럼, 하녀로 살기 싫음 마녀로 살면 돼. 중세의 마녀처럼 온통 자잘한 병마저도 신의 섭리라고 몰아세우는 그 시대의 잘못된 사회 관습을 바로 알고 과학적이고 합리적으로 해결하려 했던 마녀 말야. 중세의 마녀가 독감에 잘 듣는 물약을 개발한다 해서 신을 부정하거나 거역한 것이 아니듯, 여자가 결혼을 통한 여성의 삶에 대한 병폐를 느낀다고 해서 그리고 그것을 좀더 합리적으로 해보자는 게 남자를 증오하거나 거부하는 건 아니니까 말야."

"그래요, 맞아요. 남자와 여자만이 있는 이 세상에서 여자가 불행하다고 생각하며 산다는 건 남자에게도 불행이죠. 여자가 불편한 제도는 남자도 불편하고, 여자가 편한 제도는 남자도 편한 거 아닌가요. 여성의 권리가 확보되면 그만큼 남자의 권리가 줄어드는 것은 아니죠. 결국 여권은 남자를 대상으로 하는 여자의 권리가 아니라 인간이 세상을 향해 구하는 인권이라고 생각해요."

"나쁜아~ 넌 정말 멋진 동양 마녀구나."

"그래요, 앨케. 나도 안락하지만 불만스러운 하녀보다는 힘들고 만족스러운 마녀로 살고 싶어요."

아무래도 확고한 마녀가 되기 위해서 조만간 검정 뾰족 모자와 하늘을 타고 날 싸리 빗자루라도 준비해야 할 듯하다.

낭만적 모성애

어느 날, 앨케가 말했다.

"나쁜아, 요즘 유럽 여자들이 애 낳기를 기피하는 것은 꼭 여자들의 일 때문만은 아니야. 아이를 낳은 후의 육아의 전담 등 아직도 제도적으로 여자가 아이를 낳고 가정에 정착하는 것이 안정적이지 않거든. 하지만 사회적으로 지나치게 모성애를 강조하고 어머니를 우상화하는 경향이 있어. 그거 여자들에게 상당히 부담스러운 점인데……. 자, 이제 우상화의 이면을 읽기 시작해보자구.

남녀 사이든 가정이든 거기엔 묘한 권력의 관계가 있지. 자신의 먹이를 나르는 경제권의 주체가 되는 남자에게 여자는 순응하게 되어 있어. 더군다나 아이가 있는 어머니는 아이의 이름으로 가정, 즉 그들의 관계가 유지되기를 바라고 부당한 처사에도 무릎을 꿇게 되지."

"그러나 당신네 나라에선 이혼할 경우 상당 부분을 아이를 가진 부인이 남편의 재산을 갖게 되지 않나요? 이혼 몇 번만 하면 남자는 거의 깡통을 차게 된다고 하던데……."

"그래. 그래서 유럽의 남자들은 결혼에 대해선 무지 심사숙고한단다. 그리고 아이 낳기를 희망하지 않는 남자들도 있어. 그러나 그건 제도적인 것이고 심리적으로 아이를 가진 여자는 가정이 깨지기를 바라지는 않는다는 거지."

"많은 심리적인 요소가 제도적인 것에 영향을 받는다고 생각해요. 당신네 유럽과는 달리 한국에선 아이들을 가진 여자들의 상황이 더 열악해요. 모든 아이들의 성은 남자를 따라야 하는 것 등등."

"참 안됐구나. 내가 말하려고 하는 것은 모성애를 추앙하는 사회와 그에 세뇌당한 여자들은 모성 앞에서 무력해지는 것을 당연시한다는 거야. 아이를 키우고 가정을 유지하는 일. 그것은 여자들의 미덕이요, 여자의 권리를 주장할 수 있는 최고의 방파제가 된다는 거야.

그러나 다시 보면 그 권리를 얻기 위해서, 남자가 자신의 일에 질주할 수 있는 시간에 여자는 남자의 자질구레한 비서와 아이들의 보모 역을 하게 된다고나 할까? 물론 사랑이라는 이름 앞에서……. 우리 사회는 사회적인 노동을 하는 남자들에겐 그 대가가 주어지지만 남자와 결혼한 여자에게는 그녀 집안에서의 노동은 당연히 착취할 노동력이고 그녀의 노동의 대가는 그녀가 속한 남자에게서 받게 되거든."

"아하! 당신은 모성애에 대한 낭만적인 시각을 걷어내고 싶은 거군요. 그래도 여자가 아이를 안은 모습은 가장 정겹고 평화로워 보이지 않나요?"

"아름답지만 난 지나치게 낭만적인 모성애에 대한 해석은 더 이상 그만둬주었으면 좋겠어. 특히 우리 여자들끼리는 말이야. 냉정하게 볼 때 사회는 사회에서 필요로 하지 않는 인간은 원하지 않아. 여자의 생식 능력은 인간의 노동력에 기반을 두는 농경사회에서 가장 중요한 능력이었어. 그래서 여자들만이 할 수 있는 아이를 낳는 일에 여자들을 몰두시키게 하고 싶었겠지. 물리적으로 힘이 남자보다 약한 여자에겐 남자가 할 수 없는 애 낳는 일이 그녀들의 권리를 주장할 수 있는 독특한 영역이었어.

그러나 산업사회가 발달하면서 남자의 물리적인 노동보다는 지식기반적인 일들이 많아졌고 이제 여자들도 남자보다 더 많은 지식을 갖고 남자보다 더 뛰어난 일들을 해낼 수가 있어."

"앨케. 그러고 보면 모든 인간의 도덕관이나 의식은 시대에 따라 바뀌는 게 당연한 것 같아요. 그리고 제도는 사람들의 의식이 서서히 바뀐 후 맨 마지막에 바뀌는 것 같아요. 마치 아이가 자라서 더 이상 그 옷을 못 입게 되었을 때에서야 큰 몸집에 맞게 새옷을 만든다고나 할까요."

"하하하, 그래서 어이없게도 많은 혼란이 생기기도 하지. 바로 우리가 사는 지금이 그런 시기인 것 같아. 나쁜아, 나는 모성애가 '나쁘다, 좋다'라는 평을 하려는 게 아니야. 뭐라 해도 인류를 이제껏 유지시켜온 가장 엄청난 힘은 여자들의 모성이기도 하거든. 그러나 그 낭만적인 모성애에 여자가 포로가 되어서는 안 된다는 거야.

여자가 인간으로서 떳떳이 자신의 권리를 주장할 영역이 과거에는 어머니라는 이름이었다고 한다면 이제는 더 이상 어머니라는 이름으로 권리 주장을 할 수 없게 되었어. 이제 여자는 어머니란 이름 뒤로 숨을 수도 없어."

이 대목에서 나, 나쁜 여자는 숨이 막혀왔다. 앞에 놓인 생수통에서 물을 들이켰다. 뭐라구? 더 이상 어머니란 이름으로 숨을 수가 없다구? 이게 뭔 해괴망측한 말인가.

"결혼을 하면 남자가 먹이를 벌어오고 아이를 낳은 여자가 아이를 키우는 일은 인류역사상 가장 보편적인 현상 아닌가요? 짐승 같은 모성애는 애들을 키워내는 중요한 에너지구요. 인간 이외에 다른 어떤 동물들도 지극정성인 모성애로 지 새끼들을 키워내던데……. 그래서 모성애는 가장 인간적이고 자연스런 것 같은데……."

평소 TV의 「동물의 왕국」을 열심히 시청하던 나는 자신 있게 말했다.

"그렇지. 하지만 말이야, 동물들의 새끼와 인간의 아이는 다른 게 있어. 많은 동물들은 암컷이 수컷에게 먹이를 의지하지 않고 새끼를 데리고 빨리 자립하는데, 그만큼 동물의 새끼들은 빨리 자라준다는 거야. 젖만 떼면 성큼성큼 걷고 인간처럼 학비도 들지 않으며 제 먹이를 잡는 것도 인간보다 빠르다는 거야. 그래서 동물의 암컷은 육아에서 인간 여자보다는 비교적 간단하게 육아를 끝내고 수컷에게 덜 의지할 수 있지."

"맞아요. 거기다가 인간은 먹이는 것 이외에 싸는 것, 입히는 것, 재우는 것, 거기다가 공부시켜야지, 공부하려면 돈 들여야지……. 나도 언젠가 '남자와 여자가 결혼을 하게 된 이유'란 글을 쓰면서 인간이 결혼하게 된 것은 결국 새끼를 키워내기 위한 제도적인 방편이라고 했죠."

으~ 나의 통찰력. 앨케가 나와 비슷한 주장을 하는 바람에 난 기분이 으쓱해졌다.

"근데 시대가 달라져서 여성의 가사노동이 점점 줄고 편리해지고 있어. 여자 편리하게 해주기 경합이라도 하는 듯 점점 더 편리한 가전제품들이 쏟아지는데 이는 바로 여자의 노동이 얼마나 단순, 반복적인가를 말해주고 있다고나 할까? 기계가 해줄 수 있는 일들을 그동안 여자들이 집안에 머물며 하고 있었던 거야.

거기다가 여자에게 높은 교육의 기회가 주어졌다는 건데, 이건 여러 가지 여자의 삶이 바뀐다는 걸 의미해. 여성이 지적인 능력이 우수하면 얼마든지 남자보다 사회에서 중요하고 높은 보수를 받는 일을 할 수 있으며 결혼에 의해 생존을 보장받지 않아도 독립적인 경제생활을 할 수 있는 거지. 여자의 독립적인 생활에서 경제는 아주 중요한데……."

난 또 한 번 앨케의 주장을 내가 미리 말해보는 기쁨을 얻기 위해 말을 가로막았다.

"하지만 육아는 여자가 독립적인 경제생활을 할 수 없게 하지 않나요?"

"맞아. 육아는 아주 중요하고 보람된 일이지만 제도가 육아로써 여자의 인간적인 성취나 역량을 제한한다면 혹은 모성애의 실현으로 여자의 개인적인 발전의 싹조차 없어진다면 여자의 모성애는 과연 뭘 의미할까?"

"뭘 의미하긴요. 말하긴 거북하지만 여자에게 보기 좋게 만든 쇠창살의 의미도 있겠죠."

이 말을 하면서 난 우리 애들의 얼굴을 떠올렸다. 그 귀여운 것들이 나에게 쇠창살? 못된 어미가 된 것 같아 좀 미안했다.

나의 어설픈 표정을 보며 위로하듯 앨케가 말을 잇는다.

"아이를 낳는 건 여자만이 아니야. 남자와 함께 낳은 거지. 세상이 바뀌었으면 제도도 사람도 바뀌는 게 당연해. 기계가 발달해서 여자의 가사노동이 현저히 줄고 여자도 남자와 대등하게 공부하게 되었고 오히려 여자의 능력이 미래의 중요한 핵심인력이 된다면 남자는 여자와 함께 육아도 책임지고 여자가 느끼는 모성애도 달라져야 한다고 생각해."

"하긴, 여자만 젖 나오는 젖꼭지가 있는 게 아니죠. 남자도 절벽에 붙은 건포도지만 젖꼭지도 있잖아요. 부성애란 멋진 단어도 있구요."

"하하하~ 그래. 이젠 모성애만큼 부성애도 적극적이고 아름다울 수 있단 걸 남자들이 보여줘야 할 때지. 그리고 사회는 천편일률적으로 아이는 여자가 키워야 한다는 식의 모성애 우상화를 그만두어야 할 때이고……."

"그러고 보면 여자들의 모성애는 악어의 눈물이에요."

"뭐, 악어의 눈물?"

"악어가 그런답니다. 잡아놓은 먹이에게 '너 내가 너에게 퀴즈를 하나 낼게. 그거 맞히면 너 안 잡아먹고 놔줄게. 내가 널 잡아먹을 것 같니, 안 잡아먹을 것 같니?' '<u>으으으</u>~ 잡아먹을 것 같은데요.' '아냐 틀렸어. 실은 안 잡아먹을 거였단다. <u>으흐흐흑</u>~! 슬퍼라! 너 불쌍해 죽겠어. 하지만 틀렸으니 먹어야 해.' 그러면서 먹이를 삼키며 눈물을 찔끔 흘린다는군요.

'모성애? 너 모성애 있어? 그럼 있지, 그렇담 그건 당연한 일이고.' 근데 모성애에 문제가 있어 보이면 '넌 인간도 아니야. 니가 인간이냐. 짐승보다 못한 것아.' 잘하면 본전, 쪼금 삐딱하면 완전히 인간성 바닥이 되는 거죠. 모성애에 관한 한 여자는 그냥 속수무책인 악어의 먹잇감처럼 어차피 먹힐 것, 잔머리 굴리느라 피곤해하지 말고 조용히 악어 입으로 머리를 디미는 게 나은 것처럼 모성애로 왈가왈부해서 괜히 인간성 욕먹지 말고 기왕 낳은 애 키우는 것, 조용하게 모성애로 완전무장하고 '모성애 만세!' 하며 키우는 게 낫다는 거죠."

"하하하. 나쁜아, 재미있는 비유인 것 같아. 모성애를 미화하고 우상화해서 아이를 키우는 여자의 미덕을 찬양하는 반면, 그 반대급부의 여자를 한계화하고 여자를 옥죄는 또 다른 면모가 있단 걸 여자들이 인식해야 해."

"하지만 그것만 가지곤 모자라요. 남자가 아이를 함께 키우는 사회제도의 변화도 있어야 해요. 남자는 바깥일, 여자는 집안일, 이렇게 분업화된 거지같은 구시대적인 제도가 사라져 빨리빨리 여자, 남자, 집안일과 바깥일을 유별나게 구분되는 일이 없으면 좋겠어요."

납작하고 단단한 남자의 가슴. 그 위에 조그맣지만 견고하게 달려 있는 남자들의 젖꼭지. 그건 아마도 신이 실수로 만든 것 같지는 않다. 아이를 먹이는 젖이 나오는 여자의 부드러운 가슴과 달리 단단하고 튼튼한 남자의 가슴은 아이가 든든히 기대어 잘 자랄 수 있게 하기 위함은 아닐까.

마마보이 만드는 법

내가 한창 사생 결단하며 선보러 다닐 때에, 한 쓸 만한 신랑감이 접수됐다.

직업 : 의사

집안 : 뼈대있는 집안의 셋째 아들

인물 : 미남

우리 엄마, 이 즈음에서 그만 무사통과. 당장 보자고 난리였다. 맞선에 이골이 난 나, 이제 참한 신붓감 연출에는 자신이 있었다.

덜렁이에 왕푼수, 터프한 원본 이미지는 우아한 정장과 하이힐로 감쪽같이 가리고, 웃을 때도 너털웃음을 웃지 않고 본색이 안 드러나도록 교태스럽게 살짝 웃고, 탁자 위 주스도 집에서처럼 벌컥벌컥 마시고 크읃~ 트림하지 않고 조금씩 우아하게. 이만하면 나의 변장 및 위장술은 완벽하지 않은가.

어느 날, 막강하고 참한 신붓감은 역시 막강한 그 신랑감과 시내의 모 호텔에서 맞선을 보게 되었다. 남자의 어머니와 우리 엄마도 들러리로 옆에 붙었다.

남자는 중매쟁이의 설명보다 훨씬 더더더 미남이었다. 기왕이면 다홍 바지인데 미남이 웬 떡인가. 난 너무나 좋아서 하마터면 단련된 참한 신부 역할을 깜박하고 침 흘리며 겔겔거릴 뻔했다.

그런데 남자의 엄마. 곱게 인사하는 나를 본 순간부터 내게서 날카로운 시선을 떼지 않는다.

나중엔 자신이 앉은 의자를 뒤로 약간 제치며 나의 다리까지 보는 듯(쳇~ 다리 예쁜 며느리감을 찾나보지? 제 각선미 쓸 만해요.) 어른 공경에 뛰어난 나는 그분의 흡족한 관찰을 위해 자세를 바꾸어 다리를 좀더 돋보이게 했다.

아래위로 한참을 금테 안경 너머로 훑어보던 남자의 엄마는 점잖고 느릿한 말투로 요즘 여자들의 행태를 지적했다.

"여자가 무릇 시집을 가면 예전엔 시댁 어른들을 하늘같이 모시고 살았지만, 요즘엔 시대가 그렇고 하니 난 그런 것까지 바라지 않습니다. 그저 남편 하나 편안하게 해주고 정성으로 해달라는 것밖엔……."

그러면서 이어지는 말씀은 이미 본 첫째·둘째 며느리에 대한 실망과 그에 대한 철저한 대책으로 데리고 나온 셋째 아들의 신붓감만은 자신이 바라는 신부였음 한다는 거다.

그 엄마는 연신 자신이 얼마나 아들을 소중히 키워냈으며, 남편에 대한 여자 정성의 중요성을 누누이 강조하고 있었다.

(에그, 시엄마. 시집가면 내 신랑인데 내가 어련히 이뻐해줄라구. 걱정 붙들어 매셔~.)

나중에 둘이 남게 된 남자와 나는 대충 눈이 맞고 죽이 맞아서 신나게 수다를 떨고 헤어졌다.

(이제 그놈의 시집가나 보다.)

그런데 집에 오니 좋아할 줄 알았던 엄마는 초 찍어먹은 고양이 얼굴이다.

"에그, 그만둬라. 너 그집에 시집갔다간 뼈도 못 추리겠더라. 그 신랑 엄마 봤지? 의자 빼서 니 다리까지 보는데 기절하는 줄 알았다."

"그게 뭐가 어때? 엄마는 안 그래?"

"그리고 아들에게 그리도 정성인 걸로 봐서 네게도 심하게 잔소리할 게 분명해. 더군다나 그 남자는 마마보이인 것 같고……."

난 시큰둥한 엄마를 물리치고 남자와 다음날에도 만나고 몇 번을 더 만났다.

그런데 이 남자, 이상한 대사가 툭툭 튀어나온다.

"난 술 마시고 집에 가면 찬 콜라를 꼭 마시거든요. 우리 엄마는 혹시 집에 콜라가 없음 자정이 넘어서라도 뛰어가서 콜라를 사다주시지요. 나쁜 씨도 그럴 수 있지요?"

"까짓것 미리미리 서너 박스 사다놓음 되지요, 뭐."

"우리 엄마는 제가 좋아하는 반찬은 뭐든 당신은 손도 안 대고 아껴두세요. 과연 우리 엄마처럼 제게 잘해줄 여자가 있을지."

"그야 그런 반찬은 많이많이 해서 물리도록 먹음 되죠. 다시는 먹고 싶지 않게……."

그 잘생기고 전도양양한 남자는 잘 나가다가도 걸핏하면 엄마의 정성 에피소드를 들려주는데 그걸 건성으로 듣고 그보다 더 엽기 건성으로 받아치긴 했지만, 그 남자의 엄마는 자식들에게 정성이 지극하다 못해 극성스럽게 느껴졌다.

그 당시 집에서 나의 스펙터클한 데이트 보고를 듣는 게 가장 큰 낙인 엄마를 위해 난 오리지널 사운드 트랙, 중요 대사까지 재생해서 데이트의 현장을 낱낱이 들려줬다.

나의 좌충우돌, 왕푼수 떠는 에피소드를 얘기하며 우리 엄마와 난 눈물이 나도록 깔깔거리고 웃곤 했는데, 이 남자와의 데이트 내용을 듣고 난 뒤 엄마는 아주 심각해했다.

그 즈음에 지금 저 방에서 코 골고 자는 우리 남편을 또 다른 채널로 접수받아 결혼을 하게 되었지만, 결혼을 하고 난 후에야 엄마가 걱정했던 그 이유를 알게 되었다.

신혼 초의 남편.

정성스레 끓여놓은 된장찌개. 내가 먹어봐도 기가 막히게 맛있어서 내 스스로가 기특해 죽겠는 그 찌개를 신랑에게 자랑스레 내놓곤, 쩝쩝 후루룩 찌개를 잘 먹는 남편을 보며,

"여보야, 맛있어?"

있는 교태를 다 떨며 물어보면,

"흠, 우리 엄마의 된장찌개 맛과 아주 조금 비슷하다."

그외에도 내가 만든 음식맛이 흡족하게 여겨질 때에 하는 최고의 찬사는, "와! 죽인다. 정말 맛있어"가 아니라 "우리 엄마 맛과 조금 비슷해" 즉 엄마가 만들어주신 것과 똑같다도 아니고 조금 비슷한 게 최고의 맛이라는 얘기다.

기껏 마누라가 잘해봤자 돌아가신 엄마의 새끼손가락 정도에 해당되는 거다.

뭘 하든 신랑은 그랬다. 거기다가 내가 자신의 맘에 안 드는 행동을 좀 할 때면 되뇌는 한마디.

"우리 엄마가 너 이러는 것 보면 뭐라 하실까?"

내가 시집갈 때엔 이미 돌아가시고 안 계신 시어머님.

그 시어머니는 돌아가시지도 않고 아들의 마음속에 그대로 살아서 아들은 이미 시어머니의 시각과 자신의 시각을 연장선상에 놓고 있었다.

아하, 그랬었구나!

그래서 우리 엄마가 그때 그 남자와 엄마의 그 정성스러운 모자관계

를 그리도 염려했던 거구나.

하지만 난 살아 있는 시엄마를 피하다가, 돌아가신 그러나 더 무섭게 정성스런 시엄마가 키워낸 막강 마마보이를 남편으로 모시게 된 거다.

"엄마는 내가 연습으로 푼 시험지마저도 정성스레 보관하셨어."

"엄마는 나를 위해서~."

"엄마는~."

그 우리 엄마로 이어지는 마마보이 남편의 응석 같은 푸념은 내가 내 아들에게 조금은 모질게 대하도록 하는 이유가 되었다.

난 겨우 밥을 먹기 시작하는 아이에게 어려서부터 한국인의 입맛을 가르쳐야 한다며 시뻘건 김치를 푹 찔러서 먹였고, 맵고 놀라서 우는 애와 휘둥그런 남편에게 매운 만큼 맵고 독한 한국 넘이 될 거라고 계속 그렇게 먹였다.

"아이를 그렇게 어른 반찬으로 먹이다니. 우리 엄마는 나 어릴 적에⋯⋯."

"이 아이의 엄마는 나야. 당신 엄마의 아들은 당신이고. 나도 내가 줄 수 있는 최상의 걸 내 아들에게 주고 있어. 걱정 마."

위험한 가스렌지와 다리미에 손을 대려는 아이의 손가락을 확 갖다대 줘서 뜨거운 맛을 확실히 보이자 아이는 더 이상 심란하게 굴지 않았다.

밥을 안 먹고 칭얼대면 밥그릇을 빼앗아 한 끼를 굶겨버리는 등, 졸라 댄다고 소원을 들어주지도 않고 아이가 아프다고 그날 할 숙제를 미뤄 주지도 않고, 난 철저하게 자식들 걱정으로 노심초사 사사건건 정성스런 육아를 회상하는 남편의 그 엄마의 방법에 정면 대항하고 있었다.

덕분에 애들은 밥상머리에서 투정은커녕 밥만 보면 게눈 감추듯 먹어 치우고, 한 번 허락 안 하는 것에 대해선 두 번 다시 칭얼대며 귀찮게 안 하고, 웬만큼 몸이 아픈 건 꿈쩍도 안 한다.

나의 돌아가신 시엄마에 대한 뒤틀림과 반항을 고맙게도 애들이 합리화해주는 것이다.

그래서 울 아이들은 나 죽어도 행여 엄마의 감동스런 정성에 눈물 흘려 기억할 게 없을지도 모르겠다는 불안한 마음도 든다.

가끔 하소연해 오는 집안의 분란 내용을 들어보면, 문제가 되는 것은 엄마들의 너무나 지극한 자식 사랑에 기인된 것들을 많이 본다.

오직 좋은 것을 먹이고 입히고 자식을 좀더 편하게 해주려는 엄마의 마음. 그런데 그 일방적이고 애틋한 마음이 자식에게 독이 될 수도 있단 걸 정성 엄마들은 알아야 할 것 같다.

엄마의 사랑은 무엇인가.

시대가 제아무리 변한다 해도 맹목적이고 순수한 어미의 자식 사랑은 변하지 않을 것이다.

그러나 무분별하게 헌신적인 엄마의 사랑이 꼭 자식에게 도움만 되는 것은 아니다.

넘어진 아이를 달려가서 일으켜 세워주고, 뜨거운 국을 친절히 식혀주고, 누구에게 맞을세라, 조금이라도 불편할세라, 애써 맛난 것을 먹이려 하고, 모자람이 없도록 전전긍긍하며 아이의 수호천사 역할을 하는 엄마는 아쉽게도 영원히 아이에게 그리하지 못한다.

그리할 수 있다 해도 그 감동적인 엄마의 정성이 아이를 행복한 인간으로 만들지는 않는다.

엄마의 최고의 임무는 아이를 성숙한 한 인간으로 키워내는 것이지, 영원히 아이처럼 보호하는 것은 아니기 때문이다.

예전에 선본 그 남자.

그와 결혼생활을 하는 그의 아내는 아마도 십중팔구 그 정성스런 시어머니와 가끔 한판씩 붙을 거다. 그러니 돌아가신 지극정성 시어머니를 둔 난 다행일지도 모른다.

이쯤에서 나쁜 여자의 쿠울한 선동적 표어를 만들어볼까나.

"아들은 자라서 남자가 된다."
"잘 키운 아들 하나 열 여자가 행복하다."
"내 아들부터 잘 키우면 온 집안이 행복하다."
"지나친 아들 사랑 불행한 아들 인생."

예전 대학입시면 대학 정문 앞에서 자식의 합격을 기도하는 엄마, 엿 붙이는 엄마, 불공드리는 엄마로 그득했던 게 생각난다. 그걸 신문에선 일면에 큼직하게 대서특필하고 밑에는 이렇게 적어 놓았다.
'입시 추위 녹이는 뜨거운 모성. 어쩌구저쩌구……'
나도 아마 그 시간에 교문에 달라붙어 있을지도 모르겠다. 교문에 붙은 엿과 찹쌀떡 떼먹으면서……. 어쩌면 신문 구석에 이렇게 나지 않을까?
'나쁜 엄마. 아들 시험 보는 중 쿨하게 엿먹다.'

여자가 진화하면 나쁜 여자가 된다

한때 여자 이름의 일색을 이루던 글자. 순할 '순', 착할 '선.' 영순, 미선, 선옥, 순영, 선영 등등 온순하고 착하기를 기원하는 듯한 이런 이름들은 자신의 귀한 딸자식에게 험난한 세상에서 손해보며 순둥이로 살라는 부모의 비정한 주문일까?

여자는 남자에 의해 강제로 착한 여자가 될 수밖에 없었나? 이 질문에 고개가 좌우가 아닌 앞뒤로 까닥인다면 당신은 이미 착한 여자 전략에 말린 거다.

잠시 '착함'이란 단어에 중독되어 '차카게 살자~' 등의 표어를 외쳐대는 착함 지상주의자들을 위하여 낱말뜻을 정리하고 가자.

여기에서 지칭하는 '착함'은 인간이 피 터지게 지켜야 할 정의감이나 개인의 주체성에 의한 미덕인 '선'의 의미가 아닌 강한 자에게 순종하고 억울함에 인내하며 제도에 순응하는 수동적이고 소극적인 약자의 면모를 지칭하는 것으로, 인류 역사상 지배계급이 독재자들일수록 이런 정의감이라곤 코딱지만큼도 없고 맥없이 말만 잘 듣는 착한 사람들을 양산하기를 희망했다.

그래서 여자를 설명하는 말에 '착한'이란 싱그러운 수식어가 앞에 온다면 최상급 칭찬에 속하는 거다. 여자에게 착하고 순하게 사는 것은 윤리와 도덕에 충실한 거였고, 좀 억울하지만 일단 손해보며 '착한 여자'로 살면 대우도 좋았고 평판도 좋아서 좀 살기가 편했다.

그런데 그들은 왜 착한 여자를 밝히는 걸까? 남자 앞에 나서지 않고 튀지 않고 한켠에 다소곳이 남자의 보조자로서의 역할은 강하고 똑똑한 여자보다는 그저 온순하고 착한 여자가 딱이었다.

남자보다는 좀 지식도 모자라고 여자 혼자서는 세상살이 할 줄을 몰라 남자에게 의지하고 남자의 시각으로 세상을 보는 여자. 오직 사랑하는 남자에게 자신을 희생하는 것을 최고로 치는 여자. 그런 여자를 통해 애를 주렁주렁 낳아놓으면 끔찍한 모성애로 호호 불어가며 애들을 키울 테니 남자에겐 여자는 모름지기 착한 여자가 캡, 괜히 뭣 좀 안다고 깝죽대는 여자는 밥맛인 거다. 그래서 남자는 가당치도 않는 백치미란 걸 만들어 유난히 멍청해 보이는 여자를 미인이라고 추켜세웠다. 모든 수요와 공급은 시장의 원리다.

오~ 영리하기도 하여라! 우리 여자들이 그걸 모를 리 있나. 착한 여자의 수요가 많은 만큼 여자들은 그 수요에 맞게 생산공급을 했다. 착한 여자는 남자의 든든한 사랑과 보호를 받는 삶을 살 테니 착한 여자로 사는 것이야말로 똑똑하고 강한 여자로 사는 것보다 훨씬 더 영양가 있는 일인 거다.

그래서 우리 여자들은 동서양을 막론하고 처녀적엔 순결한 미모와 온순함으로 무장하고 '착한 여자' 전략을 펴다가 그 전략이 성공하여 쓸만한 남자가 걸려들어 결혼해서는 더 난이도 높은 이차 전략. 바로 희생과 봉사 전략으로 남편과 아들을 출세시켰다. 그래서 그 후광으로 한평생 귀부인으로 혹은 아무개의 엄마로 명예로워지는 거다.

여자가 제 이름을 내걸고 학문을 도야하고 철학과 사유를 하며 전쟁이나 장사를 하는 일은 남자에게 도움이 되는 만큼만. 그 선을 넘어서서 남자에게 도전하는 것은 여자가 제 무덤을 파는 거다.

우리 여자들은 이 풍진 세상에서 유리하게 사는 법을 몸소 깨달아 희고 창백하고 개미허리처럼 가늘고 힘들거나 못 볼 꼴 보면 그 자리에서 기절해버려야 남자의 진심 어린 부축과 보호를 받고, 갑옷 입고 칼 들고 전쟁에 나가서 공을 세운 잔 다르크 같은 여자는 남자들이 이뻐하기는커녕 싸가지 없어 하며 결국 죽여버리는 것들을 보곤 더욱 연약한 아름다움으로 무장했다.

청초하게 눈을 내리깔고 수줍어하며 용기와 자신감이 없어 뒷걸음치고 수동적이고 작은 일에도 놀라거나 곧잘 눈물을 떨구는 모습, 적극적으로 나서기보다는 다소곳이 앉아서 기다릴 줄 아는 미덕(?). 우린 이 긴 수식어들을 요약해서 곧잘 '여자스러움'이라고 명명한다.

그런데 바로 이 여자스러움이야말로 약한 것이 아름답다는 '약함의 미학'이 최고로 활용된 고도의 전술로서 여자보다 힘센 세상의 지배자 남자를 꼼짝달싹 못 하게 하는 마술과도 같은 것이다.

이만하면 착하고 약한 여자들이야말로 귀신 잡는 해병대이며 천하 최고의 고수들이 아닌가.

그런데 이 '착한 여자' 전략에 시큰둥한 여자들이 있다. 영리하게 오로지 미모와 온순함을 가꿔야 할 여자들이 예뻐 보이게 하는 형형색색의 화장을 해도 아픈 성형수술을 해도 그리 행복하지 않고, 사랑밖에 모르는 사랑지상주의와 자식이라면 양잿물도 삼키는 뜨거운 모성애도 부담스러워 싫고 남자의 편안하고 든든한 보호의 손길도 지루해한다.

이 변종의 여자들은 대체 뭘 어떻게 여자를 지켜줄지는 모르겠으나 "너를 지켜줄게~!"를 외치며 구애하는 남자에게 "너나 잘 지켜 ~"로 일축한다. 여자의 일생을 움켜쥐었던 연애나 결혼은 그녀들의 삶의 목

적이 아닌 과정으로 축소하고 남자가 싹수가 노래지더라도 한 남자와의
사랑과 결혼에 지고지순 목매서 희생과 봉사를 하느니 그렇게 바칠 에
너지의 방향을 휘리릭~ 바꿔 자신을 위해서 태운다. 이들은 또한, 남자
의 보호본능을 불러일으키기 위해 밥 굶어 말라비틀어진 미모를 가꾸느
니 운동도 많이 하고 밥도 많이 먹어 튼실한 근육이 아름다운, 자신만의
건강미를 가꾼다.

공부도 운동도 일도 더 많이 더더 잘 하는 이런 여자들은 남자에게 사
랑을 미끼삼아 결혼각서를 쓰곤 평생 밥벌이를 요구하려 하지도 않는
다. 따라서 앞길이 구만리 같은 자기 할 일을 접고 남자의 뒷바라지하느
라 하산하지도 않으며 자식에게 제 못다 이룬 꿈이나 한풀이용 억지공
부를 시키지도 않는다. 대체 이 이상한 별종의 여자들은 누구일까.

중세 시절, 우격다짐의 신앙이 지배층과 한패가 되어 인간이 무지몽
매하게 살기를 강요당하던 시절. 합리성과 과학은 쉬쉬 숨죽여야 했던
암흑시대에 그래도 건강한 이성으로 과학을 시도하는 자가 있었으니 이
들을 마녀라고 했다. 이들은 나쁜 여자의 시조새에 해당한다.

그 마녀와 이 시대의 나쁜 여자들은 잘못된 관습과 전통, 도덕관, 제
도 등을 제대로 보고 도전한다. 좀 쉽게 편안하게, 괜히 까탈부리지 말
고 대세를 따르며 착함 전략으로 대충 살아가면 좋을 것을 새로운 시각
을 갖고 힘들더라도 자신만의 소신대로 문제해결을 하는 거다.

더욱이 옛날 마녀보다 한결 진화되고 더 현명해진 요즘의 나쁜 여자
는 마녀보다 더 강하고 착한 여자보다 한수 위다.

착한 여자는 착함의 이익을 위해 성성한 제 날개를 스스로 잘라내고,
동해에 떠오르는 태양만큼 큼직한 꿈을 동전만 하게 만들어 남자의 달
짝지근한 사랑 한 컵으로 꿀꺽 삼켜버린다.

그 삼켜버린 꿈이 소화되어 다음날 변기통에 떨궈지지도 않고 몸안
구석구석 혈관을 타고 돌며 여자를 아프게 한다. 자신의 삶의 주체성이

없어진 착한 여자들은 더욱더 나약하고 독립적이지 못하며 점점 더 남자에게 의지한다. 그래서 남자에게 "사랑밖엔 난 몰라~"를 외치며 사랑에 대한 책임을 지우고 가족을 위한 착한 희생을 숭고함이란 멋드러진 금빛 액자에 넣고 즐긴다. 그리고 그렇게 늙어가고 한줌 재가 되는 인생을 덧없다고 한탄한다.

그래서 착한 여자의 부작용에 질린 여자들은 더욱 단호히 생각을 바꾸기로 했다. 비겁한 착한 여자로 사느니 정의감 있는 나쁜 여자가 되기로 한 거다. 즉 쉽고 편하게 착한 여자가 되느니 힘에 부쳐도 나쁜 여자가 되는 거다.

제 날개를 달싹 잘라내고 남자에게 잘 보여 그의 등에 업혀 그의 날개로 조마조마 하늘을 나느니 정정하고 당당하게 자신의 날개 깃털을 틈틈이 다듬고 지혜와 실력을 키우는 나쁜 여자로의 전환이다.

여자가 좀더 잘 현명하게 살아가기 위해 숱한 날 잔머리 굴려서 생각해낸 것이 착한 여자 전략이었다면 그 전략의 약점을 보완하고 개발해서 돌아온 터미네이터, 나쁜 여자인 거다.

인간으로 좀더 완성도 있게 살아가는 방법인 나쁜 여자로 사는 법은 기나긴 세월 멍청하고 착한 여자를 보호하느라 삶의 무게에 등이 휜 가부장의 척추를 바로잡아줄 것이며 남자와 여자가 다함께 그들의 공동 행복과 개인의 행복을 누리게 하니, 착한 여자의 답답함에 화병 난 남자들이나 눈과 생각이 제대로 박힌 남자들은 쌍수를 들어 이들 섹시 발랄, 건강하고 똑똑한 나쁜 여자를 환영하며 목숨 바쳐 충성한다. 역시 진화한 남자들은 진화한 여자들을 알아보나 보다.

오래 전 착한 여자의 대가로 날개 잘린 어깻죽지가 가끔 근질근질 새로운 날개가 돋으려 할 때나 삼켰던 꿈이 유난히 관자놀이에서 파닥거릴 때 착한 여자의 유리함에 익숙해진 여자들은 정기적으로 손톱깎듯 어깨의 날개 깃털을 잘라주고 아직도 안 죽은 꿈의 맥박이 뛰는 게 두려워 그럴 때마다 남자에게 진통제를 찾듯 애써 사랑 한 컵을 요구한다.

그럴 때에 새로 돋는 날개를 문질러 다시 키우고 싶은가. 외롭고 아픈 꿈을 다시 토해내 그대 하늘에 다시 걸고 싶은가.

그렇다면 착한 여자가 아닌 그냥 여자도 아닌, 바로 나쁜 여자가 되자. 여자의 진화는 계속된다.